끝없는 생명의 이야기

돈키호테, 끝없는 생명의 이야기

발행일 초판1쇄 2022년 3월 18일 | **지은이** 김해완
펴낸곳 북드라망 | **펴낸이** 김현경 | **주소** 서울시 종로구 사직로8길 24 1221호(내수동, 경희궁의아침 2단지) |
전화 02-739-9918 | **팩스** 070-4850-8883 | **이메일** bookdramang@gmail.com

ISBN 979-11-92128-10-8 03870

책으로 여는 지혜의 인드라망, 북드라망 **www.bookdramang.com**

북드라망클래식

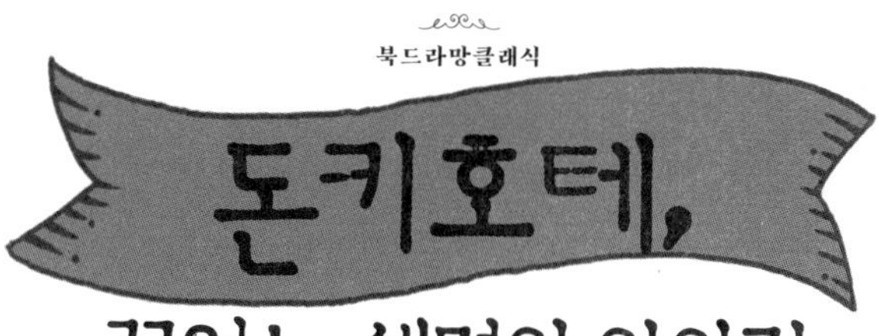

돈키호테, 끝없는 생명의 이야기

김해완 지음

BookDramang
북드라망

차례

머리말_나선의 길

나는 또래들과 공부해 본 기억이 별로 없다. 십대 때부터 주변 학인들은 나보다 나이가 훨씬 많았다. 그러나 시간은 만인에게 공평하다. 나도 나이를 먹어 마침내 정반대의 상황이 되었다. 현재 나는 바르셀로나 자치대학교(Universitat Autónoma de Barcelona)의 의과대학에 재학 중이다. 주위 친구들 모두가 나보다 한참 어리다.

나이 차이는 공부와 우정을 나누는 데 아무 상관없다. 그렇지만 고등학교를 갓 졸업한 어린 동료들은 그렇지 않았던 모양이다. 나이가 다르다는 것은 사회가 정해 놓은 길을 순서대로 밟지 않았다는 뜻이다. 이들이 내 사정을 궁금해하는 건 당연했다. 한국, 미국, 쿠바를 거쳐 스페인까지 오게 된 스토리를 들은 후에는 조심스럽게, 하지만 궁금증을 이기지 못하고 물었다. “왜 꼭 그렇게 사는 거야? 처음부터 의대를 가면 안 되었던 거야?”

푸하하! 나는 웃음을 터뜨렸다. 인생의 전개에 이유가 있다고 믿는 풋풋한 모습들, 귀엽지 않은가. 웃음기가 가신 후에는 좀 난감해졌다. 어, 딱히 해줄 답이 없는데…. 질문을 뭉치고 적재의 노래 「우연을 믿어요」를 부르면서 퇴장하면 어떨까? “이유는 없어요, 그냥 이렇게 됐을 뿐. 어쩌다 나도 모르게 여기까지 왔죠.” 아니면 한국식 농담을 해볼까? “얘들아, 이게 다 팔자 때문이란다.” (그런데 팔자를 스페인어로 뭐라고 하지?)

사실 이유가 없지는 않았다. 돌이켜보면 순간순간마다, 크든 작든 간에 확고한 이유들이 있었다. 사람은 언제나 자신에게 가장 중요한 욕망을 좇는다. 모든 장애물이 제거된 진공 상태에서의 ‘자유로운 선택’은 허상일 뿐이고, 다들 조건부 상황에서 자기가 믿는 최선, 차선, 혹은 차악의 길을 간다. 그리고 어느 길이든 선택의 동기는 동일하다. 그 순간 그것이 ‘나’에게 제일 중요했기 때문에.

따라서 삶의 한계는 선택이 제한되었다는 사실에서 비롯되지 않는다. 일련의 선택들이 점점이 이어지면서 시간 속에서 어떤 그림을 그리게 되는지, 그 전체를 꿰뚫어 볼 시야가 부족하기 때문이다. 하나의 선택이 그다음 선택을 조건 짓는 와중에 시간은 생각지도 못한 방향으로 우리를 끌고 간다. 만약 누군가가 완벽하게 예측 가능한 삶을 산다면 이는 그 사람의 가장 절실한 욕망이 '예측'이기 때문일 것이다. 제도 밖으로 한 발짝도 벗어나지 않기 위해 아마도 필사적으로 살았을 것이다. 하지만 모두가 그런 욕망을 가지고 태어나지는 않고, 그렇게 살 수도 없다. 그리고 사회의 기준에서 조금 벗어나는 선택을 몇 번 하다 보면 "어쩌다 나도 모르게 여기까지" 오게 된다.

한데 최근 신기한 사실을 발견했다. 내가 각종의 이유로 행로의 방향을 바꿀 때마다 늘 책 『돈키호테』가 관여하고 있었다는 것이다. 처음에는 별 생각 없이 책을 들고 다녔다. 두툼한 부피와 그 무게 때문에 수화물에 부담되어서 그냥 두고 갈까 고민했던 적도 있었다. 그러나 돌이켜보니 내 유랑생활을 쭉 관통하는 것이 이 책밖에 없다. 세상에, 설마 내 지난 10년이 전부 『돈키호테』의 '빅 픽처'였단 말인가?

처음 『돈키호테』와 엮였던 것은 10년 전 한국이었다. 연구실에서 고전을 소개하는 시리즈 책 출판을 기획하고 있었는데, 고미숙 선생님이 나도 참여해 보라며 이 책을 추천하셨다. 얼떨결에 매일 밤 자기 전에 책을 읽기 시작했다. 돈키호테와 산초의 말씨름이 너무 웃겨서 이불 위에서 책장을 넘기며 낄낄거렸다. 그 후 나는 뉴욕으로 공부하러 떠났고, 그곳에서 약속대로 책을 집필했다.(2015년에 작은길 출판사에서 출판된 『돈키호테, 책을 모험하는 책』으로, 이 책의 모태가 되어 주었다.)

『돈키호테』는 한동안 내 머릿속을 맴돌았다. 원래는 철학을 공부할 생각이었다. 하지만 세상을 이해하는 데 꼭 철학 개념만 유용한 것은 아니며, 문학이 더욱 효과적일 수 있겠다는 생각이 들었다. 이 사소한 변화 덕분에 나의 관심사는 남미문학으로 바뀌었고, 나는 문학 공부를 꿈꾸며 뉴욕을 떠나 쿠바의 아바나로 향했다.

인연은 거기서 끝난 것처럼 보였다. 쿠바에 도착한 후 내가 갑자기 의학으로 노선을 틀었기 때문이다. (틀어도 너무 틀었다!) 그 후로 몇 년간 정신없이 스페인어와 의학 공부에 빠져 살았다. 그런데 2020년 지구를 뒤흔든 팬데믹이 쿠바를 뒤흔들었고, 나는 불가피하게 휴학을 해야 했다. 때마침 그즈음 『돈키호테』에 대한 책을 다시 써 볼 기회가 왔다. 쉬어 가는 참에 옛 인연을 다시 이어 보는 것도 괜찮은 일이었다. 그렇게 나는 5년 만에 『돈키호테』의 책장을 다시 들춰 보았다.

아! 재회는 강렬했다. 그곳에는 내가 기억하던 『돈키호테』가 없었다. 돈키호테의 발걸음, 로시난테의 말발굽 소리, 산초의 목소리, 나그네들의 활기, 그네들의 꿈과 우정과 실패와 깨달음. 이 모든 것이 내가 초반에 해석했던 것보다 무척이나 더 깊은 이야기를 담고 있었다. 마치 그간의 격조가 내 마음이 성숙해지기를 기다리는 시간이었다는 듯이 말이다.

무엇보다 나는 내가 걸어온 길을 하나로 꿸 수 있게 되었다.

한국에서 쿠바로, 인문학에서 의학으로 널뛰어 버린 산만한 행로를 말이다. 내가 좇았던 것은 생명의 이야기였다. 이 이야기는 겉에서는 잘 드러나지 않는다. 사회의 권력관계와 언론의 콘텐츠는 최전선에서 '그럴 듯한 인생'의 이미지를 생산한다. 사람들은 이 최신 트렌드를 가장 빠르게 좇을 수 있는 직선의 길을 추구한다. 혹은 이에 불만을 품고 판을 뒤집어엎을 반란의 길을 찾는다.

그러나 그보다 더 아래, 시공을 가로질러 변치 않는 본질적인 현장이 있다. 누구나 태어나 자란 후 병들어 죽음을 겪게 되는 '생명의 현장'이다. 이 현장의 또 다른 이름은 일상이다. 일상이 누추하고 시시해 보이는가? 하지만 생명의 다이내믹은 이 속에 담긴다. 몸의 생로병사는 물론이요, 마음의 기승전결 또한 그러하다. 『돈키호테』를 보라. 돈키호테와 친구들이 우당탕탕 치른 모험은 동시대에서 동떨어진 기행(奇行)이었지만, 이들이 서사를 완성해 가는 방식은 속 시원할 뿐만 아니라 누구든 길을 떠나고 싶게 만든다. 초라한 모습으로도 존재의 위기와 재기(再起)를 전부 다 통과해 가기 때문이다. 이런 실존의 기승전결은 건강을 위한 필수적인 기예다. 모두들 육체의 평화로운 죽음을 바란다. 마찬가지로 누구든 자신의 인생 이야기가 의미 있게 끝맺기를 바란다. 실패한다면? 십중팔구 마음의 병이 생긴다.

인문학과 의학의 방향은 근본적으로 다르지 않다. 생명에게 불필요한 고통을 덜어 내면서, 생명의 역량과 한계를 동시에 긍정하는 길로 인도할 것. 의사의 마음을 공부하면서 역으로 나는 동일한 마음이 늘 주변에 있어 왔다는 것을 깨달았다. 목숨의 고비를 몇 번씩 넘겼던 군인 세르반테스가 돈키호테 캐릭터를 창조한 것은 무지와 혈기를 '생기'로 착각하는 사람들을 살리려는 마음이었다. 남과 더불어 살라던 주위 어른들과 선생님들의 조언도 누구보다도 내가 잘 살기를, 내 내면이 활기로 가득하기를 바라는 마음이었다. 이런 마음들은 숨은 적이 없다. 단지 내가 길을 돌고 돌아, 사방을 쏘다닌 후에야 보게 되었을 뿐이다.

『돈키호테, 끝없는 생명의 이야기』에서는 부산하지만 미워할 수 없는 마음의 발자국들을 담아내려고 한다. 우리들 대다수가 캄캄한 무지 속에서 선택을 하고, 그 선택을 책임질 생각에 마음이 무겁다. 무거운 마음을 끌어안고 있으면 병만 날 뿐이다. 사회의 안전장치가 이런 마음까지 구제하지는 않는다. 우리 스스로가 구제해야 한다. 구멍 많은 현생과 상처 입은 기억이 마음속에서 '건강하게' 수렴될 수 있는 길은 존재한다. 앞으로 이 길을 돈키호테와 친구들과 함께 탐험해 나갈 것이다.

의사와 환자의 바람직한 소통 모델은 직선이 아닌 나선(螺線)이라고 한다. 대화가 일정 방향으로 진행되되 천천히 돌아가야 하고, 한 바퀴씩 돌 때마다 이해의 수준을 높여 가야 한다. 나 자신과의 대화도 마찬가지다. 나를 알기 위해서는 타자와 세상을 알아야 한다. 그리고 이 막막한 여정에 지름길은 없다. 깨달을 때까지 뱅뱅 돌아가는 수밖에 없다. 진정한 앎의 욕망도, 진솔한 삶의 이야기도, 갈팡질팡 갈지자를 그리는 덜 여문 마음도 나선의 길을 간다.

멀리 돌아가다 보면 예기치 못한 인연이 선물처럼 찾아오기도 한다. 이 책의 집필이 끝나 가던 작년 6월, 나는 연락을 한 통 받았다. 편입 서류를 넣었던 스페인 대학 중 한 곳에서 답신이 온 것이다. 그렇게 나는 돈키호테의 마지막 도시 바르셀로나에 오게 되었다. 『돈키호테』는 여전히 내 길을 인도하고 있는 것일까? 여하튼 중단되었던 학업은 재개되었고, 기운 넘치는 '어린 의사들'과 어울리는 행운도 누리고 있다. 그들에게 들려줄 만한 '꼭 이렇게 살아야 하는' 이유는 없지만 그래도 삶에 감사할 이유는 충분한 셈이다.

이 책의 원고도 나를 따라 세계를 돌아다니느라 피곤했을 테다. 기구한 팔자(?)로 태어났으니, 앞으로도 독자 분들과 흥미진진한 인연을 맺으리라 기대해 본다. 시작부터 여러 인연에 빚을 졌다. 세계 곳곳의 친구들, 쿠바의 의사와 환자들, 늘 내 마음의 집이 되어 주는 가족들, 발랄한 '호모 쿵푸스' 연구실 선배들과 동학들, 매번 새 길의 유쾌한 인도자가 되어 주시는 곰샘, 나보다 내 마음을 더 잘 읽는 북드라망 출판사! 모두가 이 책의 저자들이다.

공을 돌려야 할 마지막 한 사람이 남아 있다. 용맹하고 인자한 영혼의 스페냐드(Spaniard), 미겔 데 세르반테스다. 시간을 거스를 수만 있다면 그에게 편지를 보내고 싶다. 지치지 않는 삶을 호쾌히 살아 줘서, 내가 가는 길에 나타나 줘서 진심으로 고맙다고. 당신이 걸었던 나선의 발자국이 400년이 흐른 지금도 이어지고 있다고.

2022년 1월

스페인 바르셀로나에서

김 해 완

일러두기

1 이 책은 2015년 작은길 출판사에서 출간했던 『돈키호테—책을 모험하는 책』의 전면개정판입니다.

2 이 책에서 인용한 세르반테스의 『돈키호테』 판본은 Miguel de Cervantes Saavedra, *Don Quijote de la Mancha (Edición conmmeorativa de la RAE y la ASALE)*, Alfaguara, 2021입니다. 국역본으로는 안영옥 선생님의 번역으로 2015년 출간된 열린책들 본입니다. 본문 중 인용할 때는 권 수와 장 수로 간단히 표시했습니다.

3 『돈키호테』를 제외한 인용 서지의 표기는 해당 서지가 처음 나오는 곳에 지은이, 서명, 출판사, 출판 연도, 인용 쪽수를 모두 밝혔습니다. 이후 다시 인용할 때는 지은이, 서명, 인용 쪽수만으로 간략히 표시했습니다.

인트로

시간을 거꾸로 돌리는 이야기

위기, 세상과 정신의 환장의 콜라보

세상이 무너져 내리는 기분을 경험한 적 있는가? 실제로 무너진 건 세상이 아니다. 세상이란 이러저러하다는 나의 확신과 믿음이다. 그다음에는 그 세계에 기대고 있던 '나'에 대한 정의(定義) 역시 필연적으로 무너진다. 둑이 터져 물이 넘치듯 생각들이 몰려온다. 나는 도대체 무슨 세계에 사는 건가, 나는 어떤 사람으로서 살아온 건가, 앞으로는 어쩌나, 나는 왜 사나…. 이 실존적 혼돈은 인터넷 용어로 이렇게 요약된다. "나는 누구? 여긴 어디?"(이 인터넷 '짤'을 탄생시킨 사람에게 경의를 표한다. 철학자들이 파고드는 정신과 세상의 상관관계를 이처럼 직관적으로 표현해 내다니!)

이처럼 위기는 늘 두 번 온다. 그래서 견디기 어려운 것이다. 아무리 사소한 정신의 위기라도 세상의 위기를 부른다. 전 애인에게 차인 후 세상이 끝났다는 얼굴을 하고 돌아다니는 청년을 본 적 없는가? 이때 함부로 건드려서는 안 된다. 그의 마음속에서는 정말로 하나의 세계가 멸망해 버렸을 테니까. 물론 세상의 위기 또한 정신을 뒤집는다. 2019년 말에 시작된 팬데믹이 수많은 사람들을 우울증에 빠뜨린 것이 좋은 예시다. "코로나 블루"라는 신조어가 탄생하더니, 후에는 우울증을 앓느니 차라리 코로나19에 걸리는 편이 낫겠다고 말하는 사람들도 생겨났다.

어떤 방식이든 간에 모든 위기는 할 말을 잃게 만든다는 공통점이 있다. 과거부터 지금까지 동일하게 유지해 온 삶의 방식을, 앞으로 찾아올 위기 이후의 시간과 어떻게 연결해야 할지 더 이상 모르게 되었기 때문이다. 모든 사람은 알게 모르게 세상 속 자신에 대한 이야기를 내면에 써 내려간다. 이별을 모르고 사랑에 빠진 청년도, 팬데믹을 상상도 못하고 여행사에 취직했던 내 친구도, 아플 줄 모르고 휴가를 계획했던 환자들도 '다 계획이 있었다'. 그런데 위기가 닥쳐서 '그다음 장면'에 마땅히 나와야 할 스토리가 백지가 되어 버릴 때, 내면의 이야기는 더 이상 유기적으로 이어지지 못한다. 그때 우리는 멍을 때린다. 길을 잃었다는 느낌은 삶의 길과 말의 길이 동시에 끊어질 때 급습한다.

쿠바와 팬데믹이라는 실전

이 책 또한 내가 개인적으로 겪은 위기에서 시작한다. 좀 더 유쾌하게 시작하지 못하는 것을 용서하기를 바란다. 달리 방법이 없다. 그간 『돈키호테』를 여러 번 읽기는 했지만, 이 책을 마지막으로 읽을 당시의 상황은 평상시보다 더 드라마틱했다. 그때 나는 코로나19발 팬데믹의 여파를 정면으로 맞는 중이었다. 내가 있던 장소는 쿠바였고, 나는 의대생이었다. 그러나 록다운 때문에 학교는 문을 닫았고 고작 학생인 내가 병원에서 할 수 있는 일은 없었다. 집에 옴짝달싹 못하고 갇혀 있는 것 외에는 말이다.

쿠바는 팬데믹을 겪기에 최악까지는 아니어도 차악의 장소였다. 의료 선진국답게 방역은 나름대로 선방하고 있었지만, 그 외에 나머지는 도저히 쉬운 게 없었다. 귀국길은 막혔으며, 곧 식량난이 시작되었다. 일상이 어그러지는 그 시간을 나는 『돈키호테』를 붙들고 보냈다. 내가 제일 좋아하는 책인 데다가 유쾌한 이야기가 필요한 시기였지만, 사실은 달리 할 일이 없어서였다.

주변인들은 내가 만난 '횡액'에 안타까워했다. 팬데믹이 터지지 않았더라면 계획대로 의학 공부를 이어 갔을 텐데…. 하지만 정말 그랬을까? 사실 팬데믹이 터지기 전에도 쿠바의 일상은 납득하기 어려운 위기들로 가득했다. 외부인에게 쿠바를 묘사할 때마다 나는 진땀을 흘려야 했다. 여기를 어떻게 묘사해야 할까? 미국이라는 골리앗에 돌팔매질로 맞서는 카리브해의 다윗? 혹은 세계사의 흐름을 거부하다가 실패하고만 체제? 쿠바의 본질은 양파처럼 겉을 까도 까도 모습을 드러내지 않았고, 어떤 서사로

꿰어 봐도 앞뒤가 안 맞았다.

본질을 보기를 포기하고 오늘만 살겠다는 태도를 취하면 또 매일이 위기의 연속이었다. 쿠바는 안정성이라는 것을 애초에 기대할 수 없는 환경이다. 오늘은 물이 안 나왔고 내일은 쌀이 시장에서 사라졌다. 학교에 가려고 버스를 기다려도 오지 않을 때도 많았다. 그 다음날에는 또 무엇이 잘못될지 알 수 없었다.

가장 이상했던 것은 이 불안정성 속에서 쿠바인들이 자기 일상을 이야기하는 방식이었다. 그들은 오늘 일어난 위기를 주제로 수다를 떨고, 농담 따먹기를 하고, 삶을 희화화했다. 오늘 휴지를 사기 위해 줄을 몇 시간 섰다, 계란을 사기 위해서 발품을 얼마나 팔았는지 모른다, 레스토랑에서 가장 흔한 메뉴는 '없어요'(No hay)다…. 이런 대화를 나누면서도 쾌활한 기조를 잃는 법이 없었다. 그렇게 오늘의 고생을 흘려보내고 난 후에는 내일의 소소한 즐거움에 열중했다. 쿠바인들은 입버릇처럼 말한다. "쉽지 않다."(No es fácil) 하지만 "울지 않으려면 웃을 수밖에 없다"(Tienes que reír para no llorar)—처음에는 이것이 얄팍한 정신승리법이 아닌가 의심했지만, 수많은 쿠바인들이 이런 삶의 태도를 일관되게 유지하고 있었다.

이런 식의 긍정을 나는 어디서도 보지 못했다. 물론 뉴욕의 이민자들도 수많은 위기와 고난 속에서 살아간다. 그러나 뉴요커들의 전략은 스스로 강해져서 이겨 내는 것이다. '쓰리잡'(threejob)을 뛰면서 가족을 부양하는, 마침내 인간승리를 이룩하는 휴먼 드라마가 전형적인 뉴요커들의 이야기다. 쿠바에서는 이렇게 주체를 강조하는 서사가 불가능하다. 아무리 낙천적으로 보려고 해도 쿠바의 미래에는 먹구름이 끼어 있고, 아무리 개인이 노력하더라도 시대의 한계를 극복할 수 없다. 그럼에도 그들의 생존에는 위기에 잠식되지 않는 생명력이 있었다.

실패로 점철된 것처럼 보이는 삶에서 어떻게 긍정의 이야기를 써 나갈 수 있을까? 내일이 좋아지리라는 희망 한 톨 없이 오늘 행복할 수 있을까? 이것이 가능하다면 어떤 원리로 그러한가? 나는 이런 질문들을 더 일찌감치 던졌어야 했다. 쿠바의 저력을 '제3세계의 불가피한 삶의 조건'으로 치부해서는 안 되었다. 나 스스로를 '이방인'으로 치부하며 사람들의 일상에서 분리해서는 안 되었다. 그러나 게으름이 내 눈을 가렸고, 딴청을 피우다가 팬데믹이라는 업그레이드된 위기를 만나게 된 것이다.

내가 쿠바라는 어려운 환경에 있었기 때문에 팬데믹 상황을 한층 더 괴롭게 겪었던 것은 사실이다. 하지만 나에게 쿠바인들처럼 긍정을 꾀할 만한 힘이 없었다는 것 또한 부인할 수 없는 사실이다. 충격받은 마음에는 나의 얕은 밑천만 드러났다. 나는 그간 무탈했던 요행을 내 능력이라고 착각하고 살았다. 그러나 식량이 떨어지자 손바닥만 한 이기심에 갇혔고, 오르락내리락하는 확진자 숫자에 마음이 요동쳤다. 인간의 생사를 알고 싶어 의학 공부를 택했다는 게 창피할 지경이었다. 현대 의학이 팬데믹 앞에서 속수무책이라는 사실에 배신감도 느꼈지만, 대체 누가 나에게 의학만으로 인류를 구원할 수 있다고 말했던가? 이 역시 내가 쿠바 의학에 감동받아서 제멋대로 내 마음속에 지어낸 이야기일 뿐이다.

결국 쿠바의 일상적인 위기와 코로나19발 위기가 내게 가르쳐 준 것은 의학의 한계나 세상의 한계가 아니었다. 이것은 근본적으로 나의 한계다. 정신의 위기가 세상의 위기라면, 지금 나는 현 상황을 꿰뚫어 볼 눈과 새 길을 찾을 지혜가 없는 탓에 '내 세상'을 위기에 빠뜨리는 중이다. 팬데믹은 이 연쇄적인 '멘탈붕괴'를 유발한 첫번째 도미노 조각일 뿐이다. 아, 보르헤스의 촌철살인 글귀가 딱 들어맞는다. 세상이 나이고, 순간이 나이다. 위기는 나 자신이다!

> 시간은 나를 이루고 있는 본질이다. 시간은 강물이어서 나를 휩쓸어 가지만, 내가 곧 강이다. 시간은 호랑이여서 나를 덮쳐 갈기갈기 찢어 버리지만, 내가 바로 호랑이다. 시간은 불인 까닭에 나를 태워 없애지만, 나 역시 불과 같다. 세상은 불행히도 현실이다. 나는 불행히도 보르헤스다. 호르헤 루이스 보르헤스, 「시간에 대한 새로운 논증」, 『또 다른 심문들』, 정경원·김수진 옮김, 민음사, 2019, 309쪽.

돈키호테, 탈출구가 되다

돈키호테가 내 마음 한복판으로 뛰어들어 왔던 것은 바로 그때였다. 비쩍 마른 말을 탄 늙은 기사는 창을 들더니 이렇게 외쳤다. “세상은 우습게도 꿈이고, 나는 우습게도 돈키호테다!” 그러자 반전이 일어났다. 무겁게 내려앉던 내 마음이 다시 부상하기 시작한 것이다. 이는 얄팍한 위로가 아니었다. 달려가는 돈키호테의 모습 속에는 그간 내가 혼자서 찾지 못했던 원리가 숨어 있었다. 위기의 순간을 정면으로 돌파하면서도, 동시에 긍정의 이야기를 이어 나갈 수 있는 마음의 원리였다.

돈키호테는 어떤 캐릭터일까? 세상에서 가장 유명한 광인이다. 판타지소설인 기사소설에 쓰인 그대로 현실이 돌아간다고 믿고, 무턱대고 모험을 떠난 자다. 그는 평온한 일상에 ‘기사소설식’ 위기가 닥쳤다고 선언한다. 그런데 이 미친 여정이 진행될수록 정말로 위기가 하나씩, 그것도 점점 파고를 높이며 찾아온다. 그 장소는 바깥세상이 아니라 돈키호테의 정신 속이다. 그가 의심의 여지없이 ‘나 자신’과 동일시하는 정신, 그곳에는 피부처럼 밀착되어 느껴지지 않는 무지가 있다. 이것은 지력의 부족이나 정보의 결여로 발생한 무지가 아니다. 오히려 ‘나는 알고 있다’고 너무 철저하게 믿기 때문에 생기는 무지다.

이 무지는 현실에서 다양한 양태로 등장한다. 한때는 혁명적이었으나 이제는 교조적으로 변한 정치 이론, 의미를 잃고 잔존하는 전통, 자유를 빙자한 왜곡된 욕망, 나만 옳다는 자의식, 하다못해 내 인생은 내 것이라는 (그러니 간섭 말라는) 똥고집도 얼마든지 '돈키호테의 기사소설'처럼 작동할 수 있다. 많은 이들의 정신-세계는 이런 무지의 기반 위에 세워진다. 나중에 정신적 위기가 닥쳐오는 원인도 따져 보면 역시 이 허약한 지반이다. 한마디로 위기는 무지가 일으킨 자업자득이다. 돈키호테가 훗날 자신의 헛짓거리를 깨닫고 애통해한들 누구를 탓하겠는가?

하지만 그렇다고 해서 돈키호테의 여정을 광대놀음만으로 치부할 수 없다. 앞으로 책을 읽어 보면 알겠지만, 그의 발길이 닿는 곳마다 명랑한 이야기가 흘러넘친다. 낯선 타인을 기꺼이 자신의 길에 들이기 때문이다. 시작은 산초였고, 다음은 나그네들이었으며, 나중에는 돈키호테의 책을 읽은 독자들까지 그의 길 속으로 들어온다. 이야기는 사건의 반향이며, 사건은 타자와 마주치지 않으면 생기지 않는다.

이처럼 『돈키호테』 안에서 무수히 증식하는 이야기들은 돈키호테의 협소한 '정신세계'가 그보다 더 거대하고 넉넉한 '온 세계'에 속해 있다는 것을 아름답게 보여 준다. 돈키호테가 마지막 순간에 무지를 깨치고 모험을 마무리하는 것도 바로 이 드넓은 관계 속에서다. 친구들이 옆자리를 지키는 가운데, 그는 기사소설의 그림자가 가리고 있었던 세상의 빛을 이해하게 된다. 그때 돈키호테는 수치심에 몸을 떨지 않는다. 상처받지도 않는다. 다만 이 깨달음을 누릴 수 있는 축복에 감사하며, 더 광대한 세계로 나아갈 수 있는 다음 번 독서의 기회가 있기를 진솔하게 바랄 뿐이다.

요약하자면 『돈키호테』에는 두 가지 음조가 이중주처럼 섞여 있다. 세상을 일방적으로 오독하면서 고집을 꺾지 않아 스스로를 위기에 빠뜨리는 근본적 무지, 그리고 타인과 생생하게 뒤섞이면서 세상 속으로 뛰어들기를 주저하지 않는 근본적 생명력. 전자에 집중하는 사람들은 돈키호테를 어릿광대로 낮춰 보고, 후자에 꽂힌 사람들은 그를 거룩한 이상주의자로 드높인다. 그러나 삶에서 이 두 얼굴은 분리되지 않는다. 오히려 씨실과 날실처럼 끈끈하게 엮여 있다. 삶의 진솔한 이야기가 완성되려면 두 가지 운동이 전부 필요한 것이다.

이 양단을 종합해 내는 것이 마음의 저력이다. 이 저력의 이름은 지성과 지혜다. 지성은 '나'라는 한계를 넘어서 더 큰 세상의 맥락을 이해할 줄 아는 힘이다. 우리는 이 힘으로 위기가 드러내 준 무지를 낱낱이 분석하고, 그 무지가 어떻게 타자들과 연결되고 또 연결되지 못했는지를 살펴볼 수 있다. 이 작업을 제대로 마치면 '끝'에 대한 지혜가 생긴다. 위기가 닥쳐서 내 계획이 어그러지고, 내 행동이 실패하고, 내 믿음이 틀렸다는 것이 증명되더라도 그것이 곧 세상의 끝을 의미하지는 않는다는 사실을 수용하게 되기 때문이다. 그러면 철옹성마냥 붙들고 왔던 정신세계가 신기루처럼 사라지더라도 무너지지 않을 수 있다. 역으로 기회가 생긴다. 지금까지 무지가 무지인 줄도 모르고 살면서 '나'를 중심으로만 기억했었던 과거를, 이제는 세상을 중심에 두고 새 이야기로 '리라이팅'해 볼 기회 말이다.

다시 시작하는 생명력이란 바로 이런 것이다. '끝이 있어 좋다'는 이 진실 앞에서 무지와 생명력이 만난다. 돈키호테가 모험 내내 한 일도 이것이었다. 그는 길 위에서 온 생명의 힘을 다해 자신의 무지를 타인들과 섞이는 이야기로 바꾸어 내었다. 그 이야기가 끝나자 돈키호테의 무지도 함께 끝이 났다.

여기까지 읽자 내 눈이 번쩍 떠졌다. 위기에 대한 상상력이 안팎으로 뒤집어졌던 것이다. 왜 나는 내 정신세계의 끝이 곧 세계의 끝이라는 어리석은 착각을 했을까? 위기를 자아의 상처로 구성하지 않는다면 인생의 어떤 사건도 이야기하지 못할 게 없다. 끝이 축복임을 안다면 삶이 희극이 되지 못할 이유가 없다. (어떤 위기도 없이 '승리하기만' 하는 이야기, 혹은 위기가 끝나지 않고 '실패하기만' 하는 이야기는 비대한 자아의 반영물일 가능성이 크다.) 이야기를 자유자재로 주무를 수 있다는 것은 진정 그 기억으로부터 자유롭다는 증거다. 그러면 웃음은 자연스럽게 흘러나온다. 어릿광대를 향한 웃음은 조소와 조롱이고, 이상주의자를 향한 웃음은 미래를 향해 투사되는 과도한 기대다. 그러나 돈키호테가 선사하는 웃음은 삶의 두 얼굴을 동시에 이해하게 되는 순간 울려 퍼지는 시원한 대소(大笑)다.

위기를 끝내는 새로운 '기승전결'

내가 쿠바인들의 일상에서 들었던 웃음소리도 바로 이것이었다고 생각한다. 그들은 이 마음의 힘을 삶 속에서 직관적으로 단련한다. 계획을 세웠는데 곧바로 실패한다면, 그리고 이 실패가 내일도 모레도 끝없이 반복될 일상이라면 대체 뭘 어떻게 해야 하는가? 좌절하고 원망하는 것도 하루 이틀이지, 힘들어서 계속은 못한다. 그래서 쿠바인들은 실패의 상황으로부터 자아를 분리한다. 잘못된 기대를 걸었던 자신과 잘못된 기대를 심어 준 시스템을 동시에 희화화하기 위해서다. 그러고는 이 에피소드를 이야기하면서 배꼽을 잡는다. 고생을 함께하는 가족들과 이웃들은 이야기에 귀를 기울이며 같이 웃을 준비를 하고 있다. 여기에는 냉소가 끼어들 틈이 없다. 기억 또한 트라우마의 그늘에 발목 잡히지 않고 그대로 흘러간다. 내일도 위기는 찾아오겠지만, 그들은 탁월한 이야기 솜씨로 기분 나쁜 기억이 되기 전에 위기를 '끝내 버릴' 것이다.

이런 이야기의 힘은 삶의 전면에는 잘 드러나지 않는다. 오히려 우리는 정반대의 서사구조에 더 익숙하다. 주인공이 시간이 흐를수록 한 발짝씩 자아성취를 이루는 전형적인 드라마의 기승전결 말이다. 기(起), 남다른 태생의 주인공이 태어난다. 승(承), 적절한 인연을 통해 대단한 성장을 이룬다. 전(轉), 갖은 장애물이 찾아오지만 초인적인 힘으로 극복해 낸다. 결(結), 사회적 성취를 해내어 한껏 남의 부러움을 산다. 해피엔딩! 이런 식의 기승전결에 의미부여를 하는 원동력은 바로 주인공이라는 정체성, 자아다. '내가 내 인생의 주인공'이라는 표어가 전달하는 메시지도 결국 삶을 이런 스토리라인을 따라서 일궈 나가라는 것이다.

그런데 이 서사구조에는 치명적인 단점이 있다. 모든 생명은 한 번밖에 살 수 없고, 따라서 자아를 중심으로 구성된 시간도 단 한 번밖에 흐를 수 없다. 이것은 마치 초고를 쓴 후에는 절대로 수정이 불가능한 원고와 같다. (아, 생각만 해도 식은땀이 난다.) 필멸의 운명을 의식하는 순간부터 긴장감이 엄습한다. 만약 나의 실수로 단 한 번뿐인 기회를 망치면 어떡하나? 혹시 갑자기 닥친 재난이 내 인생을 망가뜨린다면? '이번 생은 망했다'고 뇌까리며 스스로를 패배자로 여겨야 할까? 물론 불안에 굴하지 않고 기어코 인생을 성공으로 이끄는 자가 소수의 주인공이 된다. 그러나 우리 대부분은 범인(凡人)의 삶을 산다.

돈키호테, 쿠바인들, 그 외에 본의 아니게 인류를 대표하여 역경을 겪는 자들의 이야기는 이와는 전혀 다른 '기승전결'을 밟는다. 그들의 이야기는 끝에서 시작하여 거꾸로 간다. 위기가 닥쳐서야 비로소 알게 되는 진실, 실패한 후에야 비로소 벗어나게 되는 무지, 모든 게 끝난 후에야 깨닫게 되는 의미, '내 꿈'에서 깨어난 후에야 비로소 눈에 들어오는 '타자들'….

이 주제들은 해방과 치유의 힘을 함축하고 있다. 이야기가 시간을 역행하고 있기 때문이다. 깨달음을 얻은 후에 과거의 기억을 재구성해 보는 것은 회한에 젖은 회상도 아니고, 지나간 과거 속으로 숨으려는 오이디푸스 콤플렉스도 아니다. (이런 상기는 역행이 아닌 퇴행이다.) 이는 이 세상에 불변하는 시간이란 없다는 것을 꼼꼼히 되새기는 작업이다. 한번 일어난 사건을 없던 일로 만들 수는 없다. 앞으로 닥치게 될 일을 미리 알아챌 방도도 없다. 하지만 그렇다고 해서 시간의 의미까지 '어쩔 수 없이' 받아들여야 하는가? 아니, 의미의 자리는 늘 비어 있다. 그 자리는 이야기를 다르게 구성해 보라고, 삶을 새로이 창조해 보라고 제공되는 여백이다. 시간의 역행은 과거의 무지가 어떻게 시야를 가로막았는지를 폭로함과 동시에 당시에는 보이지 않았던 세상의 새로운 면면으로 나를 데려간다.

덕분에 나는 같은 사건으로 다른 이야기를 써 볼 수 있다. 이제 나는 '과거의 내가 아닌 자리'에 서서 과거를 자유로이 희롱할 수 있고, 미래에도 같은 착각을 반복하지 않는다고 말할 수 있다. 그 순간 시간은 해방된다. 달력순으로는 가장 늦게 찾아온 시간이겠으나, 마음에서는 가장 생기 넘치는 '젊은 시간'이 된다.

근대를 가로지른 세르반테스의 편지

누구는 이렇게 반문할지도 모르겠다. 『돈키호테』는 시간순으로 전개되는 이야기가 아닌가? 돈키호테라는 주인공을 중심으로 쓰인 소설이 아닌가? 그렇지 않다. 그것은 겉으로 드러난 형식일 뿐, 『돈키호테』는 거침없이 시간을 역행했던 한 군인이 쓴 이야기다.

그의 이름은 미겔 데 세르반테스 사아베드라(Miguel de Cervantes Saavedra, 1547~1616)다. 세르반테스가 살았던 무대는 16세기 중반에서 17세기 초반, 유럽의 서쪽 이베리아 반도였다. 당시 그곳은 변혁의 열기가 용광로처럼 들끓고 있었다. 중세 내내 스페인을 사로잡았던 기독교의 이상은 죽어 가고 있었고, 앞으로 사백 년 동안 세계를 뒤흔들게 될 근대라는 사건이 신호탄을 시끄럽게 울려 대고 있었다. 세르반테스는 폭력과 모험으로 가득 찬 광풍의 시대에 이리저리 치이며 산 사람이었다. 그의 인생사는 눈물 없이 듣기 어렵다. 신 앞에 선 경건한 기사가 되고자 했으나 대포 앞의 총받이 군인이 되었고, 귀향길에 나포되어 포로로 잡혔으며, 청춘을 바친 조국으로부터는 버림받았다. 마지막까지 사랑한 것은 문학이었을 테지만 평생 글쓰기로 돈다운 돈을 벌지 못했다.

그렇게 60대에 거의 접어들었을 때, 돈도 없고 명예도 없고 건강도 잃은 바로 그때 이 남자는 홀연히 『돈키호테』를 썼다. 앞으로 전 세계적으로 두고두고 회자될 희대의 역작을 말이다. 막판에 극적으로 인생역전에 성공한 것이다. 하지만 역설적으로 세르반테스는 이 작품에서 자신이 평생 동안 붙들었던 믿음과 성공에 대한 모든 염원을 비워 버린다. 그것들이 한낱 '꿈'이었음을 인정하는 것이다. 청춘을 불태워 스페인의 검이 되고자 했던 자신의 꿈, 파괴적인 폭력으로 지상의 '기독교 수호국'이 되고자 했던 스페인 제국의 꿈, 세상을 하나의 종교로 통일시키고자 했던 기독교의 꿈, 인간의 이성으로 세상의 원리를 대체하려 했던 근대의 꿈. 이 모든 꿈들이 맹목적으로 달려 나가는 돈키호테의 질주 앞에서 신기루처럼 사라진다. 세르반테스는 마침내 이 모든 꿈에서 깨어났기에 걸림 없는 마음으로 『돈키호테』를 쓸 수 있었다. 이것은 세르반테스가 처음부터 다시 써 보는 인생 이야기이자, 그가 최선을 다해 살았던 세상의 이야기였다.

실패한 이야기를 들려주는 그의 목소리는 기복 없이 경쾌하다. 거기에는 회의주의나 허무주의가 한 방울도 섞여 있지 않다. 세르반테스는 말한다. 어떤 기막힌 난장판이 벌어지더라도 다시 시작하는 생명의 힘은 여전하리라. 종교가 힘을 잃고, 정치가 명분을 잃고, 과학이 오용되는 순간이 올 수 있다. 아니, 뭐가 되었든 좋다. 내가 자아와 동일시하는 어떤 믿음이 사라져 버리는 상황은 반드시 찾아온다. 그것이 생장소멸의 이치다. 그러나 세상이 건재하는 한 우리를 깨달음으로 이끄는 길도 사라지지 않으며, 이 길을 따라서 웃음과 생기를 전하는 이야기도 끊임없이 이어지리라. 설사 '호모 사피엔스'가 지구가 '한때 꾸었던 꿈'이 되어 무상하게 멸종하는 때가 오더라도 말이다(우리가 남긴 빈자리에서 진화하게 될 생명체가 왜 이야기의 새로운 형태를 발명할 수 없겠는가?).

근대는 세르반테스의 시기부터 숨 가쁘게 달려왔고, 이제 우리는 탈근대를 논하는 시대에 살고 있다. 심지어 팬데믹이라는, 세르반테스라면 상상조차 할 수 없었을 대사건을 겪고 있다. 그러나 위기를 겪는 마음의 허약함은 지금도 여전하다. 팬데믹을 겪는 동안 호모 사피엔스는 오만하게 유지해 왔던 자기 종에 대한 믿음에 상처를 입었다. 쿠바에서 쌀이 떨어지는 순간 내가 나의 일부라고 믿었던 자신감이 단번에 무너진 것처럼. 결국 우리는 세상을 읽는 능력에 있어서 돈키호테보다 나을 게 없다. 일상에서 입과 발로 생생한 이야기를 써 내려가는 능력은 돈키호테의 발끝에도 미치지 못한다. 게다가 돈키호테의 위기는 종결된 반면, 현재의 위기는 지금도 끝나지 않았다.

이 모든 상황을 예상이라도 한 걸까? 세르반테스는 자신의 지혜를 글자에 담아 시간의 바다에 띄웠고, 덕분에 나는 때맞춰 그의 선물을 주울 수 있었다. 그러니 나는 누가 뭐래도 내가 행운아라고 생각한다. 정말이지 나는 운이 좋았다. 굶지도 않았고, 전염병에 걸리지도 않았고, 집으로 돌아왔다. 지금은 의자 앞에 앉아서 이 글을 쓰고 있다. 이 정도의 고난이 무슨 대수란 말인가? 내가 나의 사소한 경험을 굳이 이야기하는 이유는 같이 웃기 위해서다. 지금까지 나를 즐겁게 해준 『돈키호테』를 여러분들과 나누고 싶고, 앞으로의 길에 동행자로서 초대하고 싶다. 우리는 이 길 위에서 생명의 힘을 '이야기하는' 새로운 방법을, 새로운 기승전결을 익히게 될 것이다. 그러면 우리는 위기를 피해 가는 법은 알 수 없더라도, 위기 앞에서 웃음을 잃지 않는 법은 배우게 될 것이다.

"울지 않으려면 웃는 수밖에 없다"는 쿠바인들의 지혜를 『돈키호테』보다 더 잘 보여 줄 수는 없다. 억지로 밝아지라는 게 아니다. 웃음은 구속된 마음으로 쥐어짜는 게 아니다. 난관만 가득한 것처럼 보이는 삶에서 자유로운 마음을 지니려면 다른 수가 없다. 깨달을 수밖에, 그리고 떠드는 수밖에! 이제는 정말 이야기를 시작할 때이다. 세르반테스라는 거대한 파도가 내 뒤에서 밀어주고 있으니, 책이라는 '종이 병'에 담긴 나의 소소한 모험도 누군가의 정신의 해변에 닿지 않을까 기도해 본다. 정신과 세계의 몰락을 경쾌하게 겪고 싶은 자들이 부디 이 책을 우연처럼, 선물처럼 주워 가길 바란다. 위기의 사이렌 소리를 듣는 자들의 귓가에 잠시나마 속 시원한 웃음소리가 울리기를 바란다.

1장

세르반테스, 생명의 길을 찾아낸 군인

돈키호테 미스터리

돈키호테를 만나려면 어디로 가야 할까? 참고로 그의 이름을 모르는 사람은 없으리라고 생각한다. 그는 세상에서 가장 유명한 광인이다. 기사소설에 탐닉하다가 판타지가 진짜 현실이라고 믿고, 정말 기사가 되어 가출을 해버린 사람이다. 이 유명인사는 자기 이름에 주소지까지 밝혀 놓았다. 돈키호테 데 라만차(Don Quixote de La Mancha), 라만차에 사는 돈키호테라는 뜻이다.

지도를 펴고 라만차를 찾아보자. 돈키호테의 고향은 유럽 대륙의 서쪽 끝, 이베리아 반도 한복판에 위치해 있다. 스페인의 내륙인 이 지방은 예나 지금이나 조용한 곳이다. 『돈키호테』의 첫 부분에는 돈키호테가 기회가 닿을 때마다 세간살이를 팔아서 기사소설을 대량구매했다는 언급이 나온다. 그럴 만도 하다. 라만차는 문화의 중심지가 아니다. 내가 뉴욕에서 만났던 한 스페인인 친구는 열변을 토하기도 했다. 라만차 여행을 갔다가 너무 심심해서 돌아 버리는 줄 알았다, 돈키호테가 거기 틀어박혀서 책만 읽다가 미쳐 버릴 만도 하다!

이 기사의 출신지는 앞으로 벌어질 일을 암시한다. 돈키호테는 세상 물정 모르는 시골 양반이다. 그리고 돈키호테가 앞으로 방문하게 될 장소들도 라만차와 다를 바 없는 시골이다. 블록버스터급의 모험은 당연히 불가능하다. 책이 진행되는 내내 별 대단한 일이 안 일어난다는 소리다.

이해할 수가 없다. 이토록 '로컬스러운' 이야기가 전대미문의 모험소설로서 전 세계인의 사랑을 받아 온 비법이 무엇이란 말인가? 『돈키호테』의 이력은 현기증이 날 정도로 화려하다. 체 게바라가 쿠바 산속에서 게릴라 군과 숨어 지낼 당시, 그는 이 책을 열렬히 탐독한 후 지역 농부들에게 강의를 했다. 멕시코의 사파티스타 부사령관인 마르코스도 세상에서 가장 정치적인 책이라며 감탄했고, 대작가 도스토옙스키도 이 책보다 더 심오하고 힘 있는 작품을 만난 적 없다고 고백했다. 아니, 멀리 갈 것도 없다. 뮤지컬 「맨 오브 라만차」는 지금도 전 세계적으로 선풍적인 인기를 끌고 있다. 한국에서도 배우 조승우를 필두로 굉장한 티켓파워를 자랑하고 있다. 확실한 것은 이 유명세가 운 때문은 아니라는 것이다.

펜 뒤의 또 다른 주인공

돈키호테의 신비로운 확장력은 평행우주의 상상력에 비유할 수 있다. 평행우주론은 우주 안에 동일한 시공이 여러 개 존재한다고 가정하는데, 각각의 시공에서는 비슷한 사건이 다른 방식으로 전개된다. SF소설에서 차용될 법한 이런 설정이 『돈키호테』에도 존재한다. 돈키호테의 발자국 아래에는 또 다른 행자의 발자국이 은밀하게 숨어 있다.

그림자처럼 돈키호테와 함께 가는 자, 그는 바로 미겔 데 세르반테스다. 앞서 소개한 대로 『돈키호테』의 창작자이며, 셰익스피어와 더불어 유럽문학의 쌍두마차로 여겨지는 대작가다. 그렇지만 이런 유명세도 사후에나 붙여진 것이다. 살아 있을 당시 그는 대중의 눈에 거의 띄지 못하고 "펜 뒤에 숨은 남자" Donald P. McCrory, *No Ordinary Man: the life and times of Miguel de Cervantes*, Dover Publications, 2006, p.10. 로 살았다. 그가 창조한 캐릭터만큼 운이 좋지 못했던 것이다. 주위 사람들이 항상 사고를 수습해 주는 돈키호테와는 달리 인복이 많지도 않았다. 가슴에 품었던 꿈은 이루지 못했고, 평생 길 위를 떠돌며 여러 직업을 전전했다. 그래도 그가 끝까지 손에서 놓지 않았던 일은 글쓰기였다. 길 위에서 돈키호테가 끊임없이 기사소설을 낭독했다면 세르반테스는 끊임없이 글을 쓴 자였다. 이처럼 닮은 듯 닮지 않은 두 사람의 여정이 『돈키호테』 안에서 알아차리기 어렵지 않게 포개져 있다.

두 사람의 길이 교차하는 곳에 근대의 출발점이 있다. 17세기 초, 유럽에서는 르네상스 시기가 막을 내리고 있었다. 무차별적 학살과 전통이 파괴되었다는 불안, 과학에 대한 신뢰와 신대륙을 향한 설렘이 포개지던 격동의 시기였다. 이때의 파동은 유럽을 넘어서고, 아메리카 대륙을 통과한 후, 전 지구로 뻗어나가 오늘날 우리가 눈앞에서 보는 세계를 형성하기에 이른다. 지난 500년 동안 호모 사피엔스의 삶의 토대는 유럽인들을 필두로 하여 전무후무한 규모로 연결되어 왔다.

스마트폰을 쓰고 있는 요즘 사람들은 이 시대가 까마득한 과거처럼 보일지도 모른다. 사극에나 등장하는 '옛날' 말이다. 그러나 근대의 영향력은 지금도 유효하다. 물질이 아니라 마음의 차원에서 그렇다. 어떤 마음은 시간의 압력을 견디고 장소의 변수를 뛰어넘어 한없이 반복된다. 사랑에 푹 빠진 'MZ 세대' 청년이 줄리엣의 발코니를 기웃거리던 로미오의 마음으로부터 과연 얼마나 멀리 떨어져 있을 것인가? "내 안에는 세상 만인에게 속하지 않은 게 없고, 모든 이의 내면에는 내가 아닌 게 없다"(There's nothing in me that is not in everybody else, and nothing in everybody else that is not me)James Baldwin, Quincy Troupe, *James Baldwin: The Last Interview and Other Conversations*(e-book), Melville House Publishing, 2014.고 소설가 제임스 볼드윈도 확신에 차서 말하지 않았던가?

근대가 지금 우리들에게 남겨 준 마음의 유산은 셀 수 없이 많겠으나, 대표적인 것을 꼽자면 '주체성-객관성'의 신화가 있다. 『돈키호테』가 출간되기 10년 전에 태어났던 철학자 르네 데카르트(1596~1650)는 "나는 생각한다, 고로 존재한다"라는 유명한 명제를 남겼다. 이 명제는 근대적 자아의 좌우명이다. 이 세상에서 가장 확실한 것이 있다면 그건 바로 '나'다. 그리고 이 확실성을 보증하는 것은 나의 정신이다. 이 정신은 외부와 분리되어 독립적으로 존재하며, 세상과 일정한 거리를 유지한 채 만물을 분석하고 또 개입하는 능력을 지녔다.

이 능력을 정체성의 핵심으로 삼는 순간 내가 세상과 맺는 관계가 바뀐다. 내가 '생각하는 주체'가 되는 순간 나머지 세상 만물은 '생각할 줄 모르는 객체'가 되어야 한다. 정신에 의해 발견되기를 기다리는 것밖에는 할 수 없는 단순한 물체가 되어야 한다. 설사 상대방이 살아 있으며 나처럼 이성적 능력을 지녔다 하더라도, 내가 중심에 놓인 '내 세상'에는 개입할 수 없는 타자에 불과하다. 이것이 주객 관계의 본질이다. '세상'(타자들)과 '나'를 합리적으로 분리해 내기. 이 관계의 믿음에 기반하여 지금까지 수많은 프로젝트가 진행되었다. 자연을 자원으로 취급하는 산업주의, 물질을 분석하는 동시에 지배하려는 과학, 스스로를 타자와 분리된 존재로 여기면서 나의 특별함을 추구하는 심리. 경제발전의 수혜를 받고, 현대과학의 정밀함을 믿으며, 어쩐지 외로운 느낌을 떨치지 못하고 있다면 당신은 의심할 여지없는 근대인이다.

그런데 세르반테스는 이 신화를 희롱한다. 새 시대가 본격적으로 시동을 걸기도 전에 반문을 던지고 있는 것이다. 그는 이렇게 말한다. 세상과 분리된 자의식을 세우고 싶다면 그렇게 하라. 하지만 그 자리를 '합리적 이성의 주인'이라는 이름으로 포장하고 싶다면 두 번 생각해 보라. 너는 네가 세상을 똑바로 보고 있다고 확신하는가? 합리성이 인생을 추동하는 가장 강력한 힘이라고 단정하는가? 이보다 더 중요한 질문은 주체의 자리를 정당화하려는 욕망 자체를 되묻는 것이다. 주체의 자리를 고집하며 세상을 살아간다면 정녕 행복해질까? 그 사람의 인생 이야기는 정말 후련하고 재미있을까? 오히려 그로 인해 수많은 위기가 찾아오지 않을까?

세르반테스는 이 반문들을 구구절절 제기하지 않았다. 대신 돈키호테를 창조했다. 돈키호테는 묘한 캐릭터다. 그냥 보면 우스꽝스러운 괴짜일 뿐이다. 그런데 그의 얼굴에는 동시대인들의 모습이 스쳐 지나간다. 책을 문자 그대로 받아들였던 돈키호테의 독서 습관은 세상만사를 낱낱이 분석할 수 있다고 여기는 근대 지식인들의 확신과 닮아 있다. 물론 지식인들은 돈키호테와 달리 '비판적 독서'를 할 수 있다고 반박할 수 있다. 그러나 중요한 것은 태도다. 자신이 세상을 '합리적으로 안다'고 확신하는 사람이 돈키호테와 같은 실수를 저지르지 않으리라고 확신할 수 있을까?

동시에 돈키호테는 반시대적인 인물이기도 하다. 돈키호테는 기사를 자처한다. 실천 없이 가치를 창출할 수 없다는 중세 기사의 전통을 따르고 있다. 그는 세상을 분석하는 대신 세상에 곧바로 뛰어든다. 사람들과 뒤섞이면서 자신이 믿는 바를 다양한 방식으로 실험해 본다. 여기서 세상과 거리를 두고 모든 것을 계산하려 드는 근대인에게는 찾을 수 없는 충만함이 나온다. 돈키호테가 바보 같을지언정 그의 이야기는 생기가 넘친다. 그를 보고 있자면 합리적인 태도가 도리어 초라해지는 기분이 든다.

이처럼 돈키호테의 질주는 잔잔한 호수에 던져진 돌이 된다. 지켜보기만 해도 마음속에 여러 갈래의 파동이 일어난다. 이러니 그가 어디서 무슨 짓을 하든 심심할 수가 없는 것이다. 돈키호테가 가는 길은 스페인의 시골길이지만, 이 길이 보여 주는 것은 우리들의 정신 속 풍경이다. 세르반테스는 돈키호테를 내세워 우리를 자의식의 외부로 인도한다. 그러면 자의식을 구성하려는 마음의 안팎이 동시에 드러난다. 주객의 구도 안에 갇히면 내가 보는 '세상'과 세상이 정의하는 '나'가 전부인 것 같지만, 외부로 나와야 비로소 내부도 제대로 보이는 법이다.

가장 놀라운 점은 이 모험 이야기가 아주 쉽게 읽힌다는 것이다. 철학적인 주제와는 대조적이다. 이는 세르반테스의 신들린 이야기 솜씨에 기인한다. 그는 주객의 관계를 벗어난다는 게 무엇인지 독자들에게 직접 체험시켜 준다. 이야기가 진행될수록 돈키호테는 책 안에서 시작해서 책 밖으로 나아간다. 처음에는 책을 사랑하는 독자로, 이후에는 책을 실천하는 기사로, 마지막에는 책을 출판한 유명인사가 된다. 반면 세르반테스는 돈키호테 세계 안에서 여러 조연을 자청한다. 번역의뢰자, 아류작가, 포로가 된 군인…. 그러다가 돈키호테와 스쳐 지나가듯 간접적으로 만나기까지 한다. 이러면 어디까지가 허구이고 현실인지, 어디가 명약관화한 '이성의 자리'인지 구분하는 것이 불가능해진다. 소름끼친다. 이쯤 되면 '돈키호테의 미스터리'는 '세르반테스의 미스터리'로 바뀌어야 한다. 이 인간은 누구인가? 원래 천재인가, 숨은 현자인가?

세르반테스도 어느 날 갑자기, 아무런 대가 없이 탁월한 이야기꾼이 된 것은 아닐 것이다. 이것은 갖은 고행 끝에 인생이 건네준 선물이다. 세르반테스가 생전에 열과 성을 다해 붙들었던 삶의 기준들은 결과적으로 모두 실패로 끝났다. 온 세상이 함께 부르짖었던 이상(理想)도 시간이 흐르자 일장춘몽이었다는 것이 드러났다. 그렇게 꿈들이 하나씩 박살나며 더 이상 꿀 꿈도 없이 궁지에 몰린 후에야 비로소 세르반테스도 새 길을 찾아 나섰을 것이다. 자아가 보증하는 확실성에 기대지 않고도 자유로울 수 있는 마음의 길을 말이다. 『돈키호테』의 시원시원한 문체는 세르반테스가 깨달음으로 승화시킨 위기의 산물이다.

이 위기는 그의 개인적인 것이 아니었다. 카잔차키스의 말마따나 "위대한 사상을 가지고 시작했지만 결국은 수백 곳에 상처를 입고 돌아오는, 종이 갑옷을 입은 기사는 바로 스페인 자신이었"니코스 카잔차키스, 『스페인 기행』, 송병선 옮김, 열린책들, 2008, 46쪽다. 스페인 또한 홀로 무너지지 않았다. 시대의 선봉에 섰었던 국가답게 스페인이 몰락한 자리에 근대의 민낯이 드러났다. 이 얼굴을 돈키호테가 받아 안고 달리고 있는 셈이다.

자, 눈을 감고 상상해 보자. 『돈키호테』의 또 다른 주인공, 미겔 데 세르반테스의 젊은 시절을 말이다. 그가 시대의 위기 속으로 모험을 떠난다. 그곳은 선선한 바람에 풍차가 돌아가는 평화로운 라만차가 아니다. 기독교, 이슬람교, 유대교가 천 년 가까이 핏물과 살점을 튀겨 가며 각축전을 벌이던 지중해다. '돈키호테 데 라만차'의 길에는 그 길을 앞서 갔던 선배 '세르반테스 델 메디테라네오'(Cervantes del Mediterráneo, 지중해의 세르반테스)가 있었다. 우리의 이야기 역시 여기서부터 시작한다.

레판토 해전, 한 군인의 일장춘몽

때는 1571년 10월 7일이다. 장소는 지중해, 그리스 레판토 앞바다다. 부서진 나무판자와 돌진하는 함대가 뒤엉켜 있다. 총탄과 대포 소리와 비명이 난무하다. 한쪽은 오스만 제국의 갑옷을 입고 있다. 나머지는 가톨릭연합군의 얼룩덜룩한 제복을 입었다.

싸움의 성격은 익숙하다 못해 지루했다. 지중해 세계는 천 년 가까이 유럽 대 아시아 세력권으로, 기독교 대 이슬람 신앙으로 양분되어 있었다. 유럽의 입장에서 보면 이슬람은 아랍 유목민족의 '거짓 예언자' 무하마드가 일으킨 '이단 종교'에 불과했지만, 이 신흥 문명은 순식간에 지중해의 강성한 패권 세력이 되었다. 특히 13세기 말에 일어난 투르크 제국은 순식간에 성장하여 동로마제국을 멸망시키는 수모까지 안겨 주었다. 레판토 해전이 벌어지기 거의 백 년 전, 1453년이었다. 이제는 그 공포를 딛고 도약할 때가 왔다. 투르크 제국이 지중해에서 부리는 횡포를 더 이상 눈감아 줄 수는 없다!

청년 세르반테스는 이 역사적인 순간의 한복판에 있었다. 세상 모든 일이 그렇듯이 이 또한 우연이자 필연이었다. 해전이 벌어지기 2년 전, 이 청년은 조국인 스페인에서 황급히 도망쳐야 하는 처지에 놓여 있었다. 끓어오르는 혈기를 억누르지 못하고 당시 법으로 엄격히 금지되었던 개인 결투를 신청한 결과였다. 스페인 당국은 그에게 오른팔을 자르는 형벌을 선고했다. 팔을 잃기에는 앞으로 살아갈 날이 너무나 창창했고, 결국 세르반테스는 눈물을 머금고 이탈리아로의 도피행을 택했다.

그 후 로마에서 사제의 잡일을 도우며 생계를 유지하던 그는 어느 날 군인 모집 소식을 듣는다. 레판토 해전을 위한 연합군 모집이었다. 세르반테스가 망설일 이유는 없었다. 군 입대는 당시 인생역전을 꿈꿨던 가난한 청년들이 택하던 길이었지만, 그에게는 더 분명한 동기가 있었다. 가톨릭연합군을 이끄는 리더는 다름 아닌 스페인이었다. 해전에서 혁혁한 공을 세운다면 불명예를 씻고 고향으로 돌아갈 수 있지 않겠는가?

이날 가톨릭연합군은 대승을 거뒀다. 그러나 세르반테스의 인생은 꺾여 버렸다. 그는 이날 가장 큰 피해를 입고 궤멸되다시피 한 좌익 군선에 속해 있었다.시오노 나나미, 『레판토 해전』, 최은석 옮김, 한길사, 2002, 220쪽. 이 군선은 레판토 해전의 승리를 이끌어 낸 전쟁의 최고 주역이었으나, 무수한 병사를 잃은 것은 물론이요 지휘관마저 장렬히 전사한 불행한 팀이기도 했다. 세르반테스는 목숨은 건졌다. 그러나 치명상을 입어 왼팔은 영원히 못 쓰게 되었다.

불행은 아직 끝나지 않았다. 해전을 치르고 4년 후 귀국길에 올랐으나, 중간에 해적선에 나포되어 알제리로 끌려갔던 것이다. 하필이면 레판토 해전의 지휘관이었던 스페인 왕자 돈 후안(Don Juan de Austria)이 세르반테스에게 개인적으로 추천서를 써 주는 바람에 일이 더 꼬였다. 세르반테스는 단지 앞으로 구직활동을 할 때 도움이 될까 싶어서 추천서를 부탁한 것인데, 해적들은 그를 지체 높은 귀족으로 오해하고 비싼 값에 포로로 팔았다. 이제 몸값을 지불하지 않는 한 세르반테스는 자유인이 될 수 없었다. 네 번의 탈출 시도는 수포로 돌아갔다. 그 후에 '괘씸죄'로 처형당하지 않은 것만 해도 천운이었다.

포로생활 5년 후, 삼위일체 수도회가 모금을 통해 세르반테스의 몸값을 지불한 끝에야 그는 가까스로 고향땅을 밟을 수 있었다. 그의 나이, 벌써 삼십대 중반이었다. 아! 얼마나 얄궂은가. 인생은 세르반테스가 도망치려고 했던 운명을 기어이 스페인 밖에서 집행했다. "10년간의 추방과 오른팔 절단"Donald P. McCrory, *No Ordinary Man*, p.47.을 말이다.

한데 놀랍게도 이 청년의 정신력은 꺾이지 않았다. 피투성이의 10년 동안 그는 의기소침하기는커녕 소나무처럼 꿋꿋하게 버텼다. 오히려 자신의 장애와 고난에 자긍심을 가졌다. 인생에 단 한 번 있을까 말까 하는 영광의 전투에 참여했다는 증거였기 때문이다. 이는 마치 중세 기사의 태도와 같았다. 물론 기사의 시대는 지나간 지 오래였다. 하지만 당시 스페인은 유럽 중에서도 중세의 전통이 가장 깊이 뿌리내린 땅이었다. 이베리아 반도에서 이슬람 왕국과 800년간 공존하면서 기독교 수호운동이자 영토 회복운동인 레콩키스타(reconquista)를 지속했던 역사 때문이었다.

세르반테스는 이 자양분을 머금고 피어난 청년이었다. 이탈리아에 머무는 동안 르네상스 인문주의자들의 신진 사상에도 깊은 영향을 받았으나, 그는 이를 기사도 전통과 문제없이 융합시켰다. 진정한 인문주의는 기독교의 사랑과 통하며, 자유로운 정신을 현실에서 수호하기 위해서는 기사의 용기가 뒷받침되어야 한다고 믿었다.

이런 청년에게 레판토 해전이 무슨 의미였겠는가? 자기 시대의 '기사'가 될 수 있는 절호의 기회였다. 믿음과 행동을 일치시키는 위대한 인간으로 도약해 보라고 신이 주신 호기였다. 사실 그의 성품은 용기를 넘어 만용처럼 보일 정도다. 레판토 해전에서 "갤리선 전체에서 가장 높고 가장 노출이 잘 된 장소"William Egginton, *The Man Who Invented Fiction: How Cervantes Ushered in the Modern World*, Bloombury USA, 2016, p.54에서 재인용.에 자신을 배치해 달라고 지휘관에게 일부러 간청했고, 알제리에서 탈출하려다 발각당했을 때도 나머지 동료들은 "자신의 지휘를 따른 것밖에 없다며 즉각적으로 책임을 인정"Donald P. McCrory, *No Ordinary Man*, p.83.했다. 어떠한 고비 속에서도 "그의 왕, 조국, 그리고 신을 섬기겠다는 의지는 결코 의문에 부쳐지지 않았다". *ibid.*, p.130. 그는 겁 없이 목숨을 걸었고, 살아남았고, 역사의 증인이 되었다. 군인이 이보다 더한 방식으로 자신의 명예를 시험해 볼 수 있을까? 이 정도면 '꿈'을 이룬 게 아닌가?

그러나 이 이야기에는 반전이 있었다. 레판토 해전은 세르반테스의 생각과 달리 숭고한 이유로 일어나지 않았다. 현실은 청년의 이상보다 더 허술하고 복잡했다. 투르크의 술탄은 단지 아버지의 명성을 뛰어넘고 싶다는 욕심 때문에 동지중해를 침략했고, 혼비백산한 베네치아는 자국의 이익을 위해서 '십자군 정신'이라는 철 지난 카드를 꺼내 들었다.시오노 나나미, 『레판토 해전』, 48쪽. 나머지 유럽의 반응은 시큰둥했다. '가톨릭 왕'이라는 명칭을 얻은 스페인의 왕 펠리페 2세조차 원치 않는 싸움이었다. 체면 때문에 마지못해 해군을 보내 주었을 뿐이다. 다시 말해서, 레판토 해전이 벌어지는 그날 아침까지 유럽인들조차 자신들의 승리를 기대하지 않았다.

게다가 결과적으로 평하자면 레판토 해전은 이후 정세에 별 영향력을 끼치지 못했다. 이슬람 세계가 큰 타격을 받지 않았기 때문이다. 투르크의 박살난 해군은 3개월 만에 완벽히 복구되었다. 어차피 투르크는 서쪽 유럽보다는 동쪽 이웃인 페르시아 제국의 팽창에 더 신경을 곤두세우고 있던 참이었다. 약삭빠른 베네치아는 이런 현실을 꿰뚫어 보았다. 결국 승리를 얻은 보람도 없이, 그다음 해에 베네치아는 스페인과 교황청 몰래 투르크 제국과 단독 강화를 맺는다. 배신도 이런 배신이 없다. 그러나 결과적으로 베네치아의 판단은 옳았다. 앞으로 투르크 제국은 최소한 100년은 더 성장일로를 달릴 것이었다.

자, 그렇다면 그날 레판토 해전에서 기독교의 신은 무슨 계시를 내렸던가? 지중해의 세르반테스는 무엇을 위해 열정을 불태웠나? 그가 한쪽 팔과 바꿔 가며 일조했다 믿었던 스페인의 영광은 정말로 실재했는가? 허무하게도 모든 실체가 사라진다. 다들 각자의 환상 속에서 제 길이 곧 세상의 길이라고 믿었을 뿐이다. 지중해에서 귀향함과 동시에 세르반테스의 청춘도 끝났다. 남은 것은 장애를 얻은 신체로 부지해야 할 목숨과, 전쟁터에서 그의 등 뒤로 스러진 수많은 목숨들에 대한 기억이었다.

"한 사람이 이 세계에 종말이 올 때까지 다시는 떠오르지 못할 곳에 떨어지자마자 다음 사람이 그 자리를 맡는데, 이 사람 또한 적이 기다리듯 바다에 떨어지고 나면 바로 다른 사람이 죽어 간 그 사람을 잇는다는 거요. 이것이야말로 어떤 전쟁에서든 볼 수 있는 최대의 용기이자 최상의 무모함이라 할 것이오."1권 38장

스페인 제국, 한 시대의 일장춘몽

당시 꿈을 꾸고 있었던 것은 세르반테스 혼자만이 아니었다. 동시대 유럽인들도 마찬가지였다. 레판토 해전이 승전고를 울렸을 때 멀리서 구경하던 유럽인들도 깜짝 놀랐다. 아무런 기대도 하지 않았는데, 이게 무슨 기적 같은 일인가?

결과에 맞춰서 서사가 다시 짜이기 시작했다. 기사도의 낡은 정서가 되살아났고, 그 위에 새 시대를 향한 낙관적인 희망까지 덧입혀졌다. 유럽은 더 이상 예전의 유럽이 아니다. 지중해를 벗어나 대서양을 가로질러 아메리카 대륙을 발견했고, 지구 곳곳에서 식민지 사업을 실험하고 있다. 아, 이것은 신의 계시다. 문명의 축이 동쪽 이슬람에서 서쪽 유럽으로 움직이고 있으니 온 세상을 향해 나아가라는 신호다. 지중해의 시대는 막을 내리고 대서양의

시대가 올랐다. 드디어 운명의 때가 왔다!

이 휘황찬란한 서사를 실제 현실에서 구현해 내는 임무를 자청했던 국가가 있었으니, 스페인이었다. 세르반테스가 목숨과 맞바꾸려 했던 조국 말이다. 원래 이곳은 역사상 단 한 번도 문명의 중심이 되어 본 적 없는 지중해의 서쪽 변두리였다. 그러나 운명은 1492년부터 바뀌었다. 스페인으로서는 소위 '대박이 터진' 해였다. 레콩키스타 운동을 최종 승리로 종결시켰을 뿐만 아니라, 모험가 크리스토퍼 콜럼버스를 지원해 줬다가 엉겁결에 아메리카 대륙에 첫번째 깃발을 꽂은 나라가 되었다. 식민지 개발 프로젝트에 "병력은 물론 선박도 지원하지 않았던 마드리드 정부는 어느 날 자신이 세계에서 가장 부유한 대륙의 주인이 되었음을 발견했다". 레이몬드 카 외, 『스페인사』, 김원중·황보영조 옮김, 까치, 2006, 196쪽. 그 후로 세비야의 항구에는 멕시코와 브라질 광산에서 캐낸 은이 쏟아져 들어왔다. 그 광경이 얼마나 드라마틱했을지 한번 상상해 보라. 낙후되었던 지중해 서역이 환골탈태하는 모습을 말이다.

역설이었다. 과거를 가장 열렬히 비호하고, 지중해식 삼분법(기독교-유대교-이슬람교)에 가장 푹 젖어 있는 땅이 새 시대의 주역이 되다니. 그러나 스페인인들은 이를 이상하다고 생각하지 않았다. 복음을 지중해를 넘어 전 세계에 퍼뜨리라는 신의 계시라고 해석하면 앞뒤가 딱 맞았다. 스페인은 "기독교를 전파시킴으로써 세상을 구하려는 상상"니코스 카잔차키스, 『스페인 기행』, 44쪽.으로 가득 찬 채, 이 임무를 수행하는 것이 스스로를 구원하는 길이라고 여겼다.

유럽의 동료 국가들 역시 이를 부정하지 않았다. 그들로서도 자신들이 오랫동안 믿어 온 성스러운 세계관이 현실의 권력관계와 일치하는 보기 드문 순간이었기 때문이다. "유럽인들은 근대성을 향해 닻을 올리기는 했지만 그들의 합리적, 과학적 탐험에 의미를 부여해 준 것은 여전히 과거의 종교적 신화들이었다."카렌 암스트롱, 『신을 위한 변론』, 정준형 옮김, 웅진지식하우스, 2010, 264쪽. 스페인은 이 신화의 대리 실현자였다.

그러나 이 이야기에도 반전이 있다. 종교와 제국의 통일 스토리는 영광은커녕 위기의 연속이었다. 1492년에 발표된 알함브라 법령(Alhambra Decree)은 스페인 땅에서 대대손손 살아오던 유대인과 무어인을 기독교인이 아니라는 이유로 추방했다. 사실 이는 스페인의 정체성에 알맞은 처사가 아니었다. 스페인은 "이베리아인, 켈트인, 페니키아인, 그리스인, 카르타고인, 로마인, 반달족, 서고트족, 아랍인, 유대인"니코스 카잔차키스, 『스페인 기행』, 15쪽.이 거쳐 간 땅이었다. 풍요로운 문화와 분열된 집단성이 이베리아 반도의 특징이었다. 그러나 배척은 일상의 붕괴를 낳았다. 알함브라 법령 이후로 스페인 경제는 사십만 명에 이르는 학자와 숙련공들을 한꺼번에 잃어버리게 되었다. 자승자박이었다. 신세계에서 발굴되는 금은도 죽어 가는 경제를 소생시키지 못했다. 귀금속은 스페인의 내수 경제를 활성화시키지 못하고 곧바로 유럽의 타국으로, 결국에는 중국으로 흘러 나갔다. 카를로 M. 치폴라, 『스페인 은의 세계사』, 장문석 옮김, 미지북스, 2015.

더 큰 문제는 이런 무리한 개혁으로도 스페인이 원하던 '순수한 기독교'를 지켜 낼 수는 없었다는 것이다. 루터가 불씨를 붙인 종교개혁의 불길이 온 유럽에 퍼졌다. 개신교를 색출해 내기 위하여, 피비린내 나는 종교재판이 스페인에서 다시 문을 열었다. 유대인 박해나 무어인 박해가 "어쨌든 한결같이 있어 왔던 일이라면, 엄청난 수의 기독교인들이 신앙의 이름으로 서로를 죽이는 광경은 16세기와 17세기에만 있었던 특유한 일이었다". 시어도어 래브, 『르네상스의 마지막 날들』, 강유원·정지인 옮김, 르네상스, 2008, 109쪽.

기사도 정신 역시 위기에 처했다. 전쟁의 양상은 점점 야만적으로 변해 갔다. 총칼이 아닌 대포의 화력으로 승패가 좌우되었고, 군인들은 명예로운 전사가 아니라 익명의 총알받이로 덧없이 죽었다. 전쟁이 계속될수록 민간인들은 가난해졌다. "전쟁이 이렇다 할 혜택을 가져다준 것은 아니었으며, 십중팔구는 경제성장 과정을 저해했"고 "내수 경제에 투자되었을지도 모르는 이윤은 사실상 군비로 지출되었다". 레이몬드 카 외, 『스페인사』, 203쪽.

이런 난장판 속에서 귀국을 했으니, 세르반테스의 앞날이 잘 풀릴 리가 없었다. '존경받는 무인(武人)'은 옛이야기 속에나 존재했다. 현실에서 그는 실직자에 불과했다. 군인연금은 거부당했고, 아메리카 대륙의 식민지에 취직하고 싶다는 요청도 거절당했다. 결국 그는 세금 징수원으로 취직해 전국을 떠돌기 시작했다. 쉬운 일이 아니었다. 교회에 정당한 세금을 부과했다가 파문당하기도 하고, 탈세 혐의로 억울하게 투옥되기도 한다. 명예욕 빼면 시체였던 그의 자존심이 만신창이가 된 것이다.

세르반테스의 불행은 공통의 경험이었다. "신께서 스페인을 버렸다는, 그리고 스페인인들은 신앙의 시험을 통과하지 못했"레이몬드 카 외, 『스페인사』, 185쪽.다는 말이 사람들 사이에 퍼지고 있었다. 얼마 지나지 않아 스페인은 정말로 추락하기 시작했다. 1588년에 영국 함대에 패배한 것이 결정적 계기가 되었다. 번영은 허무하리만치 짧았고, 제국은 역사의 뒤안길로 잊혔다.

스페인 제국의 황금기는 무엇을 뜻할까? 그것은 그 시절 유럽인들이 함께 꾸었던 찰나의 꿈이었다. 근대 초 유럽이 중세의 영성과 완전히 결별하면서 잠시 스쳐 지나간 꿈 말이다. 존재의 구원과 부를 향한 욕망, 폭력의 독점을 일치시키는 것이 스페인의 찬란한 영광 속에서 잠시나마 가능한 것처럼 보였다. 그러나 어불성설이었다. 현실권력의 패러다임 자체가 영성의 상상력을 떠나고 있었다. 스페인의 빈자리를 꿰찬 유럽의 다른 열강들은 더 이상 구원을 명분으로 내세우지 않았다. 스페인은 이제부터 '지상 위 기독교 왕국'이 본격적으로 시작된다고 생각했겠지만, 실제로는 마지막 환상의 불씨를 붙잡았던 셈이다.

앞으로 근대의 물결은 유럽을 넘어서 전 세계를 삼킬 것이다. 더 이상 유럽이 문명의 주인이라고 말할 수 없을 만큼 일파만파로 퍼질 것이다. 그러나 누구도 스페인 제국이 불나방처럼 좇았던 꿈을 기억하지 못할 것이다.

꿈, 활자에 갇히다

이제는 묻지 않을 수 없다. '꿈'이란 대체 무엇인가? 현실을 직시하지 못하는 무지인가? 세상을 멋대로 상상한 후 이것이 현실이라고 믿는 순진함인가? 그렇게 따지면 인간은 언제나 무지했다. 호모 사피엔스는 언어와 함께 의식을 비대하게 진화시켜 온 동물이다. 따라서 인간이 선조로부터 물려받은 이 인식의 한계조건은 늘상 반복되어 왔다. 단지 지역과 시대에 따라 양상이 독특하게 변주될 뿐이다.

그러므로 꿈을 무지와 등치시키려고 해도 그것이 '어떤 시공'에 속한 '어떤 무지'인지 면밀하게 봐야 한다. 레판토 해전의 명예가 영속되기를 꿈꿨던 군인, 기독교의 일파만파를 꿈꿨던 제국, 주객 관계를 분리해 내는 합리성을 꿈꿨던 철학자까지 일이관지로 관통하는 공통의 정신 상태가 존재한다. 종교학자 카렌 암스트롱의 통찰력 가득한 표현을 빌리자면, 세르반테스 시대의 무지는 "초월해야 할 자아의 수렁에 빠져"카렌 암스트롱, 『신을 위한 변론』, 275쪽.

버린 정신이다. 근대만큼 확신에 차서 인간의 정신세계를 외부세계와 빈틈없이 일치시키려 했던 때는 없었다. 이 경향성은 종교와 과학과 정치를 가리지 않고 등장했고, 그때마다 '자아'의 단위는 다르게 설정되었다. 개인, 제국, 기독교, 인종…. 어떤 단위를 빌리든 간에, 인간은 명명백백한 '팩트'(fact)를 기반 삼아 세상을 호령하고자 했다.

암스트롱은 이런 태도를 "우상숭배"라고 부른다. 신과 우상의 차이점은 존재의 유한함을 어떻게 통찰하느냐에서 갈라진다. 전자는 개체의 유한함을 인정하는 것과 동시에 무한한 세상을 직접 이해해 가는 통찰의 길을 연다. 사람들이 자기 안에 매몰된 마음의 한계를 한 발짝씩 극복할 수 있도록 실천의 길로 이끄는 것이다. (종교지도자들이 공통적으로 찾은 자기초월의 길은 사랑과 자비였다.) 반면 후자는 유한함을 한 방에 극복할 수 있는 완성된 답을 제시하려 한다. 그리고 진리의 답을 오직 '우상'만이 밝힐 수 있다고 주장한다. 이는 쉽고 명료하다는 장점이 있지만, 주장을 정당화하기 위해 '무한한 세상'이라는 비전을 시야에서 통째로 없애버릴 위험도 있다. "사람들이 신의 특정한 이미지가 불완전할 수밖에 없다는 점을 잊어버리게 되면 그 이미지는 더 이상 초월성을 가리키지 못하고 그 자체가 목적이 되어"카렌 암스트롱, 『신을 위한 변론』 83쪽. 버린다.

근대인들은 더 이상 이 위험을 두려워하지 않게 되었다. 십자군 전쟁처럼 광기의 불씨를 지폈던 '과거의 우상숭배'가 확고부동한 지식을 좇는 태도를 정당화시켰다. 그러나 이것이 '새로운 우상숭배'를 자동적으로 차단하는 것은 아니었다. 세상에 알 수 없는 것은 없다는 자신감이 폭발했다. 그러자 "목적이 되어 버린" 전도된 이미지가 '진리'가 되어 범람했다. 기독교의 신성을 위해 패자가 되어야 하는 이슬람, 복음을 위해 제국에 복종해야만 하는 세계, 인간의 합리적 이성을 증명하기 위해 침묵당해야 하는 자연….

물론 근대가 잘못된 시대였다고 주장하려는 것은 아니다. 이때처럼 인류사에서 지적 혁신이 역동적으로 휘몰아치던 시기가 또 있었을까? 그러나 앎은 무지와 얼마든지 공존할 수 있다. 무지는 지식이 형성되는 과정 속에서 발생하는 그림자와 같다. 근대인들이 자아의 범주를 세상의 범주와 일치시키고자 할 때, 앎과 무지는 양면테이프처럼 함께 접착제 역할을 한다.

이를 구체적으로 증명하는 예시가 있으니, 바로 인쇄술이다. 유럽에 인쇄술이 등장한 것은 1440년, 세르반테스가 태어나기 약 한 세기 전이었다. 이 신기술 덕분에 사제나 귀족이 아닌 일반인도 책을 소유할 수 있게 되었다. 그런데 과연 책이 많아진다고 해서 지성이 더 풍요로워질 것인가? 사제이자 사상가였던 이반 일리치는 색다른 의견을 내놓았다. 인쇄술의 진정한 역사적 의미는 독서의 본질이 바뀌었다는 점에 있다는 것이다.

일리치의 저서 『텍스트의 포도밭』은 12세기 중세 유럽의 독서 활동을 실감나게 묘사한다. 그 당시 독서는 수도사를 모델로 삼는 활동이었다. 수도사에게 책은 정보를 담는 수단이 아니었다. 책이 담는 것은 진리였고, 진리는 글자가 아니라 세상 속에 현현했으며, 이를 읽어 내는 '나' 역시 세상의 일부였다. 이 각각의 요소들은 독서라는 활동 속에서 분리되지 않았다. 왜 배우는가? 그리스도의 지혜를 체득하기 위해서다. 왜 읽는가? 죄를 치유하고 구원을 향해 한 발짝 더 나아가기 위해서다. 책에서 글자를 읽을 수 있는 것은 지혜를 찾는 눈이 빛을 쏘기 때문이요, 의미를 구할 수 있는 것은 입이 낭랑하게 소리 내기 때문이며, 감동이 일어나는 것은 독서가 곧 기도이기 때문이다. 이로써 책은 거룩한 신체 활동, 즉 렉티오 디비나(lectio divina)가 벌어지는 현장이 된다.

그런데 인쇄술이 등장하는 순간 렉티오 디비나는 불가능해진다. 활자의 범용은 언어에 대한 의존도를 높이다 못해 끝내는 이질적인 믿음을 탄생시킨다. 언어가 세상에 대한 확실성을 보증한다는 확신을 심어 준 것이다. 인쇄술이 개발되는 길목에서 격변이 일어나기 시작했는데, 가장 대표적인 사례가 '로마 알파벳'이 경전용이었던 라틴어에서 해방된 것이다. 그 결과 구어도 글자로 기록될 수 있게 되었다. 그전까지 사람들은 일상의 말소리를 문자로 옮길 수 있다고 여기지 않았고, 그럴 필요를 느끼지도 못했다. '글자 그대로'라는 표현은 아무 의미가 없었다. 심오한 진리를 어떻게 글자 그대로 전달할 수 있단 말인가? 그런데 천 년도 넘게 지속되었던 봉인이 풀렸다. 진리와 아무 관계없는 주제라도, 심지어 사소한 욕마저도 책 위로 옮겨질 수 있게 되었다. 그러자 책은 '광대한 우주'에서 '개인의 내면'으로 은근슬쩍 자리를 옮겼다. "말하는 것은 자신의 생각을 낱낱이 밝히는 것으로 (……) 벌거벗은 자아"이반 일리치, 『텍스트의 포도밭』, 정영목 옮김, 현암사, 2020, 112~113쪽.를 드러내는 것으로 여겨지게 되었다.

인쇄술이 본격적으로 등장하자 책의 유통량도 폭발적으로 증가했다. 유럽에서 "1500년부터 1600년 사이에 인쇄본의 수는 1억 5천만 권에서 2억 권 사이에 이르"베네딕트 앤더슨, 『상상의 공동체』, 윤형숙 옮김, 나남출판사, 2007, 59쪽.렀다. 책의 홍수 속에서 사람들은 믿게 되었다. 어떤 현상, 어떤 사물, 어떤 관계의 본질을 '글자 그대로' 옮기는 것이 가능하다. 토씨 하나 틀리지 않고 말을 옮기면 참뜻까지 옮길 수 있다. 문자는 고정된 기호이므로, 이 기호 단위가 포착하는 정보는 객관적이다.

이 단선적인 언어 활용법은 개인과 세계를 필연적으로 분리한다. 한쪽에는 내면의 보이지 않는 책에 세상의 정보를 적어 내려가는 '나'가 있고, 다른 쪽에는 침묵 속에서 옮겨 적히기를 기다리고 있는 '대상'이 있다. 이 배치에서는 존재와 세상 사이의 관계가 경직된다. 가능성은 두 가지뿐이다. 일치하거나 불일치하거나. 적확한 언어로 분석(당)하거나, 잘못된 논지로 오해(당)하거나.

물론 이 이분법은 방대한 정보를 처리하거나 상수(常數)를 뽑아내야 하는 학문에서는 매우 편리하다. 그러나 그 반대급부에는 돈키호테 같은 무지가 맹렬하게 양산된다. 책을 '토씨 하나 틀리지 않게' 받아들이며 이 세상을 좁은 해석 속에 가두려는 사람들 말이다. 동일한 상(想)을 강화하는 '책'이 많아질수록 '책 밖'에 놓인 불확실한 세계는 시야에서 지워진다. 혹은 그 세계를 시야에서 제거하려는 욕망이 올라온다. "성실한 독학자로서 많은 책을 읽고 꼼꼼한 주석을 달"주경철, 『크리스토퍼 콜럼버스: 종말론적 신비주의자』, 서울대학교출판문화원, 2015, 56쪽.면서 "신이 자신을 선택하여 인류의 구원이라는 거대한 계획을 구현하는 도구로 삼았"주경철, 『크리스토퍼 콜럼버스』, 31쪽.다고 믿었던 크리스토퍼 콜럼버스, 그 믿음 하나로 대서양을 건너 원주민을 학살했던 그의 모험은 돈키호테로부터 과연 얼마나 멀리 떨어져 있었을까? 멕시코 정복에 성공한 후 그 피비린내 나는 현장을 기사소설 뺨치는 언어로 묘사했었던 장군 베르날 디아스는 또 어떠한가?

과학도 이 무지에서 예외가 될 수 없다. 근대의 가장 눈부신 지적 성취인 과학은 인간에게 무소불위의 힘을 가져다주었지만, 이 힘은 누군가를 희생양 삼지 않고서는 획득할 수 없었다. 그리고 이런 일방적 희생 관계는 타자를 '내 삶의 원리' 바깥으로, 인식의 사각지대로 밀어내지 않고서는 불가능했다. 유발 하라리는 근대 과학혁명에서 "'지식'의 진정한 시금석은 그것이 진리인가 아닌가가 아니라, 그것이 우리에게 힘을 주느냐의 여부" 유발 하라리, 『사피엔스』, 조형욱 옮김, 김영사, 2015, 368쪽.가 되었다고 말한다. 과학 내에서 진리와 윤리 사이의 연결고리가 끊어졌기 때문이다. 진리가 세계의 원리이고 윤리가 삶의 원리라면, 결국 우리는 세상을 이해하는 방식과 삶을 분리시켜 살고 있다는 뜻이 아닌가?

새로운 지식이 새로운 무지를 낳는다는 역설은 이렇게 만들어진다. 언어가 전달하는 지식은 이 정보가 현실의 유일무이한 상(想)이라는 집단의 확신을 만든다. 이 확신은 또다시 사람들이 각자의 정신세계를 정당화하도록 돕는다. 세계-언어-인식, 완벽하게 포개지는 정신의 삼각형. 우리는 이 삼각형 속에 스스로를 가두고 '이 앎은 참이다'라는 믿음을 실천하며 산다. 이것이 에드워드 사이드가 지적한 근대 '오리엔탈리즘'의 본질이고, 종교학자 카렌 암스트롱이 '우상숭배'라고 부르는 태도의 핵심이다.

스페인 제국은 이 무지의 덫에 고스란히 걸려들었다. 제국은 인쇄술의 수혜를 받으며 덩치를 키웠다. 제국의 황금기를 이끈 펠리페 2세는 "하루에 보통 400건의 문서를 읽고 서명했다. 그의 눈이 점차 과로로 충혈되고, 얼굴이 문서들 속에 파묻혀 사는 사람답게 점점 양피지 색깔을 띠어 간 것도 전혀 놀라운 일이 아니었다". 존 H. 엘리엇, 『히스패닉 세계』, 김원중 옮김, 새물결, 2003, 74쪽. 마드리드 궁전으로 쏟아져 들어오는 종이 위에는 과연 무엇이 적혀 있었을까? 브라질과 멕시코의 탄광에서 은을 캐는 원주민들이 하루에 일하는 시간, 서아프리카 해안에서 쿠바의 항구에 도착할 때까지 짐짝처럼 바다에 버려진 아프리카 노예의 숫자, 아메리카 대륙을 초토화시킨 유럽발 역병의 종류가 적혀 있었을 것이다. 궁전에서 나가는 종이에 적힌 내용 또한 이보다 더 자비롭지는 않았을 것이다. 정벌, 약탈, 학대, 학살…. 이 모든 것은 종이에 옮겨지는 순간 한낱 정보, '객관적인 지식'이 된다. 종이와 잉크는 피 냄새를 우아하게 감춘다.

고로 스페인과 세르반테스의 꿈이 실패한 것은 필연이다. 실패하지 않을 도리가 없다. 그들은 신성과 일상을 일치시키려 했던 중세의 태도를 소중히 여겼고, 삶의 성스러운 의미를 지상에서 완성시키고자 했다. 그러나 그들이 믿음을 실천하는 방법은 이미 지나치게 '현대적'이었다. 자아를 팽창하는 방식으로는 어떻게 해도 구원을 체험할 수 없다. 자아를 중심으로 의미를 부여한다면 무지도 동시에 증가한다. 그들의 모험은 라틴 아메리카에서 산더미 같은 시체와 하해와 같은 피 웅덩이를 이루는 것으로 막을 내렸다. 이 상황에서 거룩해지려면 어디로 가야 하는가? 어떻게 살아야 하는가?

역사책들은 스페인의 쇠락을 다소 간단하게 결론짓는다. 시대착오적 종교관에 발목 잡힌 제국의 실패라는 것이다. 그 후로 전개된 근대의 시간, 그리고 그 연장선상에서 살고 있는 '현대적인 우리들'은 이 실패와 무관하다는 것처럼 들린다. 이는 사실이 아니다. 종교를 떠난다고 해서 무지에서 자유로워지는 게 아니고, 난국을 운 좋게 피했다고 해서 마음이 고요해지는 게 아니다. 스페인의 몰락은 오히려 근대가 감추려 드는 깊숙한 불안을 적나라하게 드러낸다. 어떤 '꿈'을 꾸든 간에, 안정성과 확실성에 의존하려는 정신은 존재와 세상을 분리시키는 '활자'를 탈출하기 어렵다. 어떤 주제를 다루든 간에, 주객 관계에 갇힌 언어는 자아의 덫을 뛰어넘어 낯선 세상으로 정신을 인도하지 못한다. 그래서 사람들은 삶의 의미를 추구하겠다면서 자의식의 성채만 쌓아 올리는 것이다. 이 세상에서 그럴듯한 인생을 살아 보겠다고 성실하게 노력하지만, '내 뜻'대로 '내 자리'를 확보할수록 점점 바깥세상이 보이지 않게 된다. 마음은 출구를 찾지 못한 채 지나친 자기 확신과 근거 없는 불안 사이에서 왕복달리기를 한다. 그러면 어느 순간 질문이 고개를 쳐든다. 어디로 가야 하는가? 어떻게 살아야 하는가?

이로써 세르반테스의 헛발질은 여전히 반복된다. 스페인의 몰락은 우리 모두의 이야기가 된다. "수백 곳에 상처를 입고 돌아오는, 종이 갑옷을 입은 기사"가 만인의 가슴속에 산다.

길, 꿈을 깨다

꿈을 꾸고 있는 와중에는 질문 없이, 정신없이 달려갈 수 있다. 하지만 꿈에서 퍼뜩 깨어난 순간부터는 한 발짝도 떼기가 어렵다. 이제 모든 것을 의심하지 않을 수 없다. 그렇지 않으면 인생 이야기의 그다음 챕터를 쓸 수가 없다. 이것이 중년의 세르반테스가 마주했던 위기였다.

어쩌면 그는 위기에 대해 생각할 시간조차 없었는지도 모른다. 1580년에 스페인에 돌아온 세르반테스를 기다리고 있었던 것은 가족의 빚이었다. 세르반테스가 포로로 붙잡혀 있는 동안 그의 몸값을 모으느라 사방 천지에서 돈을 빌렸던 것이다. 가난은 예전부터 개미지옥처럼 가족을 옭아맸고, 그런 가족사가 지긋지긋했던 세르반테스는 무능한 "아버지를 닮고 싶은 마음이 추호도 없었다. 그래서 돈 문제가 삶을 갉아먹기 시작하자 재빠르게 움직였다".Donald P. McCrory, *No Ordinary Man*, p.125. 그러나 스페인에 돌아온 후 그의 인생은 꼬이기만 했다.

모든 어려움에도 불구하고 세르반테스는 진심으로 정착을 시도한 듯하다. 1584년 서른여덟이라는 적지 않은 나이로 결혼도 했다. 신부는 라만차의 에스키비아스(Esquivias) 지역에 사는 젊은 과부였다. 이 부부가 어떻게 연을 맺은 것인지 지금도 미스터리다. (당시 세르반테스는 열정적으로 사랑했던 배우와의 사이에서 혼외자식까지 얻은 상태였다.) 확실한 것은 세르반테스가 신혼 생활에 그리 행복해하지 않았다는 것이다. 그는 다시 길에 올랐다. 이번에는 스페인 남쪽이었다. 세금 감사원으로 일을 해야 한다는 게 표면상의 이유였지만, 아마도 진정한 이유는 "여행을 떠나고, 모험을 찾고, 임무를 수행하고자 하는 충동이 시골 생활에서는 절대로 충족될 수 없으리라"*ibid.*, p.126.는 예감 때문이었을 것이다.

세르반테스의 표류는 그 후 이십 년간 계속된다. 아무리 모험을 즐긴다 해도 중년의 방랑은 청년 때와 같을 수 없다. 길에서 갖은 실패를 다 겪은 후에 다시 길에 올랐으니, 설렘은커녕 쓰라림만 가득했을 것이다. 그때 그는 무슨 마음이었을까? 다시 꿈을 찾으려 했을까, 꿈이 깨진 현실에서 도피하려 했던 걸까? 아니면 생계비를 벌기 위해 어쩔 수 없이 떠났던 걸까?

지금 우리로서는 그의 마음을 알아낼 도리가 없다. 그러나 한 가지는 단언할 수 있다. 두번째로 떠난 길은 세르반테스가 패기만만한 청년 시절에는 알 수 없었던 가르침을 선사했던 게 틀림없다. 그렇지 않았더라면 그 방랑의 끝에서 『돈키호테』(1605) 같은 작품이 태양처럼 떠오를 수는 없었을 것이다. 이 책의 익살맞은 문체에서는 비장하던 청년의 모습을 더 이상 찾아볼 수가 없다. 어느덧 노년에 접어든 세르반테스는 이제 지난날에 대한 검토를 끝마쳤다. 신념이 꺾이고 환상이 깨진 자리에는 어떤 흉터도 남지 않았고, 잃어버린 인생의 목표를 새로운 목표로 대체하지도 않았다. 그렇다면 그는 무엇을 위해 『돈키호테』를 썼던 것일까?

세르반테스가 책에서 보여 주려는 것은 그가 다시 만난 길,

길의 모습 그 자체다. 이 길은 꿈과 목표를 이루기 위해서 경주마처럼 질주하던 외길이 아니다. 자신의 한계를 마침내 받아들이고 확실성을 붙들려는 욕망을 포기할 때 비로소 만나게 되는, 어떤 경로도 미리 설정되어 있지 않은 세상의 길이다. (잘 닦인 노정路程보다는 드문드문 들풀이 나 있는 광활한 고원의 이미지가 더 어울릴 것이다.) 이 길에는 무엇이 있을까? 타자들이다. 예전처럼 목표를 향해 돌진할 때라면 '나의 노선'과 상관없는 자들이라며 지나쳤을지도 모른다. 하지만 세상의 길로 나오는 순간 잡다한 사람들이 통일된 방향 없이 우글거리고 있는 게 전부다. 존재하는 것, 살아 있는 것, 부대끼는 것이 전부다.

이들이 함께 자아내는 생동감이 『돈키호테』에서 뿜어져 나온다. 주인공 돈키호테는 망상 속에서 외골수의 길을 가는 자이지만, 세르반테스는 돈키호테의 길 옆에 그보다 더 광활한 세상의 길을 나란히 붙여 놓았다. 그곳에서 돈키호테는 온갖 사람들과 부딪히면서 예상치 못하게 주르륵 미끄러지기도 하고, 역시 예상치 못한 행운 앞에 자신이 옳았다며 의기양양하기도 한다. 이런 다이내믹한 '케미'가 독자들을 웃음 터뜨리게 만든다.

아, 물론 누구는 이 생동감이 돈키호테 고유의 힘이라고 해석하기도 한다. 돈키호테의 길은 '이상'을 뜻하고, 세상의 길은 '현실'을 뜻하며, 인간이라면 무릇 돈키호테처럼 현실의 벽에 좌절하더라도 이상을 포기해서는 안 된다는 것이다. 어쩐지 익숙한 해석이 아닌가? 이 해석 아래에 깔려 있는 전제는 수도 없이 반복되어 왔다. 바로 이상과 현실은 대립할 수밖에 없다는 이분법이다. 현실의 벽에 굴복하는 것은 꿈(이상)을 박탈당하는 것이라고 말하든, 꿈(이상)이란 현실을 모르는 배부른 자들의 볼멘소리일 뿐이라고 말하든 결국 이 동일한 논지를 반복하는 것이다. 생동하는 돈키호테의 삶이 나은가, 평범한 샐러리맨의 삶이 나은가?

정말 우리에게는 두 가지 옵션밖에는 없는 걸까? 세르반테스는 20년 동안 스페인 길바닥을 돌아다니면서 별별 현실을 목도했다. 그는 보람 없는 노동을 반복했던 공무원이었다. 그렇다고 해서 그가 삶과의 생생한 접촉을 잃은 것은 아니다. 오히려 반대다. 세르반테스의 문체는 일상의 숨소리 하나까지 팔팔하게 담아낸다. 정말이지 『돈키호테』보다 더 '리얼한' 소설은 찾기 어렵다. 이 책에 등장하는 모든 장면들, 사소한 말싸움이나 몸짓과 눈짓까지도 눈앞에서 직접 관람하는 것 같다. 이것이 『돈키호테』가 당대 유행했던 목가주의 소설과 다른 점이다. 목가주의 작가들은 "안정적이고 전통적인 시골 생활"을 지극히 낭만적으로 묘사하곤 했는데, 이는 "세르반테스가 알고 또 체험했던 것과 거리가 멀었"Donald P. McCrory, *No Ordinary Man*, p.109.다. 세르반테스는 세금 감사원으로서 처갓집이 있는 에스키비아스는 물론이고 이름 없는 시골마을까지 숱하게 돌아다녔다. 그곳에 낭만이 있었나? 아니, 흙먼지만 고루하게 날렸을 뿐이다. 환상은 지중해의 전쟁터에만 있는 게 아니다.

평범한 일상 속에서도 사람들은 여전히 환상을 만들어 스스로의 눈을 가린다. 꿈은 현실이 아니었던 적이 없었다.

사람들은 제각기 환상에 붙들려 살아간다. '이상'이니 '현실'이니 부르는 상황도 각자가 제멋대로 상정한 이미지다. 하지만 이들이 서로를 만나게 되는 장소는 언제나 자기들의 꿈 바깥이다. 스스로의 믿음과 고집에서 한 걸음씩 나와야만 우리는 함께 일상을 꾸릴 수 있다. 세상은 바로 그곳에, 꿈들 '사이에' 있다.

이는 참으로 다행인 일이다. 세르반테스가 그랬듯이 누구나 자신의 꿈과 희망이 박살나는 경험을 할 수 있다. 그렇더라도 허무하지는 않다. 왜냐하면 내 꿈이 깨진 자리는 무(無)가 아니라 타자들로 가득할 것이기 때문이다. 자연은 여전히 굳건하고, 사람들은 여전히 살아간다. 모든 생명은 이 끝없는 활기에 빚진다. 이에 비하면 자아를 만족시키는 원대한 성취 같은 것은 이 활기의 잉여분으로 하는 놀이에 불과하다. 생명은 목표를 이루기 위해 사는 게 아니기 때문이다. 그저 존재하기에 사는 것이고, 이왕 살게 되었으니 최선을 다해 자신의 기운을 표현할 뿐이다. 그렇다면 꿈이 끝난 마지막 순간은 인생의 끝이 아니다. 세상을 다시 만나는 시작이다. 어쩌면 세상의 길은 우리들의 이 마지막 순간을 구조하기 위해서 늘 옆에서 기다리고 있는지도 모른다.

주위 사람을 도와주겠다고 발 벗고 나서는 돈키호테의 선한 성품은 이런 세르반테스의 깨달음이 반영된 모습일 것이다. 고아와 과부를 도와주고, 불운한 자들의 사연에 귀 기울이며, 편력기사의 구제 행위는 국가의 법에 구애받지 않는다고 선언하는 모습은 단순히 '기사도'라는 명분을 자랑하려는 허세가 아니다. 오히려 돈키호테 자신의 구원을 찾는 본능적인 몸짓이다. 아무리 우스꽝스럽고 쓸모없더라도 사람들은 그런 돈키호테를 사랑한다. 그가 다치지 않고 외롭지 않도록 주위를 지킨다.

젊은 세르반테스가 꿈을 이루러 길을 떠났다면, 늙은 세르반테스는 길 위에 살면서 꿈에서 깨어난다. 꿈에서 깨어나려면 '내가 틀렸다'는 충격을 받는 것으로는 충분하지 않다. 꿈에서 깬 채로도 계속 살아갈 수 있는 방법을 납득해야만 한다. 세르반테스는 그 답을 찾은 듯하다. 세상의 길은 생명의 힘을 불어넣는 원천이었다. 자신의 무지와 상처투성이의 실패까지도 포용하고, 그 후로도 계속 살아가게끔 하는 생명들의 끝없는 이야기였다.

끝에서 시작하는 이야기

여기가 『돈키호테』가 출발하는 자리다. 세르반테스 델 메디테라네오의 방황이 끝날 때, 그때야 비로소 돈키호테 데 라만차의 모험이 시작된다. 인생의 말년에 도달한 세르반테스는 '어떤 그물에도 걸리지 않는 바람처럼' 과거의 기억들을 자유로이 주무르기 시작한다. 돈키호테라는 캐릭터는 그 자유의 소산이다. 늙은 작가는 자신의 분신과 다름없는 늙은 기사를 통해 대리만족할 생각이 털끝만큼도 없다. 오히려 스스로의 무지를 낱낱이 해체할 예정이다. 돈키호테는 무지몽매한 꿈으로 가득한 길을 떠난다. 그는 세르반테스가 앞서 인생에서 거쳐 온 스텝들을 하나씩, 빠짐없이 밟아 나갈 것이다. 근본적인 오해와 상습적인 헛발질, 익숙한 실패와 드문 성공, 수치심을 지나 얻는 깨달음까지. 그 길이 끝날 때 즈음에 돈키호테는 자신의 시작이었던 세르반테스를 만날 것이다. 세상의 길에서 세르반테스는 돈키호테를 기다리고 있을 것이다.

그래서 『돈키호테』는 끝에서 시작하는 이야기다. 세르반테스가 인생의 끝에서 얻은 깨달음에서 출발하여, 돈키호테의 무지를 하나씩 해체하는 이야기다. 세르반테스와 돈키호테의 동행은 서사 쓰기의 새로운 지평을 연다. 두 명의 스페냐드(Spaniard)는 호쾌하게 제안한다. '나'라는 주인공을 중심으로, 사건이 일어난 시간 순대로, 목표를 향해 전진하는 인생 이야기는 이제 지겹다. 아예 거꾸로 가 보면 어떨까? 꿈을 한번 거하게 깨뜨려 보는 것이다. 내 시야 안에서만 머무르려 드는 무지를 끝낼 수 있다면, 그리하여 진정한 길함은 끝을 낼 줄 아는 자에게 찾아온다는 것을 진심으로 이해할 수 있다면, 그때부터 인생은 색다른 '기승전결'을 전개할 것이다. 나의 불행과 행복, 무지와 안식 모두가 세상의 일부가 되는 이야기를 시작할 것이다.

혹시 아직 무슨 말인지 감이 오지 않는가? 걱정할 필요는 없다. 우리 같은 사람들을 위해 이 책이 쓰였을 테니 말이다. 『돈키호테』 작품은 본격적으로 우리를 '두번째 길'로 인도할 것이다.

마지막으로 당부하고 싶은 것이 있다. 인생을 이야기하는 것을 인간만의 특권, 혹은 그 중에서도 소수만의 일이라고 생각해서는 안 된다는 것이다. 이것은 생명과 직결된 실존적 문제다. 모든 살아 있는 마음은 세상을 열심히 읽는다. 그 세상 속에서 살아가게 될 자신의 생을, 그 하나뿐인 이야기를 스스로 쓰고자 한다. 존재하고 싶다는 생명의 본원적인 의지는 '나'와 '세상'을 연결하는 과정 속에서 표현된다. 그 종(種)이 언어를 전유하지 않더라도, 정보의 통합은 항상 일어나는 생리적 현상이다. 바람 앞에 드러눕는 풀, 폭우 속에서도 피는 꽃, 포식자를 만나 온 힘을 다해 도망가는 동물들 모두 각자 최선을 다해 스스로를 세상의 일부로 만든다. 인지과학자 프란시스코 J. 바렐라도 신경은 "'항상' 주어진 상황에 즉각적으로 대응하는 방식으로 움직인다"프란시스코 J. 바렐라, 『윤리적 노하우』, 박충식·유권종 옮김, 갈무리, 2009, 32쪽.면서 인지의 차원에서 '입력'과 '출력'이 분리될 수 없음을 강조한다. 누구나 자기만의 채널로 세상을 인식하고, 인식하자마자 곧바로 액션을 취한다는 것이다.

이 과정이 곧 생물학적 '이야기 쓰기'다. 우리는 펜과 종이 없이도 매 순간 마음으로 자신을 세상과 연결하는 이야기를 쓰면서 살아간다. 누구나 자기 인생을 이야기해 보고 싶다는 욕망을 품는 것이 그 증거다. 그렇다면 서사구조를 배우는 것은 모두에게 필수과목이 아닌가?

이 배움을 얻으려면 우선 겸손해야 한다. 돈키호테는 자신의 얼토당토않은 신념을 위해서 주저 없이 창을 번쩍 들지만, 또 사람들 앞에서 스스로를 겸손하게 낮추는 따뜻한 인품을 갖추었다. 창은 높이 들수록 웃음거리가 될 뿐이다. 태도가 한도 없이 공손하기만 하다면 역시 비웃음을 살 뿐이다. 하지만 돈키호테는 꿈을 높임으로써 스스로를 낮췄고, 이 상하의 균형 속에서 모두에게 마음을 넉넉하게 열었다. 모험 내내 돈키호테는 끊임없이 사람들을 만났고, 친구들과 어울렸고, 길을 갔다. 그의 꿈은 우스웠으나 그 꿈이 그를 세상 속으로 데려다주었다. 그의 구원은 길에 있었다.

고백하건대 나는 이토록 따뜻한 위기를 겪어 본 적이 없다. 이제 남은 일은 『돈키호테』를 읽는 것이다. 이 책은 천연덕스럽게 새로운 정신의 길을 떠나 보라고 제안하고 있고, 나는 거부할 이유를 찾지 못했다. 굳이 이 책을 펼쳐서 여기까지 따라오고 있는 독자분이라면 역시 제안을 거부하지 않으리라 믿는다. (여기서 책장을 닫을 게 아니라면!) 오래 기다리셨다. 지금부터 돈키호테 데 라만차의 모험이 시작된다.

2장

기(起): 무지가 빚어낸 세계

키하노, 소설에 미치다

『돈키호테』의 첫 장에는 돈키호테가 없다. 대신 키하노(Quijano)라고 불리는 마을의 이달고가 있다. 아, 시골마을의 이달고라니. 벌써 캐릭터의 윤곽이 잡힌다. 이 사람은 별 특징 없는 밋밋한 인생을 살고 있을 가능성이 크다. 세르반테스의 성의 없는 태도가 짐작을 확신으로 바꾼다. 주인공이 사는 장소는 물론이요, 이름조차 정확하게 기억하려 들지 않는 저 게으름을 보라.

> 얼마 전 라만차 지역의, 그 이름이 잘 생각나지 않는 어느 한 마을에 한 이달고가 살고 있었다. 예사 이달고들이 그렇듯이 그의 집에는 창걸이에 창이 걸려 있고, 오래된 방패와 비쩍 마른 말 그리고 사냥개 한 마리가 있었다. (……) 집에는 마흔을 넘긴 가정부와 스무 살이 채 안 된 조카가 있었고, 말에 안장을 얹기도

하고 가지치기도 하면서 밭일과 심부름을 하는 젊은 사내아이가 있었다. 우리의 이달고는 나이가 쉰에 가까웠고, 얼굴과 몸이 말랐고, 체형은 꼿꼿했고, 아침 일찍 일어났고, 사냥을 좋아했다. 사람들은 그가 '키하다' 또는 '케사다'로 불렸다고 하는데, 이에 대해서는 글을 쓴 작가들 사이에 다소 의견 차이가 있는 것 같다. 믿을 만한 자료에 의하면 '케하나'가 맞지 않을까 추측되기도 한다.1권 1장

이달고(Hidalgo)란 당시 스페인에 존재했던 하급 귀족 작위를 이른다. 정식 귀족 혈통은 아니지만, 과거에 조상이 쌓은 (주로 무훈과 관련된) 업적 덕분에 평민으로 치부되지는 않은 애매한 사람들이다. 키하노 나리는 이 정의에 딱 들어맞는다. 애매하다 못해 시시할 지경이다. 그의 단출한 일상은 "오래된 방패와 비쩍 마른 말"로 요약된다. 이름 모를 시골마을에서 조상이 물려준 소규모 재산을 까먹으면서 사는데, 엥겔 지수가 어찌나 높은지 식비를 위해 "재산의 4분의 3을 지출"한다. 일가를 이룬 것도 아니다. 데리고 사는 식솔은 조카딸과 가정부, 심부름꾼 소년이 전부다. 당시 유럽 귀족의 평균 수명이 쉰다섯을 넘지 않았다 하니, 그는 지금 중년이 아니라 노년의 한창을 달리고 있다. 이렇게 쭉 심심하게 살다가 어느 날 삶을 마감한다 하더라도 이상할 게 없다.

정말로 그렇게 삶을 마감했더라면 『돈키호테』는 쓰이지도

않았을 것이다. 어느 날 갑자기 키하노의 일상에 일생일대의 사건이 벌어지고 말았다. 조카딸이 사고를 쳤나? 전쟁이라도 터졌나? 아니, 밖에서는 아무 일도 벌어지지 않았다. 라만차는 그대로 라만차였고 이달고들은 그대로 이달고였다. 사건은 오로지 키하노에게만 벌어졌다. 그는 원래 없었던 사람인 것처럼 라만차에서 쥐도 새도 모르게 증발해 버렸다.

키하노의 실종에는 어떤 배후가 있었을까? 아무도 없었다. 단지 책이 있었을 뿐이다. 앞에서 여러 번 언급했듯이, 키하노가 인생의 늘그막에 누린 유일한 취미는 기사소설 탐독이었다. 어찌나 좋아했던지, 노후자금으로 남겨 둬야 할 밭뙈기까지 팔아서 닥치는 대로 책을 사들였다. 독서를 통해 영혼을 살찌울 수 있다면 돈이야 아깝지 않았겠지만, 안타깝게도 기사소설은 그런 책이 아니었다. 줄거리의 예를 들면 이러하다. 용감한 편력기사가 이역만리를 홀몸으로 떠돌다가 악랄한 거인들과 맞서 싸운다. 죽음의 위기가 찾아오지만 사랑하는 귀부인께서 선물해 주신 손수건에 코를 박고 킁킁 냄새를 맡자 갑자기 초인적 힘이 솟아난다. 신성한 사랑의 힘을 담아 칼을 휘두르니 거인들의 몸뚱이가 단칼에 잘려 나간다. 뎅강뎅강!

유치찬란하고 허무맹랑한 이야기가 키하노의 마음을 사로잡았다. 나이 들어서 이게 웬 주책인가. 그는 중독자의 대열에 합류한다. 아침 드라마에 빠진 중년, 웹툰에 매달리는 청년, 컴퓨터 게

임에서 손을 뗄 수 없는 청소년과 다를 바 없다. 눈을 혹사하고 잠을 줄여 가며 책 한 줄이라도 더 읽으려 들었고, 원래 마른 몸이 꼬치꼬치 더 말라 갔다. 세르반테스의 표현을 빌리자면 뇌수가 졸아 들고 "뇌는 말라 분별력을 잃고 말았다".

> 결국 그는 이런 책들에 너무 빠져든 나머지 매일 밤을 뜬눈으로 꼬박 새웠고, 낮 시간은 멍하게 보냈다. 이렇게 거의 잠을 자지 않고 독서에만 열중하는 바람에 그의 뇌는 말라 분별력을 잃고 말았다. 기사소설에서 읽은 전투나 결투, 부상, 사랑의 속삭임, 연애, 번민 그리고 있을 수도 없는 황당무계한 사건과 마법과 같은 모든 종류의 환상들이 그의 머리를 가득 채웠다. 그리하여 자기가 읽은 허무맹랑한 이야기들을 모두 진실이라 생각하기에 이르렀고, 마침내 이 세상에 그런 이야기보다 더 확실한 것들은 없다고 여기게 되었다.1권 1장

키하노는 소설에 미쳤다. 비유가 아니라 실제로 그러했다. 그의 병증은 점점 기막힌 방향으로 진행되었다. 이토록 '성스러운 책'을 수동적으로 읽는 것에만 만족해서는 안 된다는 강렬한 충동에 휩싸였던 것이다. 혹시 기사소설 작가가 되려는 걸까? 아니, 키하노에게는 그보다 더 원대한 비전이 있었다. 바로 자신이 책이 되는 것이었다. 책의 생각을 내 믿음으로 삼고, 책 속의 세계를

내 세계로 만들고, 스스로를 책의 인물로 변신시키는 것이다. 허깨비 같은 발상이었지만 믿음의 힘은 강력했다. 키하노의 정신은 책이 현실이었으면 좋겠다고 염원하는 수준을 뛰어넘어, 환상이 곧 현실이라고 철석같이 믿는 경지에 이르렀다. 이것은 편력기사를 '흉내 내는' 코스프레가 아니라 편력기사가 '되어 버린' 존재의 변신이었다. 서재로 들어갈 때는 이달고 키하노였으나, 정작 서재를 나온 자는 자신이 키하노임을 잊어버린 한 명의 편력기사였던 것이다.

이제 키하노 실종사건의 전말이 이해되셨으리라. 그의 몸은 터럭 하나 달라지지 않았다. 하지만 그의 정신은 하루아침에 다른 세계를 꿈꾸게 되었다. 무명의 편력기사는 태어나자마자 모든 것을 '기사소설식'으로 바꾸기 시작했다. 가장 먼저 한 일은 무기 손질이었다. 구석에 처박혀 있었던 증조할아버지의 골동품 무기를 열심히 때를 빼고 광을 냈다.

그다음 한 일은 명명(命名)이었다. 편력기사의 인생에 없어서는 안 되는 두 가지 요소가 말(馬)과 귀부인이다. 이들에게 기사소설식 새 이름을 붙여 줘야 했다. 아니, 새 말을 구한 것도 아닌데 원래 있던 말에게 새 이름까지 지어 줘야 한단 말인가? 심지어 그가 귀부인의 모델로 삼은 사람은 진짜 귀부인이 아니었다. 오랫동안 이웃으로 알고 지냈던 옆 동네 시골 아가씨였다. 하지만 편력기사는 이런 디테일을 싹 무시했다. 태초에 말씀이 있었다하지 않는가? 명명은 정신 속에서 벌어지는 천지창조다. 창조의 주체가 비록 늙고 우스운 편력기사일지라도 어쨌든 창조는 창조인 것이다. 옆 동네 아가씨가 이 사실을 알았더라면 어떤 표정을 지었을지 지금은 생각하지 말도록 하자.

10일간의 치열한 고뇌 끝에 명명식이 끝났다. 말은 로시난테, 시골 아가씨는 둘시네아라는 이름을 얻었다. ('Rocin-ante'는 '예전에 말랐었다'는 뜻이고, 둘시네아의 'dulce'는 '달콤하다'는 뜻이다. 이는 전부 허구다. 말은 여전히 말라깽이였고, 아가씨의 실제 성격은 단맛보다 마라麻辣 맛에 더 가까웠다!) 그러나 아직 가장 중요한 일이 남아 있었다. 스스로를 명명하는 일이었다. 앞으로 새 이야기의 주인공이 될 터인데 아무 이름이나 붙여서는 안 된다. 그는 가장 그럴듯한 이름을 고르기 위해 심혈을 기울였다. 그렇게 소중하게 채택된 이름, 바로 돈키호테(Don Quixote)였다.

이로써 한 남자가 새로 태어났고, 그의 세상도 '리셋' 되었다. 라만차 마을의 이달고였던 '키하노 나리'가 사라진 자리에는 세계를 기사도로 구원하겠다는 '키호테 귀하'가 강림했다. 이제 그에게 남은 일은 하나였다. 모험을 떠나는 것이다. 위대한 모험을 통해 기사로서 "영원한 이름과 명성을 얻는" 것이다. 눈치채셨는가? 지금 이 기사는 자기 이야기를 베스트셀러 도서로 만들겠다는 원을 세우고 있다. 아, 이놈의 소설병. 정말로 징하다.

기사소설, 자발적 무지의 역습

여기까지가 돈키호테라는 캐릭터가 탄생한 전말이다. 아무리 소설이라지만 지나치게 황당한 설정이 아닌가? 21세기 한국에 사는 사람들은 충분히 그렇게 느낄 수 있다. 그러나 17세기 스페인에서 돈키호테의 등장은 열화와 같은 반응을 일으켰다. 스페인인들은 이 늙은 기사가 너무나 웃겨서 숨을 쉬지 못했다. 어떤 이가 길가에서 미친놈처럼 웃고 있다면 십중팔구 『돈키호테』를 읽고 있는 거라는 말이 나올 정도였다.

이 열렬한 환호에는 이유가 있었다. 돈키호테가 걸린 '소설병'이 실제로 당시 이베리아 반도를 잠식하고 있었다. 베스트셀러 목록의 부동의 1위는 『성경』이었으나, 그다음 순위에는 항상 기사소설이 있었다.Sara T. Nalle, "Literacy and Culture in Early Modern Castile", *Past & Present : A Journal of Historical Studies*, Titus Wilson & Son, 1989, p.86. 책값이 비쌌음에도 농민들은 중고서적을 공동구매해서라도 어떻게든 기사소설을 읽으려 들었다.Sara T. Nalle, "Literacy and Culture in Early Modern Castile", p.89. 그들은 이것이 허구라는 것을 알고 있었을까? 안타깝게도 모두가 그렇지는 못했다. 앞으로 『돈키호테』에서 보게 되겠지만, 어떤 이들은 돈키호테 수준으로 기사소설을 사실이라 믿었다.

스페인의 엘리트들은 이 기현상 앞에서 당혹감을 감추지 못했다. 교육 시설이 확장되고 인쇄술이 전파되면서 사회의 문맹률

이 낮아졌는데, 그 결과가 족보 없는 소설을 탐닉하는 것이란 말인가? 어쩌다가 이런 무지의 역병이 일어났단 말인가? 한 성직자는 사회적 해악을 너무나 걱정한 나머지 기사소설을 경건하게 '리라이팅' 해서 출판하기도 했다. "기사들은 성인(聖人) 혹은 『성경』 속 인물이었다. 그들이 마주치는 모험은 종교 소재에서 직접 빌려 왔거나 명백히 종교적인 영감에 대한 것이었다."Daniel Eisenberg, *Romance of chivalry in the Spanish Golden Age*, Juan De LA Cuesta, 1982, Chapter IV. 물론 흥행은 처참하게 실패했다. 할리우드 마블 시리즈의 주인공들이 도덕책에서 나올 법한 말만 읊고 있다면 대체 누가 돈 주고 영화를 보러 가겠는가.

이 B급 장르의 유일한 대변인은 돈키호테다. 이 늙은 기사는 입을 열 기회만 주어지면 기사소설의 숭고함을 토로하고 또 토로한다. 그에게 기사소설은 『성경』의 자리를 넘볼 만큼 성스러운 책이다. 그 모습이 어찌나 비장한지, 나는 혹시 기사소설에 내가 눈치채지 못한 철학적 메시지가 숨어 있는 것은 아닌지 의심하기도 했다.

하지만 정말이지 이 장르에 배울 만한 미덕은 없다. 아침 드라마의 줄거리처럼 기사소설도 틀에 박힌 서사 구조를 재탕할 뿐이다. 고귀한 혈통을 가진 젊은 기사가 있다. 기구한 인생 때문에 그는 자신의 출신을 모르고 자란다. 그러던 어느 날 공주와 사랑에 빠지고, 공주의 매몰찬 거절에 방황하다가, 영광의 모험을 치르다가, 마침내 출생의 비밀을 파헤치고 영광을 되찾는다…. Daniel Eisenberg, *Romance of chivalry in the Spanish Golden Age*, Chapter I

이 기묘한 장르가 이토록 폭발적인 인기를 얻은 데에는 분명한 이유가 따로 있었다. 그것은 바로 기사도가 가졌던 위상이었다. 종이와 문자로 날조된 허구가 아니라, 피와 살을 가지고 실제로 존재했었던 중세 기사들의 삶의 양식 말이다.

기사는 유럽인들에게 중세 시절 내내 중요한 모범으로 기능했다. 기사의 파토스는 일반 기병(騎兵)과 달랐고, 중앙아시아 초원을 가로지르던 몽골 유목민 전사와도 상이했다. 가톨릭 세계의 기사는 고행을 통해서 육체, 사회, 영혼이라는 세 요소를 고귀하게 합일해 내는 전사였다. 고행을 실천하는 상대는 여성, 왕, 하느님이었다. 왕에게는 충정을 버리지 않는 가신이어야 했다. 여성에게는 어떤 보답도 기대하지 않고 순수한 사랑을 바치는 순정남이어야 했다. 그가 칼을 뽑을 수 있는 것은 오로지 신의 뜻을 수호하는 한에서였다. 신의 뜻은 "모든 것을, 일상생활에서 가장 초라한 영역이 신경 쓰는 것들까지도 포용할 수 있다고 여겨졌다. 그리하여 어부의 그물이 축복받고 농부의 옥수수 씨앗이 축복받듯이 기사의 검 또한 축복을 받았다".Richard Barber, *The Reign of Chivalry*, David & Charles, 1980, p.112. 성속(聖俗)이 뒤섞인 세상에서 폭력은 불가피하다. 그렇다면 신의 뜻을 지키기 위해 검을 '신중히' 쓸 줄 아는 사람이 필요해진다. 기사의 존재 의의는 이렇게 정당화되었다.

그런데 기사의 시대는 르네상스와 함께 본격적으로 저물기 시작했다. 총과 대포 같은 화기(火器)가 적극적으로 활용되면서 더 이상 개인의 용맹함은 전쟁의 승패를 좌우할 수 없었다. 전쟁 규모 또한 과거와 비교할 수 없을 만큼 커졌다. "1630년대 에스파냐의 30만 명, 1700년대 프랑스의 40만 명에 이르는 대군은 기껏해야 수천 명의 기사들 간에 '칼싸움'을 벌이던 중세 군대와 비교하면 천양지차였다." 주경철, 『대항해시대』, 서울대학교출판부, 2008, 190쪽.

기사가 사라졌으니 기사도도 의미를 잃었다. 아니, 잃었어야 했다. 하지만 기사소설의 부흥은 그렇지 않다는 사실을 증명한다. 많은 이들이 자문했을 것이다. 이제 일상에서 덕을 실천하려면 누구를 모델로 삼아야 하나? 폭력은 어떻게 정당화될 수 있는가? 신대륙 탐험가나 이성적인 과학자처럼 새 시대에 화답하는 인간상도 등장했지만 모두를 만족시키지는 못했다. 뿌리째 뽑힌 종교의 전통을 단번에 대체할 수는 없었던 것이다. 사람들의 마음속에서 중세와 근대가 불화하고 있었고, 그 틈새를 기사소설이라는 상상력이 파고들었다.

사실 이는 미봉책에 불과했다. 기사소설 속 인물들은 겉으로만 그렇게 보일 뿐, 근본적으로 기사도와 아무 상관이 없다. 그들에게는 중세 기사에게 활기를 불어넣던 성속(聖俗)의 긴장감이 없고, 피나는 훈련을 통해 얻었던 내공도 없다. 단지 모든 조건을 손쉽게 뛰어넘는 초능력자로서 묘사될 뿐이다. 과거를 그리워한 사람들은 기사도의 본질을 새 시대에 맞게 변용할 수 있는 길을 고민하는 게 아니라, 겉모습과 결과만을 베낀 종이 속 묘사에 탐닉하는 쪽을 택했다. 허접한 껍데기로 허전한 마음을 달래려 한 것이다.

이런 현실도피를 가능하게 했던 것은 두말할 것도 없이 인쇄술이었다. 책이 대량생산되면서 함께 퍼진 문자만능주의는 사회계층과 무관하게 모든 이의 마음을 파고들었다. 활자는 과학의 '팩트'와 제국의 '행정'뿐만 아니라 마음속의 '망상'도 창조했다.

돈키호테는 이 불안한 마음의 구현자다. 돈키호테가 짊어진 짐은 기사도가 아니라, 기사도가 사라진 세상에서 그림자라도 붙잡으려는 사람들의 발버둥이다. 그는 구멍 난 상상력 속에서도 나름대로 최선을 다한다. 사람들이 원하는 기사의 거룩한 파토스를 직접 복귀시키겠다며 길에 나서기까지 한다. 그러나 그 역시 첫 단추부터 잘못 꿰고 있다. 기사도는 매일 훈련을 통해서 스스로를 갈고 닦아야만 얻을 수 있는 실천적 가치다. 반면 돈키호테는 글자만 읽었으면서 자신이 이미 기사도를 '알고 있'고, 또 기사가 '될 수 있다'고 착각한다.

세르반테스는 서문에서 정확히 밝힌다. 『돈키호테』의 목표는 기사소설을 사실이라고 믿는 아둔한 사람들을 갱생하는 것이다. 하지만 그게 이 책의 전부일 수는 없다. 그랬더라면 기사소설이 인기를 잃는 즉시 『돈키호테』도 잊혔을 것이다. 기사도는 죽었고 기사소설은 하찮다. 시간은 흘렀고 베스트셀러 목록은 바뀌었다. 그럼에도 여전히 시공간을 뛰어넘어 반복되고 있는 것이 있으니, 그것은 바로 언어를 매개 삼아 자발적으로 증식하는 무지다. 정말이지, 인간은 언어로 '닫힌 세계'를 창조해 내고 그 속에 스스로를 가두는 데 천재적이다. 호모 사피엔스의 맨 얼굴은 돈키호테가 아닐까?

산초, 희망에 미치다

이런 돈키호테가 모험 길에 올랐으니, 우리는 벌써 결말을 예상할 수 있다. 돈키호테는 실패할 것이다. 기사도가 세상에서 죽어버린 지 오래인데, 그 패러디 격인 '기사소설'을 '실천한다'는 게 가당치 않다. 게다가 그는 늙었고, 말도 말랐으며, 투구와 창은 유물이라고 봐도 좋을 정도로 낡았다. 길 가다가 애꿎은 사고만 당하지 않아도 이건 기적이다.

정작 당사자인 돈키호테는 이런 생각이 손톱만큼도 없다. 모험의 "실행이 늦어질수록 세상이 입을 손실이 크다는 생각에"1권 2장 한시가 급하기만 했다. 그러나 실망스럽게도 그날 길에서는 아무 일도 일어나지 않았다. 하루 종일 뙤약볕 아래에서 걷기만 하다가, 밤이 다 되어서야 객줏집에 도착했다.

바로 그때 그의 망상기제가 작동했다. 그는 자신이 편력기사를 반겨 주는 '성'에 도착했다고 철석같이 믿었다.

> 보고 생각하고 상상하는 모든 것이 책에서 읽은 그대로 되어 있고 또 될 것이라 믿고 있는 우리의 모험가에게는 이 객줏집이 네 개의 탑과 은빛 찬란한 첨탑, 그리고 위로 여닫는 다리와 성 둘레로 깊게 판 해자가 있으며 그 밖에 책에 묘사된 요소들을 모두 갖춘 성으로 보였다. 성으로 보이는 곳 가까이 이른 그는 로시난테를 멈춰 세우고는 나팔 소리로 기사의 도착을 알리는 난쟁이가 망루에 나타나기를 기다렸다.1권 2장

객줏집-성에 입장한 돈키호테는 편력기사의 고색창연한 말투로 입을 연다. "그와 같은 수사를 들어 본 적이 없는" 사람들은 크게 당황했지만 돈키호테만은 태연했다. 그는 로시난테를 부디 잘 돌봐 달라고 정중하게 청을 올린 후, 자신이 성주라고 철석같이 믿고 있는 주막집 주인 앞에 무릎을 꿇었다. 내일 아침 해가 뜨면 기사 서품식을 실행해 달라고 부탁하기 위해서였다.

세상에, 누가 봐도 미쳤다. 처음에는 그를 웃음거리로 삼으려 했던 주막집 사람들도 곧 돈키호테의 광증 앞에서 쩔쩔맨다. 돈키호테가 갑옷을 마당 우물에 턱 하니 올려놓더니, 마부들이 이를 치우려고 할 때마다 죽기 살기로 덤볐던 것이다. 그 딴에는 기사의 명예를 지키기 위해서였겠지만 말이다. 결국 주막집 주인은

'기사 서품식'을 게 눈 감추듯 처리해 버렸다. 돈키호테를 서둘러 주막에서 내쫓기 위한 임기응변이었다.

이제 '정식 기사'가 된 돈키호테는 신이 나서 다시 길을 떠났다. 곧바로 돈키호테의 다음 광증의 희생양이 나타났다. 우연히 같은 길을 가게 된 상인들이었다. 돈키호테는 그들에게 둘시네아가 세상에서 가장 아름다운 귀부인이라고 맹세하라고 근엄하게 강요한다. (기사소설에서 편력기사들이 종종 하는 짓이다.) 부인을 보지도 않았는데 어떻게 맹세를 하느냐고 되묻는 상인들에게 돈키호테는 편력기사다운 대답을 들려주었다. "부인을 보지 않고도 그렇게 믿고 고백하고 확인하며 맹세하고 지키는 게 중요한 것이오. 그것이 싫다면 세상에 다시 없을 오만한 그대들은 나하고 결투를 해야 할 것이오."1권 4장

상인의 하인들은 그 말을 충실히 따랐다. 떼로 몰려가서 돈키호테에게 몽둥이찜질을 선사했던 것이다. 불쌍한 기사는 뜨거운 햇볕 아래 대자로 누워 버렸다. 탈수증에 걸릴 수도 있었지만, 돈키호테는 운이 좋았다. 때마침 근처를 지나가던 같은 마을 출신의 농부가 그를 발견한 것이다. 우리 마을의 점잖은 이달고께서 이 꼴을 하고 있다니! 혼비백산한 농부는 돈키호테를 달구지에 싣고 마을로 급하게 돌아왔다. 모험을 떠난 지 딱 이틀 만이었다.

마을에서는 난리가 났다. 돈키호테가 머리가 돌아 버렸다는 소문이 파다하게 퍼졌고, 조카딸과 가정부는 갑갑한 나머지 화병

에 걸리기 직전이 되었다. 그러나 돈키호테의 모험은 아직 끝날 수 없었다. 새로운 동지가 때맞춰 등장했다. 그의 이름은 산초 판사였다. 이름에 걸맞게 푸짐한 몸매를 자랑하는 배불뚝이 농부였다(스페인어로 판사panza는 뱃살이라는 뜻이다).

이 사람은 또 누구인가? 정신이 제대로 박혔다면 모험을 승낙하지 않았을 것이다. 그러나 안타깝게도 이 농부는 기사소설에 대해 아무것도 몰랐다. 그는 까막눈이었고, 책이라는 사물에 아무 관심도 없는 사람이었다. 당시에는 문맹자도 이웃이 책 낭송하는 소리를 옆에서 들으며 '대리독서'를 했다는데 산초는 그마저도 해당사항이 아닌 듯하다. 그래서 산초는 돈키호테가 미쳤다는 사실을 의심하지 못했다. 돈키호테의 독특한 말투와 행동거지의 출처가 기사소설이라는 것을 알아차릴 재간이 없었다.

산초의 마음이 움직였던 더 결정적인 이유가 있다. 돈키호테는 산초에게 장밋빛 미래를 약속했다. 모험에 성공하기만 하면(실패한다는 가능성은 애초에 돈키호테의 머릿속에 없었다) 산초에게 보답으로 섬을 통째로 하사하겠다고 했던 것이다. 섬이라는 공통 주제가 나오자 이 둘은 찌르르 마음이 통했다. 물론 이것도 제대로 된 소통은 아니었다. 둘은 서로 다른 꿈을 꾸고 있었다. 돈키호테가 말하는 '섬'이란 기사소설에 등장하는 환상의 영지였고, 산초가 떠올리는 '섬'은 당시 아메리카와 아프리카 대륙에서 한창 개발되고 있었던 식민지 섬이었던 것이다.

오해로 시작되기는 했지만, 어쨌든 어리숙한 농부는 인생의 전환기를 맞이하게 되었다. 살면서 최초로 인생역전의 꿈을 품는 순간이었다.

"편력기사 나리, 제게 약속한 섬 이야기를 잊으시면 안 됩니다요. 아무리 큰 섬이라도 전 문제없이 다스릴 수 있거든요."

이 말에 돈키호테가 대답했다.

"산초 판사여, 옛날 편력기사들은 자기들이 손에 넣은 섬이나 왕국의 통솔자로 자신의 종자를 앉혔는데, 이는 그들의 관습이었네. 그런 좋은 관습을 나는 확실히 지킨다네. 아니, 오히려 그들보다 더 뛰어나고 싶다네."1권 7장

산초 판사와 만나고 나서야 돈키호테의 모험은 비로소 동력을 얻는다. 돈키호테와 정반대의 인물로서 산초는 주인의 모든 약점을 커버한다. 돈키호테가 둘시네아를 향한 사랑의 고뇌 때문에 잠을 이루지 못하는 동안 산초는 어디서든 숙면을 취한다. 돈키호테가 온갖 인용구와 미사여구로 연설을 하면 산초는 촌철살인의 속담으로 받아친다. 돈키호테가 전혀 신경 쓰지 않는 먹거리나 잠자리를 챙기는 것도 산초의 몫이다. 게다가 그의 캐릭터는 돈키호테의 광기 앞에서도 묻히지 않는다. 어떤 명령도 산초의 거침없는 자기표현을 금할 수는 없다. 어떤 염치도 그의 생리

반응을 억제하지 못한다.

산초의 가장 큰 공덕은 돈키호테의 고독한 일인극을 세상 속으로 끌어냈다는 것이다. 그가 한 일은 간단했다. 주인의 말에 귀 기울이는 것이다. 돈키호테의 말이 현명한 조언이든 광인의 헛소리든 상관없이 산초는 잘 귀담아듣고, 자신이 느낀 바를 그때그때 솔직하게 표현한다. 둘의 대화는 핀트에 어긋나거나 답 없는 논쟁에 빠지기가 부지기수다. 처음부터 동상이몽에서 출발했으니 당연한 일이다. 하지만 무언가가 통하는 것인지, 둘은 서로를 답답해하거나 지겨워하지 않는다. 그리고 성실하게 말싸움을 다시 시작한다. 덕분에 돈키호테의 내면은 독백에 머무르지 않고 소통의 물살을 탄다. 진솔하게 소통하는 사람이 곁에 한 명만 있더라도 세상에서 고립되지 않을 수 있다. 물론 돈키호테도 틈이 날 때마다 추가 급여를 챙겨 주며 산초의 충실한 마음에 보답한다.

산초는 판단력이 살짝 모자라기는 하지만 수동적인 인물은 아니다. 그를 돈키호테의 거짓말에 속아 넘어간 불쌍한 캐릭터로 보아서는 곤란하다는 뜻이다. 까막눈 산초는 '세상'이라는 책에서 자신만의 '꿈'을 읽어 낸다. 한마디로 이 무지는 그가 자초한 것이다. 비록 돈키호테처럼 화려한 언변으로 채워지지는 않았지만 산초에게도 자기 의견을 밀어붙이는 고집이 있다. 가령 저 멀리 객줏집이 눈에 들어오면 둘은 항상 말씨름을 시작한다. "산초는 객줏집이라고 고집을 피웠고, 주인은 그게 아니라 성이라고 고집을

피웠다. 서로의 주장이 끝장을 보기 전에 그들은 그곳에 도착했다."1권 15장

돈키호테를 따라다니는 것도 역시 산초의 의지다. 산초를 움직이는 힘은 미래에 대한 희망이다. 두들겨 맞고, 노숙하고, 멸시받는 것은 문제되지 않는다. 영주님이 될 거라는 희망만 간직할 수 있다면 이 모든 고난이 의미가 있다. 그리고 산초의 꿈은 훗날 정말로 이루어지게 될 것이다. 『돈키호테』에 걸맞게 기상천외한 방식이지만 말이다.

> "그렇다면 당신은 이렇게 훌륭한 나리의 하인인데도…" 객줏집 안주인이 말했다. "보아하니 영지 같은 건 하나도 안 갖고 계시는 것 같은데, 그건 어찌된 일이래요?" "아직은 시일이 이른 거죠. (……) 제 나리이신 돈키호테님이 이 부상에서, 아니 떨어져서 입은 상처에서 나으시고 또 제가 이 부상으로 병신이 되지 않는다면, 저는 저의 희망을 에스파냐 최고의 직함과도 절대 바꾸지 않을 겁니다요."1권 16장

『돈키호테』에 대한 가장 일반적인 해석은 돈키호테를 이상주의자로, 산초는 현실주의자의 전형으로 보는 것이다. 하지만 산초가 정말 현실적이라는 표현에 걸맞은 인물일까? 무슨 일을 당하든 간에 "희망을 에스파냐 최고의 직함과도 절대 바꾸지 않

을" 거라는 저 쇠고집을 보라. 돈키호테와 산초는 모두 꿈을 꾸고 있다. 전자의 꿈이 텍스트로 쌓아 올려진 관념의 성채라면, 후자의 꿈은 일상에서 습득한 욕심이다. 전자를 '이상'이라고, 후자를 '현실'이라고 굳이 부를 수는 있다. 그러나 한 가지 사실만은 달라지지 않는다. 양자 모두 두 사람이 적극적으로 생산하고 있는 무지라는 것이다.

드디어 모험이 추동력을 얻었다. 책을 너무 많이 읽어서 미친 자와 책을 너무 안 읽어서 미친 자의 절묘한 조합이다. 마을 신부는 둘의 관계를 정확하게 꿰뚫어보았다. 그는 동네의 사고뭉치 돈키호테와 산초를 잡아오겠다며 해결사를 자처하는 사람인데, 길을 떠나기 전에 이렇게 말했다. "그 기사와 종자의 터무니없는 이 상상이 어떻게 되어 가는지 두고 보세나. 마치 두 사람이 똑같은 틀에서 만들어진 듯하니, 주인의 광기도 종자의 바보짓 없이는 한 푼 가치도 없을 것 같군." 2권 2장

풍차와 달리기—생명을 전도시키는 무지

운이 트이려는 걸까? 돈키호테 홀로 길을 갈 때는 아무 일도 벌어지지 않더니, 산초 판사와 함께 길을 떠나자마자 곧바로 대모험이 찾아온다. 바로 풍차의 모험이다. 『돈키호테』를 안 읽은 사람도 이 장면을 모를 수가 없다. 무지가 행동력을 얻을 때 무엇을 할

수 있는지 보여 주는, 가히 신화적인 장면이다. 직접 감상해 보도록 하자.

"친구 산초 판사여, 저기를 좀 보게! 서른 명이 넘는 어마어마한 거인들이 있네. 나는 싸워 저놈들을 몰살시킬 것이야. 그 전리품으로 부자가 될 걸세. 이것이야말로 정의의 싸움이며, 사악한 씨를 이 땅에서 없앰으로써 하느님께 크게 봉사하는 일인 게지."

"거인들이라뇨?" 산초 판사가 물었다.

"저기에 있는 저놈들 말이네." 주인은 대답했다. "기다란 팔을 가진 놈들 말이야. 2레과(1레과는 약 5.572km)나 되는 팔을 가진 놈들도 있군."

"나리." 산초가 대답했다. "저기 보이는 것은 거인이 아닙니다요. 풍차입니다요. 팔로 보신 건 날개인데, 바람의 힘으로 돌아서 방아를 움직이죠."

"보아하니…." 돈키호테가 말했다. "자네는 이런 모험을 도통 모르는 모양이구먼. 저건 거인이야. 겁이 나면 저만치 물러나서 기도나 하게. 그동안 나는 저놈들과 지금껏 보지 못한 맹렬한 싸움을 벌일 테니까."

이렇게 말하고 돈키호테는 그가 싸우고자 하는 저것들은 절대 거인이 아니며 풍차라는 종자의 말을 들으려고도 하지 않고 로시난테에 박차를 가했다. 놈들이 거인이라고 굳게 믿고 있었으므로 그에게는 종자 산초의 말이 들리지 않았고 가까이 갈 때까지 상대가 무엇인지 제대로 보이지도 않았다. 오히려 소리를 지르며 돌진했다.

"도망치지 마라, 이 비겁하고 천한 자들아! 너희들을 공격하는 이 기사 한 명뿐이다." 1권 8장

결과가 어찌 됐을진 안 봐도 훤하다. 풍차의 힘에 자비란 없다. 창은 저 멀리 날아갔고, 말과 사람 역시 공중으로 붕 떴다가 내동댕이쳐졌다. 코미디 영화의 한 장면이 현실에서 구현된 것이다.

산초만은 웃을 수가 없다. 그는 눈알이 튀어나올 것 같다. 지금 내가 뭘 본 거지? 악마가 주인의 눈을 가려 버리기라도 했나? 산초에게는 안된 일이지만 이것이 돈키호테식 모험이다. 모험은 찾아오지 않는다. 상상되고 창조될 뿐이다. 돈키호테의 머릿속에는 모험의 서사가 이미 꽉 차 있고, 그는 이 중 하나를 현실에 투사한다. 앞으로 이런 상상-모험은 수차례 더 반복될 것이다.

이 장면은 수 세기 동안 고갈되지 않는 영감의 원천이 되었다. 누구는 이 질주 속에서 광대를 발견했고, 누구는 낭만주의의 화신을 보았으며, 또 다른 이는 혁명가의 원형을 끌어내었다. 풍차 모험이 돈키호테가 일으키는 모든 사건사고의 본질을 요약하고 있기 때문이다. 우연히 풍차 모험을 지켜본 행인이 있다면 그는 뭐라고 생각할까? 저기 미친 사람이 있다고 말할 것이다. 그런

데 무엇이 돈키호테의 광기를 설명할 수 있을까? 기사소설일까? 아니, 아니다. 서재에 앉아서 책을 게걸스럽게 읽는 돈키호테가 미쳤다고 말하기에는 아직 한 스텝이 부족하다. 광기를 발현시키는 것은 머리가 아니라 행동이다. 돈키호테는 책을 읽어서 광인이 된 게 아니라, 책을 읽은 후 풍차를 향해 '달렸기' 때문에 광인이 된 것이다.

더 분석을 해보자. 돈키호테는 세상을 문자 그대로 믿는 사람이다. 이것은 광기가 아니라 몰이해다. 또, 그는 무지를 잣대 삼아서 바깥세상을 멋대로 재단한다. 이 또한 광기가 아니라 오만이다. 그런데 돈키호테는 여기서 멈추지 않는다. 그는 자의적으로 구축한 세계상 속으로 거침없이 달려간다. 이 행동에는 티끌 하나의 거짓도 없는데, 돈키호테가 자신의 목숨을 걸고 있기 때문이다. 몸을 구성하는 15조 개의 세포가 빠짐없이 무지를 믿지 않는다면 이런 행동은 불가능하다.

여기서부터 광기의 영역이 시작된다. 광기란 단순히 비정상 상태에 빠진 정신이 아니다. 그런 정신과 신체의 적극적인 합일이다. 지행합일(知行合一)이 아닌 '몽행합일'(蒙行合一)인 셈이다. (잘못) 행동한다, 고로 (잘못) 존재한다! 책이 광기의 시발점이 되었는지는 몰라도, 광기가 완성된 것은 행동 속에서였다.

돈키호테가 너무 극적인 경우라고 생각된다면 일상적인 예시를 생각해 보자. 수많은 이들이 돈키호테 못지않게 판타지를 마음속에 꿍쳐 놓고 산다. 로맨스 웹소설을 너무 많이 읽은 나머지 자기 인생에도 '완벽한 파트너'가 나타날 것이라고 망상하는 경우는 흔하다. 그런 상상을 양분 삼아 웹소설계의 규모도 점점 커지지 않는가. 이 독자들과 돈키호테의 차이는 무엇일까? 상상을 기반으로 행동하느냐 아니냐, 단지 이뿐이다. 만약 망상을 현실과 혼동하여 누군가의 일상에 뛰어든다면 돈키호테와 다를 바가 없다. 그때부터 광기의 영역이 시작된다. '내'가 만든 판타지와 '남'이 사는 세상이 다르다는 것을 볼 수 없을 만큼 눈이 멀었기 때문이다. 그때부터 이야기의 장르는 혼자만의 로맨스에서 이웃집 스릴러로 바뀐다.

광기와 생기를 가르는 기준은 무엇일까? 내 생명활동에 유리한 쪽, 더 나아가 나와 함께하는 상대방의 생명활동에도 유리한 쪽을 택하려는 힘이 생기(生氣)다. 그러나 광기는 반대를 택한다. 모든 생명체는 살아가라는 명을 따로 배우지 않아도 자연스럽게 이행한다. 그런데 만약 이 리듬을 거슬러야만 '살아 있다'고 느끼는 상태라면 특별한 병명이 없더라도 이는 이미 아픈 것이다. 그리고 생명의 역행이 만성적으로 계속된다면 그것이 미친 짓이다. 일단 살아 있어야 망상도 하고 욕망도 한다. 하지만 망상과 욕망이 '목숨을 거는' 방식으로 삶을 증명하게 만든다면, 그리고 증명 과정 자체가 삶이 된다면 이것은 광기다. 게다가 삶의 증명에 내 목숨을 걸 수 있는 사람은 타인의 목숨도 서슴없이 걸 수 있다. 혹은 타인의 목숨만 걸고자 하는 비겁자들도 있다. 어떤 경우든 광기는 전도된 생명이다.

전도된 삶은 그런 삶을 원하는 왜곡된 정신 상태를 수반한다. 살아가다 보니 자연스럽게 의미를 생성하는 게 아니라, 특정한 의미체계를 시작부터 강요하는 정신 말이다. 여기에서 무지가 태어난다. 이 무지는 정보가 부족하여 생긴 빈틈이 아니다. 그 증거로 돈키호테의 지력은 정보를 받아들이는 데 아무런 문제가 없었다. 마을 신부의 말마따나 "이 착한 양반"은 기사소설이 아닌 "다른 일과 관련되었을 때는 아주 이치에 꼭 맞으며, 모든 일에 분명하고 온전한 이해력을 보여" 준다.1권 30장

그의 무지는 오히려 빈틈을 없애려는 경향성에서 나온다. 외부와 차단된 정보처리와 주저 않는 행동력, 내가 옳다는 신념이 맞물리면서 스스로를 '닫힌 존재'로 만드는 것이다. 이것은 세상 속에 특정한 방식대로만 존재하겠다는 고집이다. 이 불통 상태가 존재를 잠식할 때 광기가 시작된다.

실천은 동서고금을 막론하고 중요한 가치다. 앎과 삶이 어긋나고 있다고 느낄 때 우리는 심신이 불편해진다. 사회적 대의를 추구할 때는 물론이요, 소박한 일상을 꾸릴 때도 마찬가지다. 하지만 실천을 행할 때 꼭 던져야 할 질문이 있다. 원하는 바를 어떻게 실천해야 현명한 걸까? 바라는 바를 '문자 그대로' 현실과 일치시킬 때까지 밀어붙여야 할까? 그렇게 하면 실패할 확률이 99%

가 된다. 금 함유량이 99%인 금은 좋은 금이지만 '순금'은 될 수 없는 것과 같은 이치다.

게다가 이 강경한 태도는 일상에 충만함을 가져오기는커녕 광기의 불씨를 지피는 무지로 손쉽게 뒤집힌다. 라만차의 남자를 보라. 그는 풍차를 향해 질주한다. 세상의 모든 장소와 삶의 모든 순간, 자신의 존재까지도 기사소설의 필터로 거른다. 스스로의 목숨을 걸었으니 이보다 더 진정성 있는 실천은 없다.

돈키호테를 뭐라고 부르든 간에 다음의 사실은 변치 않는다. 돈키호테는 세상과 삶에 대한 명징한 깨달음 속에서 목숨의 집착을 비운 게 아니다. 그의 '목숨 건 실천'은 앎이 삶보다 더 중요해져 버렸다는 '전도'(顚倒)를 보여 줄 뿐이다. 결국 명칭은 중요하지 않다. 명분의 숭고함도 상관없다. 질주하고 있는 마음이 무지에 의해 추동되고 있는 한, 배타적인 정신과 헌신적인 행동이 합치되는 순간 삶의 에너지는 무지의 구덩이에 빠지게 된다. 진정성이 모든 문제의 만병통치약은 아니다. 내가 간절히 바라는 삶은 사실상 내가 버리지 못하는 무지일지도 모른다.

세르반테스는 이 모든 사실을 장면 하나로 이해시킨다. 자, 풍차-거인을 향해 달려가자! 계란으로 바위치기일지언정 나는 죽어서라도 편력기사로서 존재하리라! 풍차 모험은 모두에게 큰 웃음을 준다. 한바탕 웃은 후에 등 뒤로 한 줄기 섬뜩한 기분을 느꼈다면, 돈키호테를 제대로 만나고 있는 것이다.

양떼와 이름들—무지를 증식시키는 언어

문제는 이 무지가 너무나 디테일하다는 데 있다. 무지는 바보의 얼굴을 하지 않는다. 오히려 이것이 온 세상이라는 듯이 폭 넓게, 실감나게 다가온다. 이 힘을 보증하는 것이 바로 언어다. 이를 잘 보여 주는 또 다른 에피소드가 있다.

돈키호테와 산초가 길을 가고 있었다. 그런데 갑자기 저 멀리 흙먼지가 양쪽에서 자욱하게 일어났다. 이를 보자마자 돈키호테는 엄청난 규모의 군대가 맞붙었다고 믿었다. 그는 산초에게 두 군대가 어떻게 격돌하게 되었는지 이야기를 시작했다. 보이지도 않는 먼지 속에서 (그의 상상 속에서는 또렷하게 보였겠지만) 각각의 군인들이 어느 지역에서 왔는지, 어떤 사연을 품고 있는지 디테일을 쉴 새 없이 늘어놓았다. "그 유명한 한토 강의 달콤한 물을 마시는 사람들이 있고, 마실로스인들의 마을을 짓밟는 산악 지대의 사람들이나, 행복한 아라비아의 고운 사금을 체로 거르는 사람들." 1권 18장

설명이 어찌나 자세한지, 산초도 이를 철석같이 믿을 지경이었다. 그러나 먼지더미가 가까이 다가와도 사람의 형상은 보이지 않았다. 들리는 것은 오로지 양의 울음뿐이었다.

"자네 귀에는 말들이 울부짖는 소리와 나팔 소리와 북소리가 들리지 않는단 말인가?"

"양들이 요란하게 울어 대는 소리 말고 다른 것은 들리지 않는 뎁쇼." 산초가 대답했다.

이 말은 사실이었다. 이미 양쪽의 양 떼들이 서로 꽤 가까이 다가오고 있었다.

"자네의 두려움이…" 돈키호테가 말했다. "자네로 하여금 제대로 보지도 듣지도 못하게 하는 걸세. 두려움이 미치는 영향 중에는 모든 감각을 혼란스럽게 하여 사물을 있는 그대로 보지 못하게 하는 게 있다네. 그렇게 겁이 나면 산초, 한쪽으로 물러나 있게. 나 혼자 내버려 두게. 나 하나로도 내가 돕는 쪽이 이기도록 하기에 충분하니 말일세."

이렇게 말하면서 그는 창을 창 집에 꽂은 채 로시난테에 박차를 가하여 번개처럼 비탈길을 달려 내려갔다. 산초가 큰 소리로 말했다.

"나리, 돈키호테 님, 돌아오세요. 나리께서 싸우시려는 상대는, 하느님께 맹세합니다만 바로 양떼입니다요! 제발 돌아오시라니까요. 나를 낳아 주신 아버지는 운도 없으시지!" 1권 18장

양의 소리밖에는 들리지 않는다는 산초에게 돈키호테는 뻔뻔하게 대꾸한다. 두려움에 네 귀가 멀어서 그렇단다. 어리석음이 "모든 감각을 혼란스럽게 하여 사물을 있는 그대로 보지 못하"고 있는 것은 정작 자기 자신인데도!

하지만 돈키호테는 거짓말을 하고 있는 것이 아니다. 양떼를 보는 순간 그는 군대가 다가온다고 정말로 믿었다. 기사소설에 나온 사연 많은 군인들이 존재한다고 확신했고, 군인이 아닌 무엇인가가 대규모로 자신을 향해 달려온다는 가능성은 생각할 수도 없었다. 책에서 읽고 또 기억하고 있는 말들이 다른 생각의 길을 아예 차단해 버린 것이다. 이토록 '구체적인 언어'가 질서정연하게 현실을 드러내고 있는데, 어떻게 이를 환상이라고 치부하겠는가?

언어는 마법이라 해도 될 만큼 강력한 힘을 지녔다. 이 힘을 어떻게 쓰느냐에 따라서 우리는 깨달음을 향해 도약하기도, 무지의 구덩이에 빠지기도 한다. 언어가 기억을 박제하는 도구가 되는 순간 무지는 증식될 수밖에 없다. 새 경험이 불가능해지기 때문이다. 이 위험한 증식 사태는 도처에서 벌어진다. 정보를 '자유롭게' 제공하는 디지털 시대에도 사람들은 자기가 듣고 싶은 주장만 골라 듣는다. 편향적인 유튜브, 기사, 방송, 연설과 대화가 반복된다. 이것들이 정신에 충분히 각인되고 나면 '진실'을 형성하는 재료가 된다. '진실'의 모습이 디테일해지면 해질수록 외부를 사유하기가 더 어려워진다. '아니 땐 굴뚝에 연기 나랴', '설마 아무 일도 일어나지 않은 건 아니겠지'라고 생각하게 된다. '악마는 디테일에 있다'는 말은 그래서 참으로 진실이다. 언어와 정신이 만드는 악순환의 고리는 세르반테스의 모험뿐만 아니라 돈키호테의 모험에도, 우리들의 시대에도 여전히 대활약 중이다.

모험의 결과는 어떠했을까? 당연히 대실패였다. 돈키호테는 군인-양들을 창으로 찌르고 다녔고, 머리끝까지 열 받은 양치기에게 돌팔매질을 당했다. 그러나 격심한 통증도 돈키호테의 아집을 부수지는 못했다. 방금 전까지만 해도 군인이었던 자들이 어떻게 양으로 둔갑한 것인지 어리둥절해했으나, 이건 필히 흑마법사의 농간이라고 금세 합리화했을 뿐이다.

눈 먼 자들의 눈부신 세계

이제 짐작이 되는가? 『돈키호테』가 어떻게 시공을 뛰어넘어 불멸의 고전이 되었는지 말이다. 돈키호테가 무슨 책을 읽고 무슨 인물을 모방하는지는 중요치 않다. 중요한 것은 그가 세상을 읽는 방식이고, 그 속에서 살아가는 방식이다. 돈키호테의 독법은 우리가 삶에 의미부여를 하는 하나의 전략이다. 외부를 차단함으로써 내부를 유일한 세계로 만드는 것이다. '의미'는 그 세계의 중심으로서 구축되고, 그 안에 안전하게 보관된다.

이 방식이 옳으냐 그르냐를 따지는 것은 별 소용이 없다. (돈키호테 앞에서 '당신의 사고방식에 문제가 있다'고 논증하는 것이 대체 무슨 의미가 있을 것인가?) 다만 의미라는 것이 합리성으로 완성되지 않는다는 것을 깨닫는 것으로 충분하다. 존재의 의미는 실존적이어야 한다. 실존은 사고실험이 아니라 에너지를 지닌 운동이다. 한 생명체가 뼈와 살을 가지고서 이 세상에서 쉼 없이 그리는 운동의 궤적이다. 과학자 브라이언 그린의 말마따나 삶이라는 4차원의 우주에서 우리는 시간의 축을 따라 강제로 '이동당하고' 있다. 하지만 어떻게 해야 이 운동 궤적을 만족스럽게 그릴 수 있을까? '삶의 의미'는 이 질문의 대답이 되어 주어야 한다. 이 답을 통해서 우리는 장애물 앞에서도 추동력을 얻을 수 있어야 하고, 낙담했을 때 위로를 받을 수 있어야 하고, 길을 잃었을 때도 금방 좌표를 다시 얻을 수 있어야 한다.

이때 돈키호테의 방법은 상당히 효과가 있다. 기사소설 말고 좀 더 그럴듯한 불변의 준거점을 생각해 보라. 돈, 가족, 민족, 집단의 (진보든 보수든) 가치, 종교, 혁명, 쾌락, 혹은 오로지 '나 자신'…. 이 축들은 아주 파워풀해서 정말로 세상이 이를 중심으로 돌아가는 것처럼 보인다. (이쯤에서 벌써 '그렇게 보이는' 게 아니라 '정말 그런 거'라고 많은 사람들이 이의를 제기할 것이다.) 세상이 그렇게 돌아간다는데 무엇을 망설일 것인가? 이제 남은 일은 이 기준을 향해 삶을 밀어붙이는 것뿐이다.

이 돈키호테식 의미부여는 분명 매혹적이다. 쉽게 강렬해질 수 있기 때문이다. 무슨 기준을 선택하든 간에, 중심을 향해서 모이는 정신의 한복판에는 늘 같은 요소가 발견된다. 바로 자아다. 자아는 외부와 차단된 의미체계의 진짜 이름이다. 하나의 의미를 실존의 원동력으로 내세울 때, 이는 나 자신을 한 가지 단일한 요소로 구성하겠다고 선언하는 것과 같다. 돈이 나고, 가족이 나고, 쾌락이 곧 나다. 더 화려한 변주도 가능하다. 우리는 '나는 다양한 요소로 구성되었다'고 선언할 때조차 '다양성을 존중받아야 하는 나'를 중심에 둔다. '애쓰지 않고 즐기며 살겠다'고 말할 때조차 '간섭받고 싶어 하지 않는 나'가 중심에 있다. (이를 두고 들뢰즈와 가타리는 수목뿌리에서 수염뿌리로 바꿔치기했다고 표현했다.)

다시 말해서 구심점 운동은 내가 세상에서 살아 있다는 실존성을 선명하게 만든다. 우선 자기보호라는 본능을 만족시킬 수 있다. 만족을 구하기도 쉬워지고, 세상 속에서 삶의 방향을 찾는 것도 간단해진다. 나를 완성시키는 (그럴 수 있다고 믿는) 방향으로 달려가기만 하면 된다. 더, 더욱더, 끝까지…. 이 통합된 채널 속에서 삶의 에너지가 극대화된다.

이 질주는 외부 세계에 눈을 감아야만 가능하다. 그래서 위험하다. 중심의 의미부여가 제아무리 대단한 일을 해낸다 한들, 이 의미체계가 내리는 제1명령은 내부 세계를 무너뜨리지 말라는 것이다. 이렇게 특정 사실에 지나치게 집착하게 되면 앞에서 살펴본 대로 자기도 모르게 무지와 광기의 함정에 빠질 수 있다. 극대화된 생명력이냐, 생명을 위협하는 광기냐, 이 둘의 경계에서 아슬아슬하게 줄타기를 해야 한다. 이 줄타기는 근사해 보이기도 한다. 역설적이게도 '눈 먼 자들'의 세상은 눈이 부실 만큼 밝고 명료하다. 의심할 여지를 없앤 '명약관화'한 사실판단들이 자부심과 함께 빼곡히 정렬되어 있다. 그 안에서 삼라만상이 다 펼쳐지는 것이다. 심지어 이 세상은 타인을 들일 만큼 품도 넓다. 중심의 의미를 추구하는 사람들이 꼭 자기만을 위해서 이기적으로 사는 것은 아니다. 돈키호테를 보라. 그의 가슴속에는 자신의 낡은 창으로 구해 내야 하는 온 세상이 창대하게 존재했다. 그는 세상의 약자들에게 진심으로 연민을 느꼈다.

그러나 잊어서는 안 된다. 돈키호테의 공감은 자아의 팽창에 지나지 않는다. 그의 선한 성품은 무지의 연장선으로 이용되고 있다. 그는 삶에는 의미가 있어야 한다고 믿고, 제자리를 떠나 세상과 만나고 싶어 한다. 하지만 돈키호테는 자기 내면 바깥으로 한 발짝도 나가지 못한다. 삶과 세상, 양쪽 모두를 머릿속을 가득 메우고 있는 기사소설로 덧칠하는 것 외에는 다른 길을 알지 못했다.

돈키호테의 모습 위로 수많은 '독서가들'의 모습이 겹친다. 『성서』를 문자 그대로 이해하려는 종교 근본주의자, 과학의 언어로 표현되지 않는 현상을 미신으로 치부하는 과학자, 시대의 변화를 무시하는 전통주의자, 대의를 위해서라면 목숨을 희생해도 좋다고 여기는 혁명가, 왜곡된 정보들을 무비판적으로 받아들이는 인터넷 유저들, 사회적 상식 내에서 안전하게 머물면 잘 살 수 있다고 믿어 의심치 않는 시민들. 물론 이 다양한 집단들을 동일시해서는 안 되고, 그럴 수도 없다. 그러나 이들 사이에는 부정할 수 없는 공통점이 있다. 자신들이 택한 언표가 이 세상에서 어떤 확실성을 보증해 주기를 열렬하게 욕망한다는 것이다. 이 태도를 버리지 않는다면 돈키호테가 설령 훌륭한 책을 읽었더라도 얼마든지 같은 일이 벌어질 수 있다. 돈키호테가 아니라 우리가 책을 읽더라도 역시 같은 함정에 빠질 수 있다. 여백이 없는 사유는 서로 닮은 운동의 궤적을 그린다.

심지어 종교의 경전조차도 시야를 차단하는 가림막이 될 수 있다. 경전을 읽을 때 습관을 버리지 못하고 "그것이 곧 신에 관한 사실인 것처럼 문자 그대로 읽을 수 없"카렌 암스트롱, 『신을 위한 변론』 19쪽.다는 사실을 무시한다면, 그 사람은 자신의 개인적인 (그러나 그에게는 명료하고 객관적일) 해석의 틀에 신을 끼워 맞추게 된다. 앞서 보았듯이 이것이 "우상숭배"다. 집단적 우상숭배가 극한에 이르면 무슨 일이 벌어지는지 역사는 이미 보여 주었다. 바로 십자군 전쟁이다. 중세 유럽인들은 "자기들과 닮은 신을 만들어서 경쟁 신앙들에 대한 두려움과 증오를 그 신에게 떠넘기고 신의 절대적인 승인을 받은 것처럼 행동했다. (……) 반유대주의를 유럽의 불치병으로 만들었고 이슬람 세계와 서구의 관계에 지울 수 없는 상처를 남"앞의 책, 233쪽.기면서. 뼈아픈 역설이 아닌가? 17세기 스페인인들이 기사소설을 통해 그림자라도 보고 싶어 했던 과거의 '신성한 기사들'은 우상숭배에 눈이 먼 또 다른 돈키호테들이기도 했던 것이다.

오늘날 서구의 진보적 지성인들은 십자군 원정을 종교적 수치라고 비판한다. 근대는 중세가 모든 것을 신에게 의탁한다면서 비합리적이라고 비판하고, 근대 과학의 합리성을 강조한다. 그렇게 하면 눈 먼 무지로부터 자유로워질 수 있다는 듯이 말이다.

그렇지만 우상숭배는 시대와 장소를 불문한다. 세상을 절대적 기준으로 판단하려는 인간의 마음이 변하지 않기 때문이다. 종교를 포기한 이후 어느 때보다 절실하게 초월의 부동자(不動者)를 찾아 헤맨 시기는 오히려 근대였다. 적의 피를 직접 손에 묻히는 대신 '적을 죽여도 괜찮은 이유'에 대해 합리적으로 논증한다. 수호신에게 우리 부족을 지켜 달라고 기도하는 대신 '우리 편을 효율적으로 방어하는 방법'을 연구하고 또 전파한다. 이런 말들에 기대어 폭력은 그 어느 때보다 조직적이고 디테일하게 자행된다. 근대에 "유럽인들이 보인 폭력성의 특징은 역설적으로 '합리적' 폭력이었기 때문에 더욱 가공할 위력을 발휘하고 더 파괴적"주경철, 『대항해시대』, 235쪽.이었다.

그러니 인간을 이성의 동물이라고 정의하는 것은 얼마나 좁은 시선인가. 삶을 이래저래 정의하려는 말들은 많다. 그러나 이 말들을 찾는 사람의 마음속에서 꿈틀거리는 것은 자신의 실존을 분명하게 느끼고 싶다는 공통의 욕망이다. 모두들 자기 삶이 의미 있기를 바라고, 순간이 쌓인 시간이 허무하지 않기를 바라고,

지금 내가 최선을 다해 달리고 있는 이 길의 끝에 '풍차'가 아니라 '거인'이 있기를 바란다. 결국 각자가 자기 수준에서 구원의 길을 찾고 있다. 미르체아 엘리아데의 말처럼 '무종교인'들은 각양각색의 '의사(擬似)종교'에 매달린 채 매일을 살아간다. 암스트롱이 말한 것처럼 '종교인'들마저도 '우상숭배'를 멈추지 못한 채 해소되지 않는 불안을 달랜다.

> 엄격하게 말해서, 무종교적 인간의 대다수는 종교적 행동으로부터, 신학과 신화로부터 해방되어 있지 못하다. 그들은 때때로 희화(戲畫)의 차원으로까지 타락되고, 따라서 그 성격을 식별하기 어려울 정도가 돼 버린 마술적·종교적 여러 관념 아래를 헤맨다. (……) '종교를 갖지 않은' 인간들의 대다수는 여전히 의사종교와 타락한 신화를 갖고 있다. (……) 순수하게 합리적인 인간이란 하나의 추상에 불과하다. 실제 생활에서는 결코 그런 인간을 발견할 수 없다. 모든 인간존재는 그의 의식적 활동과 더불어 그의 비합리적 경험으로 구성된다.미르체아 엘리아데, 『성과 속』, 이동하 옮김, 학민사, 2016, 182~186쪽.

그리하여 돈키호테의 여정은 다분히 종교적이면서도 만인의 모습을 포괄한다. 세상의 진풍경에 눈을 감고, 스스로가 만든 상상 속을 헤매면서, 삶의 궁극적인 의미를 찾아 헤매는 사피엔스들. 우리는 눈이 멀었고, 우리 앞에 놓인 세계는 눈부시도록 자명한 '목표물'과 '이름들'을 보여 준다. 이 세계를 벗어나서는 살 수 없다는 생각에 우리는 끝까지 눈을 뜨지 않는 것일지도 모른다.

첫 단추는 늘 잘못 꿰어진다

앞으로도 모험은 쭉 이럴 것이다. 돈키호테와 산초는 기상천외한 방식으로 사고를 치고 사람들에게 얻어맞을 것이다. 물론 가끔 좋은 일이 생기기도 한다. 그래서 더 문제다. 열에 아홉은 실패하더라도 딱 한 번 성공했던 그 기억 덕분에 모험을 포기하지 못한다. 산초는 풍차 모험 때 자기 주인이 미쳤음을 직감했지만 도망갈 타이밍을 놓치는데, 그 직후 주인이 비스카야 출신의 하인을 상대로 승리를 거뒀기 때문이다. 물론 이는 순전히 요행이었다. 하지만 그 순간 산초의 눈에는 주인의 뒤에서 성스러운 후광이 들이쳤다!

> 승부가 나고 돈키호테가 다시 로시난테에 오르려 하자 등자를 받쳐 주러 와서는 주인이 말에 오르기 전에 그 앞에 무릎을 꿇더니 손을 잡아 입을 맞추고는 말했다.
> "나의 주인 되시는 돈키호테 나리, 이 혹독한 전투로 얻은 섬을 제게 다스리게 하소서. 그 섬이 아무리 넓다 할지라도 저는 섬을

다스린 일이 있는 세상 어느 누구 못지않게 훌륭히 다스릴 수 있을 것 같습니다요." 1권 10장

산초가 도망가지 않아서 참 다행이다. 덕분에 『돈키호테』라는 이야기는 계속될 예정이다. 홀로 가는 길은 외롭다. 웃음과 사건이 벌어지려면 우선 동행자가 있어야 한다. 산초는 돈키호테의 이야기에 진심으로 귀 기울이는 첫번째 사람이고, 모험에 생기의 불꽃을 붙이는 부싯돌이 되어 줄 것이다.

우리 인생 이야기는 늘 이렇게 시작한다. 태어났을 때부터 무지에서 자유로운 사람은 없다. 자신이 무엇을 모르는지를 모르는 데다가, 무지가 '필터링'하는 세계가 '진짜 세계'의 모습이라고 믿는다. 그래서 청춘은 풋내 나는 경험으로도 자신만만할 수 있다. 이 고집을 어쩌겠는가? 직접 길을 나서서 만신창이가 될 때까지 부딪히는 수밖에. 첫 단추는 늘 잘못 꿰어질 수밖에 없는 것이다.

그러나 시작은 변화가 예고되는 설레는 순간이기도 하다. 비록 우매한 상태로 출발할지라도, 일단 출발하지 않는다면 이 상태에서 어떤 변화도 일어날 수 없다. 『돈키호테』는 이 설렘이 쭉 유지된다. 돈키호테의 모험은 풍차 모험과 양떼 모험의 패턴에서 크게 벗어나지 않고, 무지의 메커니즘도 거의 변하지 않는다. 그럼에도 이야기는 지루함의 늪에 빠지지 않는다. 매 순간 다시 시작하는 것처럼 발랄하다.

왜 그럴까? 본격적인 이유는 다음 장에서 살펴볼 것이다. 여기서 하나 꼭 짚고 넘어가야 하는 요인이 있으니, 바로 인물의 매력이다. 산초와 돈키호테는 누구든 같이 어울리고 싶은 캐릭터다. 정신의 면적이 좁디좁을지 몰라도, 일상에서는 타인을 받아들이는 넉넉한 여백을 갖췄기 때문이다. 산초는 생리적으로 건강하다. 구수한 입담을 가졌고, 어디서나 잘 먹고 잘 자며, 음흉하지 않다. 이런 사람은 언제 어디서든 모든 종류의 사람들과 잘 섞여 살 수 있다. 또 돈키호테에게는 타인을 향한 지칠 줄 모르는 호기심과 겸손함이 있다. 그는 길에서 사람을 마주칠 때마다 이야기를 청한다. 덕분에 이 광인은 세상에서 고립되지 않는다.

> "당신을 도와드리고 싶은 마음뿐이라오. 어떤 수를 써서라도 당신을 찾아내어 이토록 이상한 생활을 하게 한 당신의 고통이 무엇인지 듣고 뭔가 해결할 수 있는 방법을 찾을 때까지 이 산을 떠나지 않을 작정이었소. 해결 방법을 찾을 필요가 있다면 마음을 다해 찾을 것이오. 당신의 불운이 어떤 종류의 위안도 받아들이지 않는 그런 종류의 것이라면 힘이 미치는 한 그 불운을 같이 탄식하고 울어 드릴 생각이오. (……) 나는 죄 많고 보잘것없는 사람이기는 하지만 기사의 법도와 편력기사라는 천직을 두고 정말 성심껏 당신께 봉사할 것이라오."1권 24장

결국 길 위에서 나의 무지를 상쇄시켜 주는 것은 내 주변 사람들의 존재다. 즉, 인복이다. 돈키호테와 산초는 상대방에게 좋은 인복을 선물하는 친구다. 서로의 매력을 가장 먼저 발견하기 때문이다. 함께 나아가지만 동시에 같은 방향으로는 움직일 수 없는 두 다리처럼, 이들은 극과 극으로 다르면서도 함께 앞으로 나아간다. 돈키호테는 산초를 극진히 아끼면서 그에게 사유하는 법을 알려 주려고 노력한다. 산초 역시 돈키호테가 미쳤다는 것을 눈치채지만 그의 투명한 성정에 감복하여 끝까지 충성을 지킨다. 다음과 같은 산초의 고백은 절절하기까지 하다.

> "그분은 꿍심이라고는 전혀 모르는 분이라는 겁니다. 오히려 물항아리 같은 영혼을 가진 사람이죠. 누구에게도 나쁜 짓은 할 줄 모르고 모든 사람에게 좋은 일만 해요. 악의라고는 전혀 없어요. 어린아이라도 대낮을 밤이라고 하여 그분을 속일 수 있다니까요. 이런 순박함 때문에 나는 그 사람을 내 심장막만큼이나 좋아하게 되었고, 아무리 터무니없는 짓을 해도 그 사람을 버리고 갈 수가 없게 되었단 말입니다."2권 13장

사람들이 '미친 콤비'를 사랑하는 이유도 이와 다르지 않다. 둘의 순박한 심성이 무지의 해독제가 된다. 산초의 커다란 위장만큼, 또 돈키호테의 소탈한 성정만큼 사람들은 그들 곁에서 편

안함을 느낀다. 이제 본격적으로 다양한 사람들이 길에 끼어들기 시작한다. 덕분에 그들이 가는 길마다 웃음과 인복이 넘칠 것이다. 다음 장은 이 조연들의 이야기다.

3장

승(承) : 길에서 숨 쉬는 타자들

길과 타자, 생생함의 비밀

누구는 여기까지 읽고 실망할지도 모른다. 고전 중의 고전 『돈키호테』의 두 주인공이 무지한 바보라는 사실에 말이다. 둘의 성격이 아무리 매력적이라 해도 결국 이것은 광대의 이야기가 아닌가? 자기만의 망상에 빠져서 세상을 제멋대로 해석하는 사고뭉치의 모험담을 굳이 1,000쪽이나 읽을 필요가 있을까?

여기서 재미있는 사실을 하나 짚고 넘어가자. 『돈키호테』는 총 두 권으로 이루어졌는데, 1권을 출판한 세르반테스가 다시 2권을 창작하기까지는 10년의 세월이 걸렸다. 한데 그 사이에 『돈키호테』 속편이 아베야네다라는 작가에 의해 불법으로 출판되었다. 위작이었다. 『돈키호테』 1권(1605)을 읽은 수많은 독자 팬들이 속편을 손꼽아 기다리자, 그 인기를 악용하는 작가가 나타난 것이다. 가짜 2권은 본작 1권의 설정을 그대로 베낀다. '가짜 돈키호테'는 여전히 기사소설에 푹 빠져 살고, '가짜 산초'는 여전히 미래에 섬의 영주가 될 수 있다고 철석같이 믿고 있다.

그렇다면 이 해적판은 큰 성공을 거뒀을까? 글쎄, 그렇지는 않은 것 같다. 세르반테스는 이런 코멘트를 남겼다. "그 내용이 정말이지 형편없고 그들의 복장도 초라하기 그지없었으며 넘쳐 나는 건 바보 짓거리였다." 2권 59장 그도 열이 잔뜩 받아서 말을 뱉은 것일 테지만(세르반테스도 돈키호테 못지않게 명예욕에 불타는 남자다), 그의 통찰은 옳았다. 그 후로 위작은 역사 속에서 완전히 잊혀졌다. 반면 원작 『돈키호테』 2권(1615)은 출판되는 순간부터 고전의 반열에 올라갔다.

이 상황이 뜻하는 바는 명백하다. 무지의 우스꽝스러움을 보여 주는 것만으로는 『돈키호테』의 제맛을 낼 수 없다. 인물들이 종이 밖으로 뛰쳐나올 것만 같은 생생함도 구현해 낼 수 없다. 우리는 이 책이 숨겨 놓은 보물을 더 캐내야 한다.

이야기가 본격적으로 진행되려면 길에 올라서야 한다. 길에는 무엇이 있을까? 사람들이 있다. 이들은 돈키호테와 산초가 가진 정신세계를 공유하지는 않아도, 분명 같은 세계 속에서 공존한다. 라만차의 콤비가 타자들과 제대로 부딪힐 때 비로소 『돈키호테』가 활기를 띤다. 이야기가 휘기도 하고, 끊기기도 하고, 비약하기도 한다. 따라서 작품의 생생함을 담당하는 것은 주연이 아닌 조연들이다.

돈키호테와 산초의 길에는 보석 같은 조연들이 곳곳에 흩뿌려져 있다. 부득이하게 두 광인을 두들겨 패는 '악역'을 맡는 사람들이 있는가 하면, 돈키호테와 산초의 여행에 잠시 동행하는 '동료'도 있다. 조연들의 아우라는 주연에 밀리지 않는다. 하나같이 탁월한 이야기꾼들이고, 산전수전 다 겪은 기구한 인생사는 따로 책으로 엮어도 될 정도다. 평생 마을을 떠나 본 적 없는 산초는 물론이고 박식한 돈키호테조차 기사소설에서도 본 적 없는 이야기에 깜짝 놀란다. 길바닥에 나와 보니 소설보다 더 소설 같은 삶이 즐비했던 것이다.

이래서 사람은 길을 떠나야 하나 보다. 길이란 출발지와 도착지를 잇는 선분이 아니다. 선분은 노선 혹은 트랙이라는 이름이 더 잘 어울린다. 길이라는 이름에 걸맞은 공간은 계획에 포함될 수 없는 사건과 함께 출현한다. 그래야 제자리를 떠났다는 의미가 빛을 발할 수 있기 때문이다. 길에는 예측불허의 사고들, 타자들, 기후와 환경이 출렁거린다. 이 변화의 물살에 온몸을 맡길 때 비로소 '길을 간다'고 말할 수 있다. 그래서 나는 길 위에 선다는 말의 참뜻이 '온 더 로드'(on the road)보다 '온 더 무브'(on the move)에 더 가깝다고 생각한다. 움직임으로써만 길을 갈 수 있는 나, 나를 움직임으로써만 존재하는 길. 그렇다면 조연과 주연의 구별은 궁극적으로 무의미한 것이다. 스쳐 지나가는 타자 없이 우리는 한 걸음의 전진도, 한 터럭의 변화도 겪을 수 없다. (참고로

'온 더 무브'는 내가 사랑하는 의사 올리버 색스의 자서전 제목이자 그의 친구 톰 건의 시 제목이기도 하다.)

그래서 길의 힘은 세다. 망상과 희망으로 머릿속이 꽉 찬 돈키호테와 산초마저 변화시킬 만큼. 길 위의 타자들이 선물로 남기고 간 변화는 꾸준히 축적될 것이다. 그리고 『돈키호테』의 결말 즈음에 화려하게 폭발할 것이다. 그럼 이제 돈키호테와 산초의 길목에 어떤 사람들, 어떤 이야기가 끼어드는지 살펴보자.

기사소설 팬들의 등장

돈키호테와 산초는 길에 나서자마자 인기가 폭발한다. 온갖 사람들이 이들과 말을 섞고 싶어서 안달을 낸다. 심지어 돈키호테의 환상을 부추기면서 스스로 '기사소설의 조연'을 자처하기도 한다. 이들과 돈키호테 사이에는 확실한 공통분모가 있다. 바로 기사소설이다. 길에서 등장한 사람들도 돈키호테 못지않은 기사소설의 팬이었던 것이다.

첫번째로 등장하는 기사소설 팬은 동네의 본당 신부다. 신부는 전체 이야기에서 교정자(敎正者) 역할을 담당한다. 그는 돈키호테와 산초를 직접 잡으러 가고, 둘이 남에게 끼친 손해를 몰래 금전적으로 보상하기도 한다. 돈키호테와 산초가 끝까지 자기 말을 안 듣자 나중에는 '충격요법'으로 정신을 번쩍 들게 하는 계획도 세운다. (신부를 비롯한 친구들의 계획이 『돈키호테』의 후반부에 어떤 폭풍을 불러일으키는지는 나중에 직접 확인하시라.) 기사소설의 사회적 해악에 대해 가장 열변을 토하는 사람도 역시 신부다.

그러나 신부의 독서 취향은 대세를 거스르지 못했다. 이야기의 초반부, 그는 돈키호테의 광기를 치료하는 기막힌 방식을 고안했다. 돈키호테가 소유한 악마 같은 기사소설을 몽땅 화형에 처하는 것이다. 하지만 화형식은 제대로 진행되지 못했다. 마당에 쌓인 책을 보자마자 신부가 흥분을 감추지 못했기 때문이다. 수많은 책들이 신부의 취향을 저격했다. 어떻게 이렇게 재미있는 책들을 불태울 수 있겠는가?

> "이런!" 신부가 큰 소리로 말했다. "여기 백의의 기사 티란테가 있었다니! 이리 줘 보게, 친구. 이 책에 빠져 이게 오락의 전부가 된 적도 있었다네. 이 책에는 용감한 기사 돈 키리엘레이손 데 몬탈반과 그의 동생 토마스 데 몬탈반, 그리고 기사 폰세카가 나오고, 용맹한 티란테가 알라노족과 싸운 이야기며 플라세르데미비다 처자의 재치며 과부 레포사다의 연애며 속임수며 자신의 시종 이폴리토를 사랑한 왕후의 이야기도 있다네. 정말이지 친구여, 특히 문체로 보아 이건 세계에서 제일 잘 쓴 책일세. 다른 모든 기사소설과 달리 이 책에서는 기사들이 먹고, 잠자고, 자기 침대에서 죽고, 죽기 전에 유언을 하는 등 보통 사는 사람

들이 하는 짓을 그대로 하고 있다네."1권 6장

이 정도면 확신범이다. 기사소설을 꼼꼼히 읽어 본 자가 아니라면 이런 애정 어린 평가를 할 수가 없다. 신부는 돈키호테 못지않게 기사소설을 읽어 댔고, 『성경』 못지않게 기사소설의 서사 구조를 능수능란하게 꿰고 있으며, 겉으로는 비판해도 속으로는 이 장르의 즐거움에 푹 빠져 있다. '화형'을 집행하는 '심판관'마저 홀려 버린 요물 같은 책! 이성과 논리를 아무리 내세워도 재미를 따라 움직이는 마음을 막을 수 없다. 기사소설이 이끌어내는 웃음소리는 돈키호테의 서재뿐만 아니라 온갖 곳에서 흘러넘친다.

엉터리 책 화형식은 시대를 겨냥한 풍자이기도 하다. 중세가 끝났음에도 스페인 제국은 안팎으로 종교 전쟁을 멈추지 않았다. 이슬람이 오래된 외부의 적이었다면 개신교는 내부에서 탄생한 신종 이단이었다. 개신교의 주 무기는 인쇄술과 인쇄물 배포였고, 이때부터 스페인의 서적검열은 강화되었다. 종교재판에 회부된 사람들은 소장하고 있는 책 목록을 죄다 고백해야 했다. "금서 목록에 올라가 있는 책들을 읽는 것은 중대한 범죄를 저지르는 것과 동일시되어 당국에서 가하는 처벌도 상당히 무거웠"나송주, 「세르반테스 소설과 종교 재판소의 검열」, 『서문학』, 한국스페인어문학회, 1999, 348쪽.다.

그러나 종이를 불태워 봤자 무슨 소용이 있는가? 껍데기만 사라질 뿐이다. 어떤 책이 사람들의 마음을 뒤흔들 만큼 강렬하다면, 그 책의 내용은 이미 종이에서 정신으로 자리를 옮겨 가 버린 후다. 돈키호테가 산증인이다. 기사소설은 그의 정신 속으로 통째로 옮겨졌고, 돈키호테 자신이 걸어 다니는 책이 되었다. 하찮은 기사소설도 이럴진대, 반시대적 사상을 담은 불온서적의 힘은 어떠하겠는가. 존재를 통째로 바꿔 버리는 힘, 이것이 책이 지닌 가장 강력한 힘이다.

신부는 시작일 뿐이다. 그 후 각양각색의 기사소설 팬들이 줄줄이 등장한다. 이들이 총집합하는 곳은 객줏집이다. 이곳은 『돈키호테』 1권에서 가장 많은 인물이 등장하고, 이야기가 가장 밀도 높게 집중되는 장소다. 참고로 이 객줏집은 돈키호테가 모험 첫날에 홀로 기사 서품식을 받은 장소와는 다르다. 모험이 한창 무르익고 있을 때 돈키호테가 산초와 함께 방문한 곳이다.

우선 둘이 객줏집에 도착하자마자 벌인 대소동부터 이야기해 보자. 웃겨서 도저히 빼먹고 지나갈 수가 없다. 사건의 시발점은 객줏집에서 일하는 처녀 마리토르네스였다. 돈키호테와 산초가 묵었던 그날 밤, 한 마부가 마리토르네스와 뜨거운 '원 나잇'을 보내기로 약속했다. 그러나 마리토르네스는 본의 아니게 약속을 어기게 된다. 돈키호테가 부스럭대는 소리에 잠에서 깨어나 마리토르네스를 목격한 것이다. 그 순간 그의 푸석푸석한 두뇌가 재빠르게 회전하기 시작했다.

그의 눈으로 볼 때 그가 머무는 객줏집은 모두 성이었다. 객줏집의 딸은 성주의 딸로, 그 딸이 늠름한 자기한테 반해 사랑하게 되어 그날 밤 부모님 몰래 잠시 그와 같이하러 올 것을 약속했다고 그는 생각해 버렸다. 그는 자기가 만든 이 망상을 확실한 사실로 여기고 근심하기 시작했다. 자신의 정조가 처하게 될 위험한 상황도 생각했다. (……) 한마디로, 그는 자기가 책에서 읽은 공주로 그녀를 상상했다. 사랑에 굴복한 공주가 온갖 장식으로 치장하고 크게 다친 기사를 보러 온 것이다. 이 불쌍한 기사는 얼마나 눈이 멀었던지 그 착한 아가씨가 몸에 두르고 온 것들이나 감촉이나 숨결로도 현실을 제대로 인식하지 못하고 있었다. 마부가 아닌 다른 사람이었더라면 구역질이 나 토하고 말았을 텐데 말이다.1권 16장

불쌍한 아가씨, 마리토르네스는 돈키호테에게 손목을 붙잡힌 채 쩔쩔매면서 그가 읊는 궁정연애의 세레나데를 들어야만 했다. 그때 성난 마부가 주먹을 휘두르며 달려들었다. 돈키호테가 마리토르네스를 겁탈하려 한다고 착각했던 것이다. 그 충격에 허술한 침대가 우지끈 부서졌다. 아닌 밤중에 홍두깨를 맞은 산초는 악몽을 꾸는 줄 알고 사방팔방 주먹을 날렸고, 엉겁결에 몇 대 얻어맞은 마리토르네스는 산초를 마구 패기 시작했다. 밖에서는 객줏집 주인이 화가 머리끝까지 뻗쳐서 달려오고 있었다. 마리토

르네스 때문에 소동이 벌어진 게 한두 번이 아니었던 것이다. 그리하여 진풍경이 펼쳐졌다. "어린이 동화에 나오는 '고양이는 쥐에게, 쥐는 밧줄에게, 밧줄은 몽둥이에게'라는 말처럼 마부는 산초에게, 산초는 하녀에게, 하녀는 산초에게, 객줏집 주인은 하녀에게, 모두 숨 돌릴 틈도 없이 서로 마구 주먹질을 해댔다." 1권 16장

이처럼 엄청난 사고를 쳤음에도 돈키호테는 전혀 부끄러워하지 않았다. (그에게는 '흑마법사가 나를 홀렸다'는 좋은 핑계가 있다.) 나중에 이 객줏집에 다시 들르기도 한다. 그때는 시에라 모레나 산맥에서 연을 맺은 여러 동행자들과 함께였다. 라만차부터 돈키호테를 쫓아온 동네 신부와 이발사, 사각관계에 얽혀 버린 카르데니오와 도로테아라는 청춘남녀가 이 콤비와 함께하고 있었다. 그날 밤 객줏집 식구들은 이들과 함께 기사소설과 돈키호테의 광기에 대해 한바탕 토론을 했다. 때마침 돈키호테가 일찍 잠들었으므로 다들 눈치 보지 않고 의견을 개진할 수 있었다.

사람들이 기사소설에 대해 보이는 입장은 모두 다르다. 신부는 개중 가장 경직되고 비판적인 입장을 보인다. 귀족 카르데니오는 기사소설을 심심풀이 땅콩으로 여긴다. 여성인 도로테아와 객줏집 딸은 기사들이 귀부인을 애타게 그리워하는 서정적 장면에만 흠뻑 빠져 있다. 객줏집 주인은 가장 충격적인 의견을 내놓는다. 세상에 기사소설보다 "더 훌륭한 읽을거리는 정말이지 없"는데, 돈키호테가 저리 미쳤다는 게 불가해하다는 것이다. 1권 32장

이런! 객줏집 주인은 실상 돈키호테와 동종이었다. 경악한 신부는 주인에게 동일한 처방전을 내린다. 기사소설의 해악을 똑똑히 인지하고, 소장하고 있는 기사소설을 전부 화형시켜야 한다는 것이다. 그러나 주인의 반발은 격렬했다.

> "하지만 뭔가 태우실 생각이라면, 그 대장군과 디에고 가르시아를 얘기하고 있는 것으로 하시죠. 다른 걸 태우시겠다면 전 차라리 제 자식을 태우겠습니다요."
>
> "형제여." 신부가 말했다. "이 두 책은 거짓말에 터무니없고 정신 나간 이야기들로 가득하다오. 반면 이 대장군 이야기는 실제 역사로, 곤살로 에르난데스 데 코르도바의 행적을 이야기하고 있소. 이자는 수많은 위대한 업적으로 사람들에게 '대장군'이라 불릴 만한 인물이라오. (……) 진실로 댁한테 맹세하는데, 그런 기사 따위는 이 세상에 결코 존재하지 않았으며 그런 무공이나 허무맹랑한 일들도 일어난 적이 없었소."
>
> "그따위 뼈다귀는 다른 개에게나 주십쇼!" 객줏집 주인이 대꾸했다. "제가 다섯도 모르고 발을 구두 어느 부분에 끼우는지도 모르는 줄 아시나 봅니다! 제가 어린애인 줄 아시나 본데, 저 전혀 바보가 아니거든요. 그 훌륭한 책에서 이야기하는 것들이 다 터무니없고 거짓된 것이라고 저를 이해시키려 하시지만, 그 책들은 왕실 의회의 높으신 분들의 허가를 받아서 출판된 것들입

니다. 그런 높은 분들이 사람을 미치게 만드는 그따위 거짓말과 싸움들과 마법들을 출판하게 내버려 뒀겠습니까!" 1권 32장

삶은 현실과 허구 사이로 흐른다

신부는 주인을 설득시키기 위해 애를 쓴다. 역사책이 전하는 '실제의 시간'과 소설책이 창조한 '허구의 시간'은 본질적으로 다르다는 것이다. 그러나 논의는 여기서 더 진전되지 않는다. 허구와 역사가 다르다는 것을 주인에게 납득시키려면 우선 왜 두 장르 모두 책이라는 '신성한 매체'에 담겼는지 설명해야 한다. 책 자체가 좋은 내용과 나쁜 내용을 구별할 수 있는 기준이 될 수 없다면, 즉 아무 내용이나 담을 수 있는 수동적인 그릇에 불과하다면 그때는 구별의 기준을 따로 제시해야 한다.

바로 여기서 신부의 말문이 막힌다. 무엇이 현실과 허구를 구분하는 준거점이 될 수 있을까? 대장군 코르도바와 기사 가울라는 둘 다 현재 살아 있는 인물이 아니다. 오직 이름만 남아서 입에서 입으로, 페이지에서 페이지로 옮겨 다니고 있다. 그렇다면 전자가 실제이고 후자가 환상이라고 주장할 만한 근거를 어디에서 찾아야 할까?

신부가 어디서, 어떤 근거를 끌어오든 간에 한 가지는 분명하다. 그 설명이 객줏집 주인에게는 씨알도 안 먹히리라는 것이다.

'현실 대 허구'의 이분법은 수학공식처럼 명료하게 답을 낼 수 있는 문제가 아니다. 이것은 '무엇이 진정한 세계이고 또 진정한 삶인가'를 결정하는 정치적인 질문이다.

사실 이 문제에서 가능한 해답은 단 하나의 정답을 내릴 수 없음을 인정하는 것이다. 신부의 독법과 객줏집 주인의 독법은 둘 다 기사소설이 내포한 상상력이다. 책과 관계를 맺는 방식은 무궁무진하다. 물론 대다수의 지성인들과 아카데미의 공식적인 입장은 신부의 편을 들 것이다. 허나 그렇다고 해서 객줏집 주인이 가슴속에서 '창과 방패를 들고, 한 여인을 열렬히 사모하며, 거인들의 목을 단숨에 날려 버리는 방랑기사들'과 은밀하게 맺고 있는 관계가 사라지는 것은 아니다.

이러한 책의 역동성 속에 우리의 삶이 활력을 띠는 원리가 숨어 있다. 책은 종이와 잉크로 제작된 물질이고, 따라서 현실 속에 존재한다. 그러나 인간은 책을 통해서 현실을 이해한다. 그러므로 현실이 책 안에 담긴다고도 말할 수 있다. 손과 손이 서로를 그리는 에셔의 그림 「그리는 손」(1948)처럼, 혹은 두 마리의 뱀이 상대의 꼬리를 삼키는 우로보로스처럼, 책과 현실은 어디가 시작이고 끝인지 구별할 수 없는 중중무진(重重無盡)의 공간을 연다. 이 공간은 예전부터 수많은 사색가들을 매혹시켰고, 수많은 독자들에게 세상에 대한 다양한 독법들을 펼쳐 보였다. '삶'과 '세상'이라고 부르는 상(想)의 경계를 끝없이 넓혀 간 것이다.

만약 문학이 단순한 “언어의 조합”에 불과하다면 “누구라도 책 한 권쯤은 저술할 수 있을 것”이고, 시간이 흘러도 책의 정체성이 변하지 않을 것이다. 그러나 모두가 알다시피 철자법과 문법만으로는 문학을 할 수 없다. 누군가의 인생을 바꾸는 책을 쓸 수가 없다. “책은 하나의 관계이자 수많은 관계들의 축”이며 “텍스트 자체에 의해서라기보다는 읽혀지는 방식에 의해서 그렇게 된다”. 호르헤 루이스 보르헤스, 「버나드 쇼에 관한(를 지향하는) 주석」『또 다른 심문들』 261쪽. 그래서 들뢰즈와 가타리는 책을 기계라고 했고, 보르헤스는 책을 끝없는 대화라 한 것이다. 결국 ‘무엇이 책이고 책이 아니냐’라는 질문은 ‘어떻게 읽느냐’의 질문으로 회귀한다.

책의 변용성을 삶과 연결시키는 방법은 간단하다. 책이라는 단어를 ‘이야기’로 바꿔 보는 것이다. 활자 대신 음성에 담겨 흘러다니는 스토리와 메시지를 생각해 보라. 어떤가? 이야기는 책보다도 더 역동적이고 또 필수적이다. 우리는 이야기 없이 하루도 살지 못한다. 호모 사피엔스 종(種)인 한은 말이다. 사피엔스들은 이야기라는 ‘보이지 않는 책’에 세상의 삼라만상을 담아서 흘려보낸다. 이 흐름에 접속해야만 활기가 생긴다. 누군가의 이야기를 들을 때 우리는 도저히 데이터를 입력하는 컴퓨터처럼 딱딱하게 굴 수가 없다. 순진하게 믿거나, 평가하려 들거나, 장난거리로 삼거나, 홀딱 빠진다. (물론 나를 ‘일하는 컴퓨터’ 취급하는 사람이 이야기를 할 때는 저절로 딱딱 모드가 작동하기도 한다.)

이야기는 한 사람에게서 다른 사람으로 끝없이 흘러 다니는데, 이 흐름에 참여하는 것이 삶의 전부라고 해도 될 만큼 중요하다. 이야기 없이 살 수 있는 인간이 있는가? 가족, 친구, 연인이 소중한 존재인 것도 나와 함께 이야기를 나눌 수 있는 존재이기 때문이 아닌가? 이야기가 오가지 않는다면, 속은 텅 비고 껍질만 번지르르한 유명무실한 관계일 뿐이다.

그래서 이야기는 허구이며 동시에 현실이다. 현실을 수천 가지 방식으로 (왜곡과 기만도 포함해서) 직조할 수 있다는 점에서는 허구이지만, 살아 있는 마음을 움직인다는 점에서는 현실이다. 이야기는 가장 오래된 형태의 책이다. 관계 맺기의 역량에 있어서는 활자와 비교할 수 없을 만큼 강력하다. 언어가 흘러가는 자리에 인간의 마음도 흐른다. 언어를 통해 움직이는 기운, 감정, 사유를 삼키고 토함으로써 마음은 생동한다. 이야기-책이 담아내는 현실은 세상과 연결되고 있는 마음의 '동적인 풍경'이다.

객줏집에서 가장 인기 있는 책은 기사소설이 아니었다. 실시간으로 중계되는 사람들의 이야기였다. 시에라 모레나 산맥부터 돈키호테와 동행한 사람들, 또 객줏집을 따로 방문하는 손님들은 각자의 이야기를 한 보따리씩 풀어냈다. 이 드라마는 객줏집 사람들과 돈키호테뿐만 아니라 『돈키호테』를 읽고 있는 우리 독자들조차 매혹시킨다. 세르반테스가 당대에 실제로 유행했던 소설 형식을 하나씩 빌려 와서 각각의 사연들을 풀어냈다고 하니, 정말 환상적인 일이다. 보르헤스는 문어(文語)로 쓰인 책과 구어(口語)로 쓰인 책을 함께 묶어 '노래로서의 책'이라 부르기도 했다.

> 『오디세이아』 제8권을 보면 신들이 불행이라는 옷감을 짜는 것은 미래의 세대들이 노래할 거리가 다 떨어지지 않게 하기 위해서라고 써 있다. 말라르메는 "세상은 한 권의 책을 위하여 존재한다"라고 했는데, 이 말은 약 3,000여 년 전에 『오디세이아』에서 표명했던 불행에 대한 미학적 정당성을 다시 한번 반복하고 있는 게 아닌가 싶다. (……) 『오디세이아』는 '말하기'를 말라르메는 '책 쓰기'를 불행의 목적으로 상정하고 있는 것이다. 그 책이 어떤 책이든 간에, 책은 우리에게 성스러운 대상이다. 호르헤 루이스 보르헤스, 「도서 예찬에 대하여」, 『또 다른 심문들』, 186쪽.

왜 보르헤스는 "어떤 책이든 간에, 책은 우리에게 성스러운 대상"이라고 말하는 것일까? 언어는 인간의 마음에 길을 내기 때문이다. 제자리를 떠나겠다는 마음을 먹어야만 길이 열린다면, 그 마음은 타자의 이야기와 공명할 때에만 일어난다. 인간의 마음은 언어로 "노래할" 때 살갗의 한계를 뛰어넘어 세상에 가닿는다. 물론 타인의 공감을 하나도 얻지 못한 채 자기 안에서만 맴돌다 사그라지는 노래도 있다. 돈키호테의 기사소설처럼 정신세계의 문을 걸어 잠그는 언어도 있다. 이때 언어는 "사람들의 인식과 사유를 얽어맨다는 점에서" 감옥과 같다. "하지만 그 감옥을 폭파하고 탈주하는 것 역시 언어로써 가능하다." 고미숙, 『읽고 쓴다는 것, 그 거룩함과 통쾌함에 대하여』, 북드라망, 2019, 123쪽. 돈키호테의 꽉 닫힌 책-세계조차도 그를 길로 떠나게 했고, 세상 속에 흘러 다니는 이야기 사이로 들어가게 하지 않았는가? 우주의 빅뱅 속에서 원소, 별, 행성, 생명, 인간이 나왔듯이 언어 역시 우주의 창공에서 나왔다. 사피엔스가 이 지구에서 살아가고 있는 한, 이야기로 숨을 쉬며 시간을 흘려보내는 한 세상 도처에는 언어가 가득하리라.

현실과 허구, 그 사이의 공간에서는 만인의 삶이 이야기의 형태로 흐르고 있다. 기사소설을 실천하겠다며 세상 속으로 뛰어든 돈키호테가 그곳에서 만난 것은 다시, 끝없는 이야기였다. 서재에 앉아서 읽었던 무수한 기사소설보다 더 스펙터클하고 드라마틱하며 여전히 심금을 울리는 삶의 이야기 말이다. 이제부터 그 사연들을 하나씩 꺼내 보도록 하겠다.

광인들의 이야기

『돈키호테』에 소개되는 사연 중에서 가장 흔한 주제는 무엇일까? 바로 사랑이다. 그때나 지금이나 남녀 사이의 정분은 남녀노소 모두가 즐기는 공통주제다.

그런데 청춘들이 어찌나 뜨겁게 몸과 마음을 불태우는지, 사랑에 미치려다가 정말로 '미쳐 버리는' 불상사가 일어난다. 돈키호테가 누구도 듣도 보도 못한 전대미문의 광인이라면, 사랑에 빠진 젊은이는 세간에서 가장 흔하게 볼 수 있는 광인인 셈이다. 『돈키호테』에서 가장 많은 사람의 혼을 빼 놓았던 사랑 이야기는 바로 사각관계 이야기다.

이야기가 시작되는 장소는 인적이 드문 산속, 시에나 모레나다. 이곳에는 광인 한 명이 출몰한다는 소문이 돌고 있었다. 아니나 다를까, 봉두난발에 알몸인 상태로 나무 사이를 뛰어다니는 남자가 나타났다. 산초와 돈키호테는 그의 사정이 너무나 궁금해 견디기 어려웠다. 광인이 잠시 제정신이 돌아온 틈을 타서 라만차의 콤비는 사연을 들려 달라고 청한다.

그의 이름은 카르데니오였다. 이 청년은 원래 안달루시아의 부유한 귀족 가문의 자제였다. 루스신다라는 아가씨와 어린 시절부터 미래를 약속한 사이이기도 했다. 카르데니오는 보기 드문 순정남이었다. "젊은 사람들의 사랑이라는 건 많은 경우 욕망에 지나지 않고, 욕망의 궁극적인 목적은 쾌락인데, 이 쾌락을 얻고 나면 사랑은 그치고" 만다는 게 그의 굳은 믿음이었던 것이다.1권 24장

어느 날 카르데니오는 아버지의 심부름으로 방문한 공작의 저택에서 공작의 아들 페르난도와 절친한 친구가 된다. 페르난도는 기백 좋은 쾌남이었지만, 딱 하나 결점이 있었다. 아름다운 여

성만 보면 욕정을 참지 못했던 것이다. 카르데니오와의 우정도 페르난도의 성정을 바꿔 놓지는 못했다. 당시 그는 근처 농부의 여식 도로테아의 미모에 빠져 있었다. 도로테아의 몸을 취하기 위해, 신분 차이를 극복하고 그를 아내로 맞이하겠다는 마음에도 없는 약속까지 한 상태였다. 원하는 바를 성취하기는 했지만 페르난도는 아버지인 공작이 자신의 음행을 알아차릴까 두려워졌다. 그래서 잠시 카르데니오의 도시로 피신하기로 결정한다.

이 순간부터 비극이 시작된다. 바람둥이는 친구의 고향에서 친구의 여인을 보고야 말았고, 눈이 뒤집혀 버렸다. 우정이고 도로테아고 뭐고 전부 내팽개친 채, 미모의 루스신다를 제 아내로 만들어야겠다는 생각밖에는 할 수 없었던 것이다. 그는 형을 이용하여 카르데니오를 다른 도시에 붙잡아 두고 시간을 번다. 카르데니오가 부랴부랴 고향으로 돌아갔을 때는 이미 결혼식이 열리고 있었다. 친구와 연인 모두를 잃게 된 카르데니오는 제정신이 아니었다.

> "오, 야망의 마리오여! 오, 잔인한 카탈리나여! 오, 악랄한 실라여! 오, 사기꾼 갈랄론이여! 오, 배신자 베이도여! 오, 복수의 화신 훌리안이여! 오, 탐욕스러운 유다여! 배신자, 잔인한 복수의 화신에 사기꾼아, 내 마음의 비밀과 기쁨을 너무나 솔직하게 털어놓은 이 슬픈 친구가 대체 네게 어떤 몹쓸 짓을 했단 말인가?

어떤 모욕을 주었단 말인가? 네 명예와 네 이익에 유익한 조언 외에 어떤 다른 말을 했으며, 어떤 충고를 주었단 말인가? 하지만 불평한들, 아 불행한 나여, 무슨 소용이 있겠는가?" 1권 27장

카르데니오는 결혼식을 몰래 지켜보았다. 그리고 페르난도를 평생의 배우자로 삼겠느냐는 질문에 루스신다가 '네'라고 대답하는 소리를 들었다. 그 후 카르데니오는 도시를 떠나 다시는 돌아가지 않았다. 이것이 그가 시에라 모레나 산맥까지 들어와 미쳐 버린 이유였다.

아침드라마로 만들어져도 손색이 없는 소재가 아닌가? 그러나 카르데니오는 이 흥미진진한 드라마를 끝까지 들려줄 수가 없었다. 이야기 도중에 돈키호테와 기사소설에 관한 시비가 붙어서 기분이 상했던 것이다. 결국 카르데니오는 자리를 뜬다.

카르데니오는 얼마 지나지 않아서 의외의 인물들과 만나게 된다. 라만차의 신부와 이발사였다. 그들은 돈키호테와 산초의 뒤를 쫓다가 깊은 산중까지 들어오게 된 참이었다. 덕분에 신부와 이발사도 카르데니오의 사연을 끝까지 들을 수 있었다.

그런데 운명의 장난일까? 이야기를 마치고 자연스럽게 동행하게 된 이 세 명의 남자는 개울가에서 발을 씻고 있는 아름다운 청년과 마주쳤다. 청년이 두건을 벗자 햇살처럼 눈부신 금발의 긴 머리가 흩날렸다. 누가 봐도 어여쁜 여성이었다. 궁금증을 참

을 수 없었던 이들은 여인에게 남장을 해야만 하는 사연을 물었다. 한데 이 사람은 페르난도에게 버림받은 도로테아였다!

도로테아는 이들이 알지 못했던 뒷이야기를 들려주었다. 그는 페르난도의 진의를 깨달았을 때부터 끓어오르는 분노를 참을 수 없었다. 밤새 사랑을 속삭이고 결혼을 약속했던 남자가 바로 그다음 날부터 발길을 끊었던 것이다. 그 후 페르난도의 결혼소식을 알게 되자 도로테아는 지독한 복수를 결심했고, 남장을 한 채 카르데니오의 도시까지 달려갔다. 그런데 거기서 놀라운 소식을 접한다. 결혼식이 실패했다는 것이다. 루스신다는 결혼식에서 '네'라고 대답하자마자 자살 시도를 했고, 결국 자살에는 실패했지만 그 후로 쥐도 새도 모르게 잠적해 버렸다고 했다. 그 순간 도로테아는 다시 희망을 얻었다. 페르난도는 아직 미혼자다. 그를 찾아내어 자신을 아내로 맞이하라고 설득할 수 있는 기회가 남아 있다.

이 이야기를 듣는 순간 카르데니오의 광기 역시 깨끗하게 나았다. 그를 광기로 몰아넣을 만큼 강렬했던 옛 연인에 대한 원망도 사라지고, 루스신다와 재결합할 수 있다는 희망이 샘솟았다. 그는 도로테아가 페르난도를 만날 때까지 기사도 정신을 발휘하여 그를 수호하겠다고 맹세한다.

이제는 신부와 이발사가 두 사람에게 썰을 풀 차례였다. 돈키호테가 어떻게 미쳤고, 어떻게 산초가 거기에 휘말렸는지 말이다. 마침 기사소설을 좋아했던 도로테아와 카르데니오는 돈키호테를 라만차로 호송하는 데 힘을 보태기로 의기투합한다. 기사소설에 나올 법한 상황을 연출해서 그를 속이기로 한 것이다. 도로테아가 이웃나라 공주 역할을 맡기로 했다. 이 아가씨는 "기사소설을 많이 읽은 터라 고민에 빠진 아가씨가 어떤 식으로 편력기사에게 도움을 청하는지도 잘 알고 있"었다.1권 29장 산속에서 기어코 돈키호테와 산초를 찾아낸 신부는 라만차의 오랜 친구들에게 자신만만하게 도로테아를 소개했다.

"이 아름다운 분은 말일세, 산초…." 신부가 대답했다. "말할 필요도 없이, 대(大)미코미콘 왕국의 직속 여성 후계자로 도움을 청할 일이 있어서 자네 나리를 찾아오셨다네. 어느 사악한 거인이 이분에게 행한 모욕인가 잘못인가를 쳐부수어 달라고 말일세. 이 공주님은 만천하에 알려진 그대의 훌륭한 기사 나리의 명성을 좇아 기니에서부터 찾아오셨다네.1권 29장

돈키호테는 어떻게 반응했을까? 뻔했다. 온 힘을 다해 미코미콘 왕국의 공주님을 돕겠다며 엄숙하고 경건하게 서약했다. 그리고 이 모험이 끝날 때까지 다른 모험에는 절대로 눈 돌리지 않겠다고 맹세하기까지 했다.

이렇게 네 가지 동선을 그리던 이야기가 한 가닥으로 모인다.

슬픔의 광기에 빠진 카르데니오, 복수심이 들끓던 도로테아, 동네 친구들을 구조하려는 이발사와 신부, 그리고 상상 속에서 모험 중인 돈키호테와 산초. 그렇게 이들 여섯 명이 한 팀을 이루어 객줏집으로 들어온 것이다.

그러나 이야기는 아직 끝나지 않았다. 새로운 손님들이 객줏집으로 들어왔는데, 이럴 수가, 그들은 루스신다와 페르난도였다! 수도원으로 도망갔던 루스신다를 페르난도가 막 잡아 오는 중이었다. 영화였다면 분명 이 장면에서 현악기 소리가 위태롭게 흐르는 배경음악이 나왔을 것이다. "모두가 말없이 서로를 쳐다봤다. 도로테아는 돈 페르난도를, 돈 페르난도는 카르데니오를, 카르데니오는 루스신다를, 루스신다는 카르데니오를 바라보고만 있었다." 1권 36장

정적을 깨뜨린 것은 루스신다였다. 그는 하늘이 운명처럼 이들 넷을 다시 만나게 했으니, 이제 자신은 진정한 남편에게 돌아가겠노라고 선언했다. 도로테아 역시 애처롭게 울면서, 그러나 할 말은 다 하면서 페르난도에게 질문을 던진다. 왜 상황을 어렵게 만드는가? 자신이 천한 신분이라서 성에 안 차는가? 덕을 버린 귀족과 명예를 지키려는 농부의 딸, 둘 중 어느 쪽이 더 훌륭한가?

"당신이 신사이시고 기독교인이시라면 왜 이리저리 피하시면서 처음에 저를 행복하게 해주셨던 것처럼 마지막까지 행복하

게 해주실 결정을 미루시는 겁니까? 당신의 진정하고 합법적인 아내로서의 저를 사랑하기가 싫으시다면 적어도 당신의 노예로 받아들여 사랑해 주세요. 저는 당신 안에 있을 때 행복한 행운아라고 여길 겁니다. 저를 버리고 나 몰라라 해서 제가 세상 사람들의 입에 불명예스럽게 오르내리는 일은 없도록 해주세요. (……) 진정한 귀족은 덕에 있는 법, 당신이 마땅히 제게 지켜야 할 의무를 저버리신다면 그건 당신에게 덕이 부족한 것으로, 그 점에 있어서는 제가 당신보다 훨씬 귀족인 셈입니다. 그러니 주인님, 제가 마지막으로 말씀드리고 싶은 것은, 당신이 원하시든 원하시지 않든 저는 당신의 아내라는 것입니다."1권 36장

눈물겨운 연설 앞에서 결국 페르난도의 마음은 함락당한다. "그런 많은 진실을 부정할 용기를 가진다는 것은 불가능하"다면서 도로테아의 손을 잡는다. 아, 그 순간 객줏집에 있는 수많은 사람들이 다 함께 눈물을 흘렸다. 네 명을 전부 미치게 만들었던 사랑의 광병이 드디어 치유되었던 것이다.

이로써 사각관계 이야기는 해피엔딩으로 막을 내린다. 과거의 이야기와 현재의 이야기, 그리고 서로 다른 입장에 놓인 캐릭터들의 동선이 절묘하게 맞아떨어지면서 완성된 한 편의 드라마였다. 이 에피소드는 현실을 전하는 이야기와 이야기를 자아내는 현실이 어떻게 서로 갈마드는지 한눈에 보여 준다. 세르반테스의

연출력은 대단하다는 말로도 부족하다. 오늘날 태어났다면 스타 시나리오 작가가 되었을 게 틀림없다.

여자들의 이야기

페르난도의 마음을 휘어잡는 도로테아의 청산유수 언변이 놀랍지 않은가? 내친김에 『돈키호테』에 나오는 다양한 여성상을 비교해 보자. 여성들의 인생사가 풍성하게 준비되어 있다.

도로테아는 진취적인 여성이다. 그는 집안의 모든 대소사를 지휘하는 외동딸로 자랐다. 주어진 삶의 조건에 만족하지 않는 야심도 있다. 도로테아가 페르난도의 무리한 구애를 받아들였던 것은 신분상승에 대한 욕구 때문이었다. 당시 결혼은 여성들이 인생역전할 수 있는 유일한 기회였다. "결혼으로 낮은 신분에서 높은 지위에 오르는 여자가 내가 처음도 아니고, 또 여자의 아름다움이나 맹목적인 사랑 때문에 (……) 자기 신분에 맞지 않는 여자를 동반자로 삼은 남자도 돈 페르난도가 처음은 아니"라고 생각했던 것이다. 1권 28장 즉, 도로테아는 남자의 욕정에 일방적으로 희생당한 약자가 아니었다. 페르난도가 도로테아를 속이려고 애를 쓰는 동안, 도로테아 역시 페르난도를 이용하기 위해 열심히 계산하고 있었다.

이 여성을 속물이라고 비난할지도 모르겠다. 그러나 도로테아는 자기가 무엇을 원하는지 처음부터 정확하게 알고 있었다. 목표를 위한 대가 역시 톡톡히 치렀다. 난봉꾼 페르난도 때문에 마음고생을 제대로 했다. 하지만 그런 페르난도의 마음을 변화시킨 것 역시 도로테아다. 자신을 거부할 거라면 노예로라도 삼아 달라고 무릎 꿇고 간청했지만, 사실 그것은 만약 자신을 버린다면 그것이 당신 명예에 허물이 될 수도 있다는 무언의 협박이었다. 결국 사랑을 우습게 보고 음욕만 쫓아다녔던 페르난도는 도로테아의 패기에 굴복한다. 도로테아의 야망이 승리한 것이다!

반면 둘시네아는 가장 수동적인 여성이다. 돈키호테의 상상 속에만 존재하는, 100% 판타지 캐릭터이기 때문이다. 이것은 중세 기사소설의 궁정연애(courtly love)가 남겨 준 슬픈 유산이다. 소설 속 기사들은 모두 주군의 아내와 사랑에 빠진다. 왜 이뤄질 수 없는 상대를 사랑하는 걸까? 궁정연애의 본질이 곧 불가능성이기 때문이다. 이것은 진짜 연애가 아니었다. 총각기사의 거친 호르몬을 길들이는 과정, 즉 육체적 욕망을 종교적 숭배의 차원으로 승화시키는 고도의 훈련이었다. 그러나 훈련의 성취가 극도로 어려운 반면, 훈련 과정에서 억압되어 버린 욕망은 도착적인 방향으로 어긋나기 십상이었다. 다음은 기사소설의 유명한 주인공인 랜슬럿이 연인의 빗을 들판에서 발견할 때 보이는 행동이다. “그는 아름다운 금발이 끼어 있는 머리빗이 왕비의 것임을 알아차리고는 졸도한다. 다시 깨어나 조심스레 머리칼을 한 올 한

올 빼내면서 그는 에로틱한 황홀경에 도달한다." 유희수, 『사제와 광대』, 문학과지성사, 2009, 123쪽. 이 대목에서는 기사가 순정이 아니라 성적 페티시를 품은 게 아닌가 의심이 든다.

이 비대칭적 관계에서 돈키호테는 훈련의 의미마저 없애 버린다. 돈키호테는 기사소설이 그려 준 여성의 이미지를 또 다른 이미지로 가공했다. 애초에 둘시네아라는 여성이 존재한 적 없기 때문이다. 그가 정말 흥분을 느끼는 것은 단지 '사랑에 빠진 돈키호테'라는 설정이다. 이 설정을 유지하기 위해서 '둘시네아'라는 이름이 필요할 뿐이다. 산초는 둘시네아의 진짜 정체를 알아냈을 때 경악을 금치 못했다.

> "잠깐, 잠깐만요!" 산초가 말했다. "로렌소 코르추엘로의 딸이 바로 둘시네아 델 토보소 귀부인이란 말씀인가요? 알돈사 로렌소라는 그분요?"
> "그분이시네." 돈키호테가 말했다. "전 우주의 여왕으로 마땅하신 분이지"
> "그 여자라면 제가 잘 압니다요." 산초가 말했다. "(……) 그 여자는 근엄하고 완벽하며 가슴에 털이 난 처자랍니다. 세상의 어떤 편력기사든, 혹은 어떤 방랑자든 그 여자를 귀부인으로 모시고 있는 한 그분이 모든 곤경에서 구해 줄 수 있을 겁니다요. 오, 씩씩하고 목소리 큰 건 끝내주지요! 한번은 그 처자가 마을 종탑

에 올라가서 자기 아버지의 휴경지에서 얼쩡거리고 있던 젊은 이들을 불렀는데, 거기서 반 레과가 넘는 거리임에도 불구하고 그 탑 발치에서 듣는 듯 들렸다니까요. 그리고 그 여자의 제일 좋은 점은 예쁜 척하는 애교가 전혀 없다는 겁니다요. 아무하고나 장난치고 뭐든 보면 찡그리고 입담도 좋으면서 예의는 아주 발라요."1권 25장

산초는 이해하지 못한다. 어떻게 가슴에 털이 난 시골 처녀가 고상한 공주님이 될 수 있지? 그러자 돈키호테가 대꾸한다. "결론을 내리자면, 내가 말하는 것들이 모두 실제로 그러하다고 나는 상상한다는 것이네. 넘치는 것도 모자라는 것도 없이 바로 말 그대로 말일세."1권 25장 "넘치는 것도 모자라는 것도 없이 바로 말 그대로" 완벽한 여성은 상상 속에서만 가능하다. 그래서 돈키호테는 상상의 세계를 벗어나기를 거부한다. 가장 완벽한 여성은 가장 수동적인 여성이다. 남성의 상상의 영역 바깥으로 한 발짝도 내딛을 수 없다. 머릿속에서 현실로 나오는 순간, 큰 목소리와 털 난 가슴과 장난치는 입담을 갖는 순간 더 이상 '둘시네아'는 존재할 수가 없다.

그다음으로 봐야 할 여성은 카밀라다. 그는 돈키호테가 직접 만난 여성은 아니고, 소설 속에 등장하는 여주인공이다. 객줏집 사람들이 다 함께 앉아서 책꽂이에 꽂혀 있던 『무모한 이야기』라

는 소설을 낭독할 때 여주인공으로 등장했다. (여기서 세르반테스는 액자식 구성을 보여 주고 있다. 『돈키호테』라는 소설 속에 또 다른 소설을 삽입하는, 당시로는 파격적인 형식의 실험이었다.)

전체적인 스토리는 이러하다. 한 마을에 로타리오와 안셀모라는 절친한 친구가 살고 있었다. 안셀모는 카밀라라는 여성과 막 결혼한 상태였다. 그러나 그는 누구에게도 말할 수 없는 은밀한 유혹에 시달리고 있었다. 아내의 정조가 얼마나 굳센지 시험해 보고 싶었던 것이다. 결국 안셀모는 친우에게 아내를 거짓으로 유혹해 달라며 조르기 시작한다. 로타리오는 화들짝 놀라며 거부의사를 표하지만, 친구의 고집을 꺾지 못하고 결국 제안을 받아들인다. 카밀라 역시 남편 친구의 유혹을 열심히 밀어내지만 에로스의 힘을 이기지 못한다. 둘은 결국 진짜로 사랑에 빠진다. 이제 로타리오와 카밀라는 안셀모에게 불륜을 들키지 않기 위해 역으로 연기를 시작한다. 카밀라는 지조 있는 아내로, 로타리오는 신의 있는 친구로.

지독한 이야기가 아닌가? 이들은 사랑의 이름 아래 정신을 놓은 광인이다. 이 광기는 지금 우리 시대에도 형형하다. 특별한 사건이 없는데도 하릴없이 상대방을 의심하고 시험하는 병든 관계는 쉽게 찾아볼 수 있다. 무조건적 헌신, 완벽한 복종과 소유로 맺어진 관계가 사랑의 정도를 증명한다는 믿음을 버리지 못하기 때문이다. 그 관계를 '가져야만' 진정한 사랑을 할 수 있다 여기는 것이다.

카밀라는 이 병적인 상황에서 판단의 주도권을 남성에게 넘기는 여성이다. 이 상황에서 그의 직접적인 책임은 없다. 안셀모와 로타리오 두 남자의 경솔함이 이 난장판을 만들었다. 그럼에도 불구하고 카밀라는 상황이 스스로를 구렁텅이로 몰아가도록 내버려 두었다. 결과적으로 그는 옛사랑을 잃었을 뿐만 아니라, 새 사랑과도 불안한 관계를 유지해야만 했다. 카밀라가 '어쩔 수 없다'는 이유로 로타리오의 구애를 받아들이는 순간부터 로타리오 또한 카밀라의 정절을 의심했기 때문이다. "울며불며 매달리고 구슬려 그 정조를 가지게 된 남자조차 그녀에 대한 믿음을 상실하고, 그런 여자는 다른 남자들한테도 쉽게 몸을 허락한다고 믿게 된다".1권 34장 전남편에 대한 죄책감을 함께 공유하는 관계가 제대로 굴러갈 리가 없다. 상대방이 그토록 바라는 것을 내어주었으나 보답을 받을 수는 없는 어리석은 사랑이다.

마지막으로 색다른 유형의 여성이 남아 있다. 어떤 남성과도 얽히지 않으면서 스스로의 존재감을 드러내는 사람이다. 도로테아만큼 주체적이고, 카밀라만큼 정숙하며, 둘시네아만큼 숭배를 받는다. 심지어 셋의 미모를 다 합쳐도 뒤지지 않을 아름다운 외모를 타고났다. 그러나 지덕체(智德體)를 갖춘 이 여성은 지독하게 뭇 세간의 비난을 받았다. 피도 눈물도 없는 잔인한 광녀라고 말이다.

마르셀라라는 이름을 가진 이 여인이 광인 취급을 받는 이유는 간단했다. 결혼을 거부했기 때문이다. 그는 어떤 청년의 구애도 받아들이지 않는다. 수많은 남성들이 상사병으로 앓아 눕고, 심지어 목숨까지 버리는 사태가 벌어지지만 마르셀라의 마음은 고요한 호수처럼 흔들리지 않았다. 마르셀라는 양치기가 되고자 했다. 양떼를 몰면서 자유롭게 산과 들을 거니는 것, 이것 외에 그가 인생에서 하고 싶은 일은 없었다. 그럴수록 마을 사람들의 걱정은 태산처럼 쌓였다. 이러다가 마을에서 멀쩡한 청년들이 다 죽어 나가는 건 아닐까? 저 요물 같은 여자는 왜 결혼도 안 하고 바깥을 싸돌아다니는 걸까?

결국 마르셀라는 대중 앞에 모습을 드러낸다. 자기 때문에 지독한 상사병을 앓다가 죽어 버린 청년의 장례식장이었다. 그리고 쏟아지는 비난 앞에서 움츠러들지 않고 입을 열었다. 나는 누구에게도 사랑받고자 하지 않았고, 원치 않은 사랑을 주는 자에게 감사를 표하고 싶지도 않다. 나의 아름다움은 하늘이 내려준 선물이지만, 그 아름다움을 소유하려고 덤비는 사람들의 마음까지 보듬어 줘야 할 의무는 없다. 내가 바라는 것은 단 하나다. 자유다. 성(性)의 종류, 외모의 미추, 사랑하고 사랑받는 여부와 관계없이 오로지 영혼의 자유만을 추구한다.

“저는 자유롭게 태어났고 자유롭게 살고자 들과 산의 고독을 선택했습니다. 이 산의 나무들이 제 친구들이고 시내의 맑은 물이 제 거울입니다. 저는 나무들과 물에게 제 생각과 아름다움을 이야기합니다. 저는 혼자 떨어져 있는 불이며 멀리 놓아둔 칼입니다. 저를 보고 사랑을 느낀 사람들에게 저는 말로써 정신을 차리게 했습니다. (……) 아시다시피 전 재산이 있으며 남의 것을 욕심내지 않습니다. 저는 자유로워 남에게 속박되는 것이 싫습니다. 아무도 사랑하지 않으며 아무도 증오하지 않습니다. 이자를 속이고 저자에게 구애하지도 않습니다. 누구를 우롱하지도 다른 사람과 놀아나지도 않습니다. 이 근처 마을에 사는 아가씨들과 정겨운 대화를 나누고, 제 산양을 돌보는 것으로 소일합니다. 제가 원하는 것은 이 산 주위에 다 있습니다. 제가 이곳 밖에서 원하는 일이 있다면 그건 하늘의 아름다움을 바라보는 것, 즉 태초의 거주지로 향하는 영혼의 발걸음뿐이랍니다." 1권 14장

마르셀라는 가슴을 절절히 울리는 연설을 마치고 다시 숲속으로 사라졌다. 그러나 사람들은 어리둥절한 채 웅성거렸다. 자연 속에서 고독하게 늙어 가는 게 어떻게 자유라는 걸까? 누구도 그의 메시지를 이해하지 못한다. 마르셀라는 동시대인에게 이해받지 못하는 시대의 광인이었다.

한데 광인은 광인끼리 알아보는 모양이다. 그 자리에서 깊은 감동을 받은 유일한 사람이 있었으니, 바로 돈키호테였다. 돈키

호테 역시 자유보다 더 중한 가치는 없다고 생각하는 사람이었다. "하느님과 자연이 자유롭게 한 자를 노예로 삼는 것은 무자비한 행위"라고 굳게 믿었다.1권 22장 돈키호테는 마르셀라가 관습이라는 '노예의 굴레'를 벗어던진 자유인이라며 그를 수호하겠다고 숲으로 따라 들어간다.

지금까지 네 유형의 여성들을 살펴보았다. 남성의 욕망을 쥐락펴락하는 야심가 도로테아, 남성의 머릿속에서만 완벽해지는 상상의 둘시네아, 남성에게 상황의 주도권을 내어 주고 애정을 구하는 조신한 카밀라, 성(性)의 역할을 뛰어넘어 존재의 자유를 추구하는 광인 마르셀라. 세르반테스는 남성들이 세상을 주름잡는 시대를 살았다. 그러나 세상에 예기치 못한 활기를 불어넣는 것은 늘 시대의 조연들이다. 자기 인생에서는 누구든 자기가 주연이고, 오로지 주어진 자리에 만족하며 살고 싶어 하는 사람은 없기 때문이다. 그렇게 이야기는 세대교체를 반복하고, 주연과 조연이 자리를 바꾸며, 반전을 거듭하면서 끝없이 흐른다. 세르반테스는 이 사실을 가슴에 깊이 새겼고, 시대의 그림자 속에서도 기죽지 않고 당당하게 인생의 서사를 채웠던 당대 여성들의 모습을 그렸다. 이는 그가 실제로 길을 돌아다니며 만났던 수많은 여성들의 초상화였을 것이다.

불한당들의 이야기

조연들의 이야기에는 남녀상열지사만 있는 게 아니다. 악당과 영웅도 등장한다. 대표적인 이야기가 바로 죄수들의 에피소드다. 마르셀라가 자유의 신념을 스스로의 삶에 적용했다면, 이 사건에서 돈키호테는 같은 신념을 엉뚱한 맥락에서 휘두르다가 대형 사고를 친다.

사건은 다음과 같이 전개되었다. 시에라 모레나 산맥에 들어가기 전, 돈키호테와 산초는 기이한 행색을 한 사람들 열댓 명과 마주친다. 목에는 굵은 쇠사슬을 차고 손에는 수갑을 찼다. 총과 칼을 든 호송원이 그들을 동물처럼 몰아가고 있었다. 돈키호테는 자유를 빼앗긴 비참한 인간의 모습에 가슴이 아팠다. 호송원은 말했다. 이들은 죄수들이다. 각기 다른 죄를 지어 노를 젓는 형벌을 받고 배로 끌려가는 중이다.

이런 '정상적' 설명이 돈키호테에게 먹힐 리가 없다. 그는 한 명 한 명에게 죄수로 전락하게 된 사정을 물었고, 최종적으로 판단을 내렸다. 이들은 분명 허물이 있다. 그렇지만 고작 그 정도의 허물이 이런 비인간적인 처사를 합리화할 수는 없다. 진정한 기사도는 "힘 있는 자로부터 억압받는 사람들을 도와"야만 한다!

"사랑하는 형제들이여, 여러분이 내게 이야기해 준 것을 모두

들어 보고 내가 분명히 깨달은 사실은, 그대들은 그대들이 지은 잘못으로 벌을 받았으나 그대들이 겪어 내야 할 형벌이 그대들에게 전혀 달갑지 않아 참으로 본의 아니게 그대들의 의사에 반해서 끌려가고 있다는 것이오. (……) 지금 그대들이 말한 모든 것들이 내 기억에 생생하게 남아 나를 설득하고 강요까지 하면서 명령하고 있소. 하늘이 나를 이 세상에 보내 기사도에 내 몸을 바치게 하신 목적, 그러니까 도움이 필요한 사람들과 힘 있는 자로부터 억압받는 사람들을 도와주라는 기사도의 맹세를 지금 그대들을 위해 발휘하라고 말이오." 1권 22장

돈키호테의 광기가 결국 이 지경까지 왔다. 그는 왕의 법령을 정면으로 부정하는 반역자의 길을 자처하고 있다. 호송원은 어이를 상실했고 산초는 정신이 혼미해졌다. 오직 돈키호테만이 무엇을 해야 할지 알았다. 그는 기습적으로 창을 휘둘러 호송원을 쫓아냈고, 죄수들은 이 틈을 놓치지 않고 족쇄에서 벗어났다. 이제 돈키호테는 불한당들의 영웅이 되었다.

그러나 이 훈훈한 분위기는 오래가지 않았다. 돈키호테가 죄수들에게 엘 토보소의 둘시네아를 직접 방문해서 자신의 공적을 하나도 빼놓지 말고 고하라고 명령하자, 불한당들은 곧바로 코웃음을 쳤다. 광인에게는 매가 약이라며 돌팔매질까지 했다.

모험은 대실패였다. 돈키호테와 산초는 수치심에 몸을 떨면

서 시에라 모레나 산맥으로 피신해야만 했다. 그 시대의 자경단의 역할을 맡았던 '성스러운 형제들'(Santa Hermandad)이 뒤쫓아 올까 봐 두려웠던 것이다. 죄수들을 어설프게 동정한 대가였다.

그러나 이번만큼은 돈키호테의 판단력을 미쳤다고 탓할 수가 없다. 죄수들이 마주하고 있었던 운명은 실로 가혹했다. 그들이 형벌을 받으러 가는 장소가 배였기 때문이다. 당시 배는 인간의 생사여탈권을 쥔 공간이었다. 근대는 전 세계 바다에 대항해 시대의 막이 올랐던 때이기도 했다. 그전까지 대륙과 대륙을 가로막는 경계선이었던 바다는 갑자기 경계가 사라진 매끄러운 공간으로 변했다. 그때까지 해양의 "'만국보편의'(ecumenical) 세계" 주경철, 『대항해시대』 11쪽.는 인도양을 가로질렀던 아시아 상인들의 항로였으나, 유럽이 대서양을 개척하자 서로 고립되어 있던 지역들이 파격적으로 연결되었다.

이 최신 연결망이 지혜를 유통시켰다면 좋았겠지만 호모 사피엔스가 그렇게 순순한 종(種)일 리가 없다. 개량된 배에는 대포가 달렸다. 새 길을 따라서 폭력과 약탈이 흘러넘치리라는 선전포고였다. 그리고 이 배를 움직였던 것은 인간의 두 팔이었다. 증기기관선과 석탄 에너지가 발명되기 전까지 배를 움직였던 원동력은 오로지 두 개뿐이었다. 바람, 그리고 노를 젓는 노예의 팔뚝. 배가 지나가는 자리를 따라 피가 흘렀다. 아메리카 원주민들은 총을 맞아 피 흘리며 죽어 갔고, 유럽인 노예들은 등에 피 튀기는 채찍을 맞아가며 노를 저었다.

이 시대에 배 타는 선원이 된다는 것은 인생이 내린 형벌이었다. "선원들의 삶은 힘들고 비참하고 대개 짧았다. (……) 근대 초 선원의 실제 생존 양태는 늘 죽음 앞에서 고통받는 비참한 존재였다."앞의 책, 147~148쪽. 선원의 삶이 이러한데 죄수의 삶은 어떠했겠는가? 필요한 선원의 숫자가 모자라 부둣가의 떠돌이들을 반강제로 차출하는 판에, 죄수의 신분으로 배를 타게 된 노예들이 마지막 숨을 다하는 순간까지 지옥에서 살았으리라는 것은 쉽게 예상할 수 있다.

『돈키호테』 2권 후반에 등장하는 죄수들은 실제로 그렇게 묘사된다. 바르셀로나에 도착한 돈키호테와 산초는 난생 처음 갤리선에 올라탈 기회를 얻는다. 그러고는 충격에 휩싸인다. 기사소설 속 마법보다 더 믿을 수 없는 일이 눈앞에서 벌어지고 있었다.

> 죄수들은 내릴 때와 같은 속도로 무시무시한 소리를 내면서 돛대를 위로 끌어 올렸으니, 이 모든 일을 목소리도 없고 숨도 안 쉬는 사람들처럼 말 한마디 없이 해냈다. 감독이 닻을 올리라고 신호한 다음 채찍을 들고는 갑판 통로 가운데로 뛰어올라 죄수들의 등을 때리기 시작하자 배가 조금씩 바다로 나아가기 시작했다. 갤리선의 수많은 붉은 다리가 움직이는 것을 보고, 산초는 저것들이 노들이구나 싶어 속으로 생각했다.

'우리 주인 나리가 말씀하시는 그런 일들보다, 오히려 이것이야말로 진짜 마법 같은 일이야. 이 불행한 사람들은 무슨 짓을 했기에 저렇게 채찍질을 당하는 거지? 그리고 호루라기를 불면서 왔다 갔다 하고 있는 저 작자는 어떻게 혼자서 이렇게도 많은 사람들을 감히 채찍질하는 걸까? 지금에서야 하는 말이지만, 이거야말로 지옥이야. 아니면 적어도 연옥이지.' 2권 63장

세르반테스는 이 지옥을 몸소 겪었다. 그는 선원도 노예도 아닌 군인이었으나, 배 위에 올라선 이상 이들의 삶은 본질적으로 다를 게 없었다. 모두들 상선의 폭력에 맨몸으로 노출되어 있었다. 죄수들이 갑판 아래에서 노를 젓는 동안 세르반테스는 갑판 위에서 총받이로 서 있었다. 어차피 적군에게 포로로 잡히면 그 역시 노 젓는 노예의 신분으로 추락할 터였다.

이때의 강렬한 기억은 『돈키호테』에서 구현된다. 세르반테스의 분신 같은 인물이 객줏집에 손님으로 등장한다. 이 사람은 레판토 해전에 참가하였다가 무슬림 편에 잡혀 포로가 되었고, 알제리에서 수없이 탈출을 시도했다가 실패를 맛봤다. 마침내 구원이 찾아왔다. 소라이다라는 무슬림 여성이 모든 탈출 자금을 대겠다며 두 발 벗고 나섰던 것이다. 이 여인은 기독교 남성과 결혼하여 개종하기를 오랫동안 꿈꾼 자였다.

이 동화 같은 이야기는 세르반테스 본인이 꾸었던 꿈이었을

지도 모른다. 알제리의 차가운 감옥에서 포로 생활을 할 당시, 비현실적인 기적을 망상할 만큼 자유가 간절했을 것이다. 이 심정을 짐작할 수 있는 대목이 있다. 세르반테스는 포로의 이야기에서 자신을 스쳐 가는 조연으로 등장시킨다. 등장인물의 입을 빌려 자신의 포로 시절을 기념하기 위해서다. "에스파냐의 병사인 사아베드라만이 그자로부터 자유로웠습니다. 이 사람은 그곳에 있는 사람들의 기억에 오랫동안 남을 일들을 했는데, 모두가 자유를 얻기 위한 일이었습니다." 1권 40장

어떤 용맹한 병사도 시대의 야만에서 자유롭지 못했다. 유럽에서 발명된 기계적인 살상력은 싸움 속에서 최소한의 예(禮)마저 제거해 버렸기 때문이었다. 이 폭력은 오로지 상대방을 최단시간에, 손쉽게 죽이는 방법에 골몰한다. "유럽은 한번 전쟁을 하게 되면 최대한의 군사력을 동원해서 공격하는 경향이 있다. 이때에는 전쟁의 종교적 의례, 문화적 가치 등을 완전히 벗어던지고 전력을 다해 싸우는 총체전(total war)이 된다." 주경철, 『대항해시대』, 227쪽. 대항해시대를 맞이하여 총체전은 일시적 전략이 아니라 전지구적으로 끊이질 않는 상시전이 되었다. 이 앞에서 선택지는 두 개뿐이다. 살인기계의 부품이 되거나, 기계에 살해당하는 타깃이 되거나.

모든 생명의 끝은 죽음이지만, 어떤 죽음을 맞이하느냐가 지금까지 살아온 시간의 의미를 바꾼다. 대포가 떨어지는 자리에

구덩이와 함께 파이는 죽음은 허무 외에는 아무것도 남기지 않는다. 행동의 기회를 빼앗긴 삶은 노예의 운명과 같다. 시대의 폭력에 상시적으로 노출되어 있는 이상, 범인(凡人)들의 운명도 '갤리선으로 끌려가는 죄수들'과 근본적으로 다를 바 없다.

돈키호테가 새 시대의 부조리에 격노하는 이유도 이 때문이다. 대포는 창보다 살상력이 뛰어나다. 창이 한 명을 쓰러뜨리는 동안 대포는 열 명을 죽인다. 그러나 이런 계산 자체가 이미 무인에 대한 모독이다. 대포는 아무나 쏠 수 있고, 누구나 죽일 수 있다. '대포의 싸움'은 전장에 나선 모든 이의 삶을 무가치하게 만든다. 대포를 쏜 군인의 생존과 대포를 맞은 군인의 죽음 양쪽 모두를 말이다.

> "그놈의 악마 같은 무기인 대포의 경악할 만한 분노가 없었던 시대는 축복받을지어다. 대포를 발명한 자는 그 악마 같은 발명으로 지옥에 떨어져 응분의 대가를 받고 있을 것이라 나는 생각하오. 그 발명으로 비천하고 겁 많은 팔이 용감무쌍한 한 기사의 목숨을 끊을 수 있게 되었소. 용맹스러운 가슴에 불을 지피고 용기를 돋우는 기운과 혈기의 와중에, 어디서 어떻게인지도 모르게 천방지축으로 날뛰는 총알이 날아와 오래오래 인생을 즐기며 살아야 할 자의 생각과 목숨을 한순간에 끝내 버리고 말기 때문이지요." 1권 38장

☆ 산초 판사의 언중유골 스티커 ☆

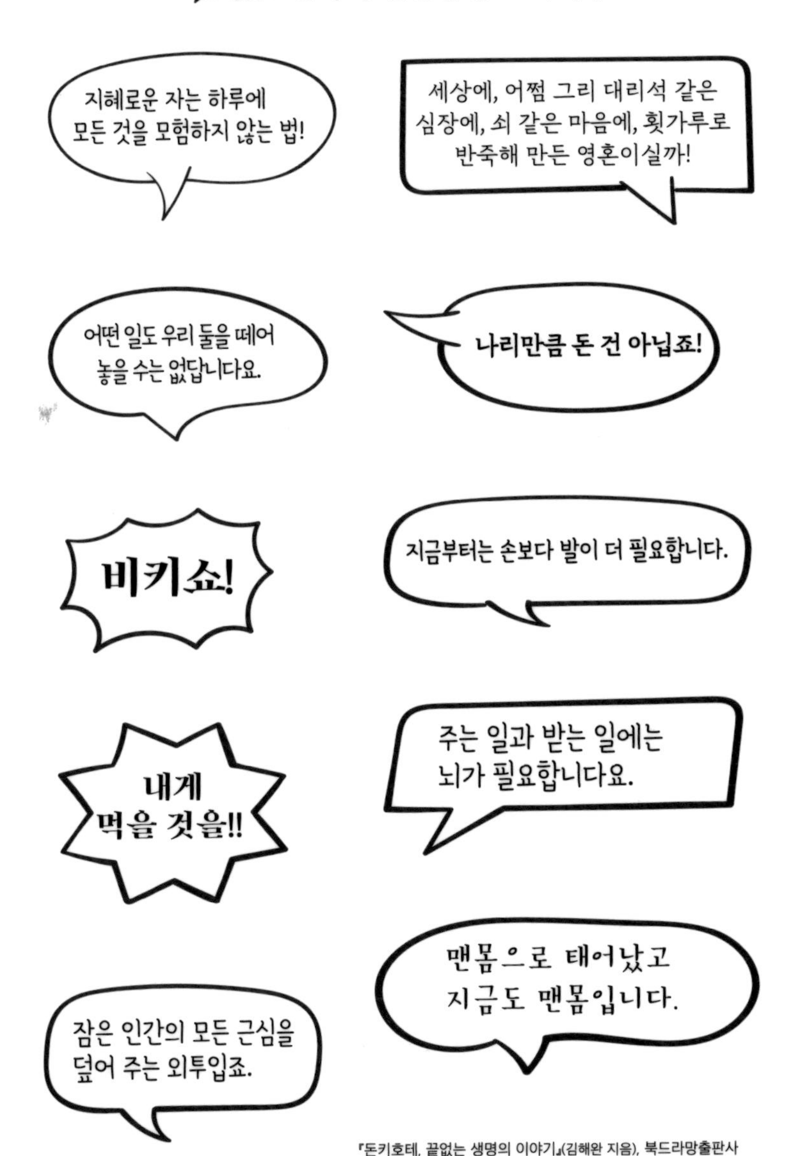

『돈키호테, 끝없는 생명의 이야기』(김해완 지음), 북드라망출판사

돈키호테의 연설은 객줏집 사람들에게 뜨거운 갈채를 받았다. 그가 광인이라는 것도 잊어버리고 모두들 깊은 감동을 느꼈다. 그들도 절감하고 있었던 것이다. 기사도 전쟁이라는 우상숭배와 '렉티오 디비나' 사이에서 진동했던 지중해시대가 저물고, 합리적 이성과 고삐 풀린 야만이 공존하는 대항해시대가 몰려오고 있었다.

이 폭력의 시대 한복판으로 갤리선의 죄수들이 길을 떠난다. 돈키호테를 제외하고는 누구도 불한당들의 인생을 기억하지 않았다. 그러나 시간은 세상 만물을 빠짐없이 관통한다. 그래서 말단의 이야기에도 시대의 본질이 담긴다. 끝없이 증식하는 이야기가 증명하듯, 세상의 모든 사건은 궁극적으로 연결되어 있기 때문이다. 주인집 문 앞에 굶주린 개가 제국의 몰락을 예고한다고 말했던 윌리엄 블레이크처럼, 누군가는 죄수의 행진에서 전 지구로 흐르는 핏물을 발견했을 것이다.

이상주의자도 현실주의자도 없는 세상

마지막으로 이야기를 들어 볼 사람은 산초 판사다. 산초는 참 특별한 존재다. 주연과 조연을 통틀어서 유일하게 기사소설의 팬이 아닌 인물이다. 『돈키호테』는 책이 주인공이라 해도 무방할 작품이지만, 산초만은 시종일관 모든 종류의 책에 무관심하다. 그는 글을 읽을 줄 모른다. 산초가 사는 세상은 우리가 아는 '책'이라는 사물을 포함하지 않는다.

그래서 산초는 서사를 구성하는 힘이 약하다. 이야기 속에 시간이 흐르고, 흐르는 시간 속에 인생이 담기며, 인생 속에 세상을 해독하는 통찰이 숨어 있음을 그는 이해하지 못한다. 그래서 산초가 이야기를 들려주려고 일부러 노력할 때면 대참사가 벌어진다. 너무 재미가 없어서 도저히 들어줄 수가 없는 것이다.

한번은 산초가 돈키호테에게 옛이야기를 들려주었는데, 도중에 삼백 마리의 양이 강을 건너는 장면이 나왔다. 산초는 이를 어떻게 묘사했을까? 양을 한 마리씩 전부 셌다. 농담이 아니라 진짜로 말이다. 한 마리, 두 마리, 세 마리…. 듣다 못한 돈키호테가 그건 이야기의 핵심이 아니라고, 양을 다 셌다고 치고 이야기를 계속하라고 끼어들었다. 산초는 대답했다. "건너간 양의 숫자가 틀리는 순간 거기서 이야기는 끝나는" 것이다. 1권 20장 즉 산초에게 '이야기'란 현실을 토씨 하나 틀리지 않고 '문자 그대로' 옮기는 작업이다. (토씨 하나 틀리지 않고 책을 기억하려 드는 돈키호테와 흥미로운 대비를 이루지 않는가?) 다시 말해 그는 현상을 바라볼 때 전혀 해석하려 들지 않는다. 하지만 그렇게 해서는 도저히 들을 만한 이야기를 구성할 수가 없다. 대체 누가 삼백 마리 양이 강을 건넜는지 안 건넜는지 관심을 갖겠는가?

그렇다고 해서 산초가 빈곤한 언어를 가지고 있는가? 절대로 아니다. 산초는 다른 종류의 언어를 구사할 뿐이다. 산초가 누군가에게 이야기를 들려줘야 한다는 부담 없이 입을 여는 순간 판소리에 맞먹는 입담이 펼쳐진다. 속담이 봇물처럼 터져 나오고, 별것 아닌 사소한 일도 구수한 구연동화가 된다. 떠들기는 또 어찌나 좋아하는지, 돈키호테가 묵언수행의 벌을 내렸을 때는 제발 용서해 달라고 애걸복걸한다.

세상이 온갖 종류의 이야기가 쉼 없이 생겨나고 소멸되는 '열린 책'이라면, 산초는 이곳에서 가장 원초적인 언어를 담당하고 있다. 날카로운 통찰이나 정교한 조직력은 부재하지만 대신 생생한 디테일로 승부를 본다. 산초의 눈은 아득한 과거와 미래로 뻗어 있는 시간의 깊이를 응시하지는 않지만, 그 덕분에 지금 이 순간의 마음 상태를 솔직하게 포착해 낸다. 그의 직설 화법을 잠깐 감상해 보자. 돈키호테가 매 끼니마다 맛난 음식을 먹는 것은 편력기사의 정신에 걸맞지 않다고 하자, 산초는 곧바로 이렇게 대꾸한다.

"용서하십쇼, 나리. (……) 말씀드렸듯이 저는 읽지도 못하고 쓰지도 못하기 때문에 기사도가 무엇인지를 모를 뿐만 아니라 어떤 것이 기사도 법도에 맞는 일인지 맞지 않는 일인지도 모릅니다요. 앞으로는 기사이신 나리를 위해서 이런저런 종류의 과일을 말려 자루에 준비해 두기로 하고, 저 자신을 위해서는 새고기

같은 좀 더 영양가 있는 것을 넣어 두기로 하겠습니다요. 저는 기사가 아니니까 말이지요."1권 10장

돈키호테조차 꿀 먹은 벙어리로 만들어 버리는 말발이다. 결국 돈키호테는 머쓱한 얼굴로 "편력기사는 자네가 말한 그런 과일 이외에 다른 것을 먹지 말아야 된다는 것은 아니"라며 의견을 수정하지 않으면 안 되었다.

이처럼 산초는 입을 열 때 타인의 눈치를 전혀 보지 않는다. 그가 언행의 기준으로 삼는 것은 오로지 자신의 몸이다. 한 터럭의 생리 현상도 숨겨서는 안 된다! 가령, 돈키호테가 정녕 마법에 걸렸는지 판단할 때 산초가 기준으로 삼는 것도 "큰 물이나 작은 물을 하시고 싶은 생각이" 드는가 아닌가의 여부다.1권 48장 마법에 걸린 상태에서도 화장실에 가고 싶다면 그건 좀 이상한 마법인 게 틀림없다. 또한 돈키호테가 주인으로서 호의를 베풀 때에도 산초는 거침없이 '신체의 소리'로 화답한다.

"나는 자네의 주인이자 자네보다 어른이지만 자네가 나와 같기를 바라니, 나와 같은 접시로 먹고 내가 마시는 것과 같은 것을 마셨으면 하네. 편력기사의 도리는 사랑의 도리와 같아서 모든 것이 동등하다고 보니 말일세."

(……)

"하지만 나리, 말씀드리자면요, 저는 먹을 것만 있다면 선 채로 혼자서 먹는 게 황제와 나란히 앉아서 먹는 것만큼이나 좋습니다요. 그뿐만 아니라, 솔직히 말씀드리자면 비록 빵과 양파라도 예의나 범절을 지키지 않고 한쪽 구석에서 혼자 먹는 편이 훨씬 맛이 좋습니다요. 천천히 씹어야 하고, 조심해서 마셔야 하고, 자주 입가를 닦고, 재채기도 기침도 마음대로 할 수 없으며, 그 밖에 혼자 있으면 할 수 있는 모든 것을 체면 차리느라 하지 못하는, 그런 자리에 있는 칠면조 요리보다 말입니다요." 1권 11장

『돈키호테』를 해석하는 가장 고전적인 방식은 돈키호테를 이상주의자로, 산초를 현실주의자의 전형으로 보는 것이다. 이 도식은 앞서 보았던 허구와 현실의 대조를 되풀이한 결과다. 이상을 좇는 자는 현실에 존재하지 않는 허구를 찾아 헤맬 뿐이고, 현실을 택한 자는 허구가 펼치는 다채로운 상상력까지 포기해 버린다.

그러나 이 이분법이 실재한다는 믿음이야말로 진정한 허구인 것은 아닐까? 우리가 세상을 살아가고 또 경험하는 방식은 '순수한 이상'도, '순수한 현실'도 아니다. 어느 쪽에 무게중심을 두든 간에 그것은 늘 이야기의 형태를 띤다. 아무리 드높은 이상이라도 보편적인 이야기로 풀어내지 않는다면 남들과 공유할 수 없다. 아무리 견고한 현실이라도 사건의 표면 아래 근원적인 메시

지를 끌어내지 못하면 스스로를 상황의 수단으로 만들 뿐이다. 어떤 이상 혹은 현실 속에서 살든 간에, 그 속에는 타자들이 있어야 하고 '나'를 '그들'에게 연결해 주는 이야기가 있어야 한다.

삶의 이야기는 항상 복수형이다. 이야기에는 반드시 하나 이상의 존재가 관여하는 데다가 같은 사건이라도 관점에 따라서 이야기는 천 갈래 만 갈래 갈라지기 때문이다. 그래서 그 누구도 언제나 '현실에 순응하는 조연'에만 머무를 수는 없다. '꿈을 좇는 주연'도 다른 조연 없이 숨 쉬고 살 수는 없다. 어디까지가 허구인가? 어디까지가 현실인가? 이 질문에 집착한다면 이야기의 참맛을 느끼는 데 방해만 받을 것이다.

인류학자 신이치는 사피엔스 종(種)의 '이야기 본능'에 대하여 흥미로운 의견을 내놓는다. 언어의 발달은 연결에 대한 욕망과 관련이 있다는 것이다. 신석기시대 사피엔스의 뇌에서 '유동적 지성'이라는 정신 혁명이 벌어졌다. 이 지성의 본질은 "상징적인 표현"을 활용하여 표면적으로 나누어진 현상들의 "서로 다른 의미의 장 사이에 통로를 열어"나카자와 신이치, 『곰에서 왕으로』, 김옥희 옮김, 동아시아, 2003, 91쪽. 주는 것이다. 이를 계기로 언어의 탄생 및 사유의 전개가 시작되었다. 언어가 현상들 사이에 다리를 놓으면, 정신은 이 다리를 타고 타자들을 여행한다. 그제야 "인간의 마음속에는 타자에 대한 공감으로 가득 찬 이해라는 것이 생겨"나카자와 신이치, 『곰에서 왕으로』, 92쪽.난다. 이 여정의 결과물이 바로 이야기다. 세상을, 타자를, 연결을 이야기할 수 없다면 언어 역시 존재 의의를 잃을 것이다. 발달상으로 이야기가 언어 이후에 오겠지만, 존재론적으로는 이야기가 언어에 선재하는 것이다.

그래서 이야기의 힘은 문자의 한계에 갇히지 않는다. 고귀한 이야기는 세상 어떤 존재도 배제하지 않고, 어떤 장소도 차별하지 않는다. 에드워드 사이드가 재인용한 에메 세제르의 말을 빌리자면 누구도 "아름다움, 지성, 힘을 독점할 수는 없"으며 "승리의 순간에는 모두를 위한 자리가 있"에드워드 사이드, 『권력, 정치, 문화』, 최영석 옮김, 마티, 2012, 258쪽.음을 아는 것이다. 그런 이야기는 모두를 행복하게 한다. 인간은 늘 자기 존재를 확인받고 싶어 하는데, 존재의 의미는 타자와 연결되어 있다는 굳은 확신 속에서만 체감된다. 그래서 우리는 남의 이야기를 들으며 울고 웃는다. 그리고 나의 이야기를 남에게 들려주기 위해 골몰한다. 상대의 이야기에 집중하면서 "존재론적 청각장애로부터 해방"되고 "존재론적인 시각장애로부터도 해방"될 때, 그때야 "존재의 의미가 전방에서 빛나"빅터 프랭클, 『삶의 의미를 찾아서』, 이시형 옮김, 청아출판사, 2017, 24쪽.게 될 것이다.

『돈키호테』에는 이런 생생한 이야기들이 우글거린다. 돈키호테는 자기 방식대로 세상에 말을 건네고, 산초와 다른 사람들로부터 따뜻한 화답을 받는다. 사람들은 돈키호테가 체현하는 기사소설의 일부가 되어 다양한 배역을 경험한다. (비록 돈키호테 자신은 의도하지 않았더라도 말이다.) 산초는 더 말할 것도 없다. 그가 풀어내는 구수한 입담은 누구라도 즐길 수 있다. 먹고 싸고 자는 이야기, 몸의 이야기이기 때문이다.

이와 반대로, 이야기가 될 수 없는 인생은 죽은 시간이 된다. 그것이 트라우마다. 트라우마에 시달리는 사람들의 마음은 과거의 "경험을 계속해서 흘러가는 현재의 삶과 결합시키지 않"베셀 반 데어 콜크, 『몸은 기억한다』(e-book), 제효영 옮김, 을유문화사, 2020, 1부 3장.는다. 몸이 '그때 그 순간'을 차이 없이 반복되는 유일한 '현실'이라고 믿고 있기 때문이다. 마음은 병든 생리적 조건에 갇힌 채, 그때의 충격에서 한 발짝만 벗어나 사건을 해석하려고 하면 이를 '허구'로 치부한다. 그런 삶은 과거와 미래의 좌표를 양쪽 다 잃고, 시간 속에서 고립되어 흘러가지 못한다.

트라우마는 역으로 생명의 원리가 무엇인지 알려준다. 생명체가 살기 위해서는 세포가 밤낮 없이 재생되어야 하는 것처럼, 현재를 제대로 살기 위해서는 순간에 응축된 과거와 미래까지 함께 재생되어야 한다. 이게 어떻게 가능할까? 다시, 핵심은 이야기다. 삶의 이야기를 늘 새롭게 '반복함으로써'(re-play) 인생의 의미도 '재탄생시켜야'(re-birth) 한다. 이야기는 재생(再生)될 때마다 그 속에 담긴 나와 세상의 관계를 다르게 구축한다. 이야기를 유영하는 사람은 어느 순간 직감한다. 영원한 시간 속에서는 모든 이가 모든 방식으로 연결되어 있다는 것을. 시간은 '나'와 '너'의 경계, '살아 본 현실'과 '살아 보지 못한 이상'의 경계를 해체하면서 장구하게 흐른다.

> 던은 (『시간 실험』 제22장에서) 인식의 주체는 관찰 대상을 인식하기도 하지만 또 다른 인식의 주체 A와 그 A를 인식하는 또 다른 주체 B, 그리고 같은 방식으로 B를 인식하는 또 다른 주체 C도 인식한다고 주장한다. 또한 이렇게 무한히 존재하는 내면의 주체들은 삼차원적 공간에는 다 들어갈 수 없을지 모르지만 역시 무한으로 이어지는 시간이라는 차원 속에는 모두 들어갈 수 있음을 명백히 밝히고 있다.호르헤 루이스 보르헤스, 「시간과 J. W. 던」, 『또 다른 심문들』, 46쪽.

"모두 들어갈 수 있"는, "무한으로 이어지는 시간이라는 차원"으로 걸어가는 사피엔스 한 마리를 상상해 보라. 두 발은 땅 위에 단단히 붙어 있고, 두 눈은 지평선 끝을 본다. 한 손에는 생계를 꾸리기 위한 도구를, 다른 한 손에는 시(詩)를 짓기 위한 펜을 든다. 사피엔스가 서 있는 허공에는 아직 말해지지 않은 이야기로 가득하다. 그러나 이 이상한 동물이 발걸음을 떼겠노라고 결심한 순간 이야기들은 비로소 목소리를 얻고 재잘대기 시작한다. 우리의 현실과 이상은 전부 거기에 있다. 경이로운 장면을 홀로만 보기 아까워, 세르반테스는 돈키호테와 산초라는 두 마리의 사피엔스를 우리에게 보내 준 것일 테다.

4장

전(轉): '자아'라는 이름의 위기

'나의 이야기'를 쓰겠다는 포부

돈키호테와 산초의 모험은 그 후로 어떻게 전개되었을까? 기억력 좋은 독자라면 잊지 않았을 것이다. 도로테아를 미코미코나 공주로 변장시켜서 두 광인을 라만차로 호송하려는 여섯 사람의 계획을 말이다. 귀향 프로젝트는 중간에 페르난도와 만나면서 실패로 끝났다. 도로테아는 연극 따위 까맣게 잊어버리고 '본캐'로 돌아가 버렸다.

사각관계 스캔들이 정리되자, 객줏집 사람들은 돈키호테를 귀향시키기 위해 다른 상황을 설정했다. 그들은 흉악하게 분장을 했고, 곤히 자고 있던 늙은 기사를 덮쳐서 소달구지에 집어넣었다. 우리의 주인공은 깜짝 놀랐지만 의외로 얌전했다. 악마의 소행이라고 굳게 믿었기 때문이다. 달구지는 라만차를 향해 천천히 굴러가기 시작했다.

이로써 라만차 콤비의 첫 모험이 막을 내린다. 이만하면 충분히 훌륭했다. 풍차를 향해 돌진했는데도 목숨을 보전했고, 객줏집에서 무전취식을 했는데도 친구들을 사귀었다. 길에서 만난 사람들을 통해서 기사소설보다 더 소설 같은 세상 구경도 했다. 여기서 더 무엇을 바라겠는가?

그러나 이야기는 여전히 끝나지 않았다. 돈키호테의 마음속에는 아직 끝나지 않은 욕망이 있었기 때문이다. 집 밖에 나가서 기사도를 시험하고, 세상의 이야기를 헤집고 다니는 것으로는 만족할 수가 없다. 그의 속내에서는 '나의 이야기'를 완성시키겠다는 포부가 활활 불타오르고 있다. 『돈키호테』를 내내 붙들고 있었던 독자들로서는 조금 의아할 것이다. 아니, 지금까지 읽은 게 돈키호테의 이야기가 아니라면 뭐란 말인가? 라만차를 떠나 풍차와 양떼, 귀족과 죄수, 객줏집과 시에라 산맥을 만났던 그 시간은 무엇이었나? 삶의 매 순간은 현실과 상상 사이를 가로지르며 이야기가 된다는 것을 우리는 이미 보았다.

그러나 돈키호테는 다른 이야기가 아니라 오로지 '나만의 이야기'를 원하고 있다. 자신이 빛나기를 바라는 자는 '이야기가 어떠해야 한다'는 요구사항이 많다. 우선 자신이 명실상부한 '원톱 주연'이어야 하고, '예상한 순서'대로 일이 풀려야 하고, '내가 꿈꾸는 방식'으로 소문이 사람들의 귀에 들어가야 한다. 따라서 돈키호테의 생각에 그는 아직 온전한 '주인공'이 아니다. 물론 자신이 이 세상에 기사도를 부활시킬 선택받은 존재라는 사실은 결코 의심하지 않았지만, 첫번째 모험은 자신의 꿈을 이루기에는 부족했다.

돈키호테는 긍정적인 사람이다. 그는 자신에게 또 다른 기회가 찾아올 것이라고 굳게 믿고 있다. 그래서 다소 굴욕적인 귀향에도 당당했고, 자존심에 생채기 하나 나지 않았다. 모험은 계속될 것이고, 만천하가 그를 알아볼 날이 언젠가 도래할 것이다. 꿈은 아직 끝나지 않았다!

주인과 다른 맥락이긴 했지만 산초 역시 만족했다. 돈키호테가 약속했던 섬나라는 끝내 얻을 수는 없었으나 보상은 충분했다. 카르데니오가 자신이 산에 버렸던 황금 가방을 산초에게 선물했던 것이다. 가장 큰 선물은 산초 내면에서 일어난 변화였다. 평생 고향에서 밭뙈기만 생각하고 살았던 농부는 이제 예측불허의 사건을 즐기는 법을 알게 되었다. 이제 산초는 모험이 좋다고 자발적으로 말한다. 마을 바깥의 낯선 세계는 다소 고생스럽더라도 겪어 볼 만한 가치가 있는 세계였다고 확신한다. 산초의 허풍 섞인 자랑은 첫번째 모험의 유쾌한 마침표다. 그래, 이만하면 충분하다. 아름다운 추억이었다!

> "정직한 사내라면 모험을 찾아 헤매는 편력기사의 종자가 되는 것보다 세상에 더 즐거운 일은 없다는 거야. 물론 만난 모험들의

결과가 대부분 원했던 만큼 마음에 들 정도는 아니었던 것은 사실이지만 말이야. 1백 가지 모험 중에서 아흔아홉 가지가 정도에서 벗어나고 꼬이는 법이거든. (……) 하지만 이 모든 일이 있더라도 산을 넘고 숲을 뒤지고 바위를 밟고 성을 방문하고 마음 내키는 대로 돈 한 푼 지불하지 않은 채 객줏집에 묵으면서 모험을 기다리는 것은 멋진 일이야." 1권 52장

책 출판—꿈은 이루어진다?

바로 그 순간 반전이 일어났다. 돈키호테와 산초가 라만차에 돌아온 지 한 달 만에 '마법'이 벌어진 것이다. 마법이라니, 이게 무슨 소리인가? 이번만큼은 돈키호테의 착각이 아니었다. 『돈키호테』에서 설명할 수 없는 초현실적인 일이 일어난 것은 1권과 2권을 통틀어 오직 이때뿐이고, 제대로 된 사건이라고 부를 만한 것도 이것뿐이다. 도대체 무슨 일이 벌어진 걸까? 산초의 입으로 직접 들어 보자. 지금 그는 소식을 전하기 위해 헐레벌떡 돈키호테의 집으로 뛰어온 참이다.

"어젯밤에 바르톨로메 카라스코의 아들이 살라망카에서 공부해서 학사가 되어 돌아왔기에 제가 인사를 하러 갔었습니다요. 그런데 그 사람 말이 나리에 대한 이야기가 『기발한 이달고 돈

키호테 데 라만차』라는 이름으로 이미 책이 되어 나돌고 있다는 겁니다요. 그리고 저에 관해서도 산초 판사라는 바로 제 본명으로 그 책에서 이야기되고 있으며, 둘시네아 델 토보소님에 대한 것이며 우리 둘만이 보냈던 다른 일들까지 몽땅 나온다고 했습니다요. 저는 그저 놀라 성호를 그었지요. 어떻게 그런 것들을 작가가 다 알 수 있었는지 말입니다요."

"내가 자네에게 확실히 말하지만, 산초…" 돈키호테가 말했다. "우리 이야기를 쓴 작가는 아마도 현명한 마법사인 게 틀림없네. 그런 사람들이 쓰고 싶은 것이라면 모든 게 드러나게 되어 있지."

"현명한 마법사라니요?" 산초가 말했다. "삼손 카라스코—이게 제가 말씀드린 그 학사의 이름인데요—그 사람 얘기로는 그 책의 저자가 시데 아메테 베렝헤나인가 그렇다던데요!"

"그건 무어인의 이름인데." 돈키호테가 대답했다.2권 2장

책이 출판되었단다. 돈키호테와 산초의 첫번째 모험이 낱낱이 묘사된 책이 출판시장에 나온 것이다. 심지어 이 책은 초대박을 쳤다. 학사 카라스코에 따르면 스페인 내에서 "지금까지 1만 2천 부 이상 인쇄되었"으며, "곧 이 책이 번역되지 않을 나라나 언어가 없을 것이라 추측"되고 있었다.2권 3장 (다들 아시겠지만 이 추측은 정말 현실이 되었다.)

이럴 수가! 돈키호테의 꿈이 이루어졌다. 어떻게 이루어졌는지는 모르겠지만, 여하튼 지금 이 순간은 그의 인생의 최고의 하이라이트다. 모험을 처음 떠날 때 그는 자신의 영웅담이 온 세계에 퍼지기를 간절히 염원하지 않았는가. 돈키호테가 꿈꾸던 '나의 이야기'가, 그가 꿈꾸는 방식 그대로 '토씨 하나 틀리지 않고' 투명하게 옮겨져 수많은 이들의 입에 오르내리고 있었다.

우리는 모두 이 책의 정체를 알고 있다. 바로 『돈키호테』 1권이다. 그리고 지금 책이 출판되었다고 호들갑을 떠는 산초는 『돈키호테』 2권의 등장인물이다. 혹시 이 설명이 이상하게 느껴지지 않는 사람이 있다면 다시 천천히 상황을 곱씹어 보길 바란다. 책 속의 주인공이 책 밖으로 나와 자신의 책에 대해 논하고 있다. 책 속에 책이 있는 것이다! 다시 말해서, 『돈키호테』 1권과 2권은 여느 시리즈물처럼 동일한 설정 위에서 연속되는 이야기가 아니다. 2권은 1권이 세상 속에서 어떤 운명을 맞게 되는지 추적하는 1권의 반영물이다.

이 책 한 권이 라만차의 시골 동네를 뒤집어 놓았다. 졸지에 돈키호테와 산초는 베스트셀러의 주인공이 되었다. 산초는 기적에 "그저 놀라 성호를 그었"고, 돈키호테는 현명한 마법사가 자신의 위대함을 알아봐 준 것이라며 잔뜩 신이 났다. 이런 초현실적 결론은 자연스러울 뿐만 아니라 논리적이기까지 하다. 마법이 아니라면 이 출판을 설명할 길이 없다. 저자가 보이지 않는 유령처럼 돈키호테와 산초의 주위를 맴돌지 않고서야 어떻게 둘의 언행을 토씨 하나 틀리지 않고 베낄 수 있는가? 그리고 한 달 만에 그 기록을 글로 옮겨서 편집하고 출판까지 하는 게 어떻게 가능하겠는가?

우리들은 이 상황이 놀랍지는 않다. 마법을 부리고 있는 '유령 작가'를 이미 알고 있기 때문이다. 바로 세르반테스다. 세르반테스는 『돈키호테』 1권을 창조한 장본인이고, 따라서 그가 『돈키호테』 2권의 세계에서 곧바로 1권을 출판한다고 해도 이상할 게 없다. (참고로 『돈키호테』의 세계 속에서는 1권과 2권 사이에 한 달의 시간이 흘렀지만, 앞에서 언급했듯이 세르반테스의 세계에서는 십 년이 흘렀다.)

그러나 돈키호테와 산초는 세르반테스의 존재를 눈으로 직접 확인할 수 없다. 따라서 흥분이 가시자마자 의심에 빠진다. 마법을 부리는 작가의 진짜 동기를 알 수 없다는 데까지 생각이 미쳤기 때문이다. 그때 삼손 학사가 충격적인 의견을 개진한다. 1권은 진실에 가깝게 쓰였지만 후속편은 전혀 다른 모습일지도 모른다. 이 정체 모를 작가가 무슨 농간을 부려서 돈키호테와 산초의 명예를 훼손할지 모른다. (참고로 산초는 1권의 오류들을 이것저것 지적하는데, 이는 실제로 세르반테스가 책을 출판하면서 범했던 실수다.)

"그런데 혹시…" 돈키호테가 말했다. "그 작가가 후속편을 약속하고 있소?"

"그럼요." 삼손이 대답했다. "하지만 아직 발견되지 않았으며 누가 그것을 가지고 있는지 모른다고 하더군요. 그래서 그 책이 나올 것인지 안 나올 것인지 우리도 궁금해하고 있답니다. 이런 사정인 데다 '속편은 절대로 좋지 않다'라고 말하는 사람이 있는가 하면, '돈키호테의 일은 이미 쓴 것으로 충분하다'라고 말하는 자도 있어서 후속편은 나오지 않을 거라고들 생각하지요. 토성보다 목성의 영향 아래 태어난 사람들 중에는 '돈키호테 같은 짓을 더 보여 다오. 돈키호테는 돌진하고 산초 판사는 더 말하라, 무엇이든 간에 말이다. 그래야 우리가 그것으로 즐거울 것이다'라고 말하는 자들도 있긴 하지만요."

"작가는 어쩔 생각이라 하오?"

"그가 혈안이 되어 찾고 있는 이야기를 발견하는 즉시, 다시 칭찬을 얻겠다는 뜻에서라기보다 그에 따를 이익 때문에 인쇄로 넘기겠지요." 2권 4장

삼손 학사의 대꾸는 당대의 현실을 솔직하게 반영한다. 17세기 스페인 작가들이 돈을 위해 글을 쓰는 일은 흔했다. 팔리는 이야기를 쓰기 위해 서사의 질을 포기한다고 해서 문제될 일이 없었다. 세르반테스가 『돈키호테』의 군데군데 이들의 뻔뻔스러움을 맹렬히 비판했을 정도다.

물론 돈키호테가 출판계 상황을 알 리가 만무하다. 그가 알았던 책의 유형은 오직 '성스러운' 기사소설뿐이었다. 자신이 위대한 모험을 완수하고 마침내 '책'에 기록되면, 누군가는 자신이 기사소설들을 탐독했던 '경건한 방식' 그대로 그 이야기를 읽어 줄 거라고 기대했다. 아, 우리의 불쌍한 기사. 그의 순진한 기대는 박살날 것이다. 현실을 움직이는 것은 돈과 인기다. 자신의 이름을 걸고 출판된 책, 그 책에 적힌 자신의 소명 역시 돈벌이를 위해 악용될 수 있다.

이로써 돈키호테는 꿈을 이루자마자 불행해진다. 꿈은 언제든지 타락할 수 있다. 진실은 언제든지 왜곡될 수 있다. 꿈은 이루어졌지만, 진정한 위기는 바로 그 순간에 찾아왔다.

그때 산초가 기발한 발상을 내놓는다. 초심고려하는 주인의 속이 뻥 뚫릴 만한 제안이었다. 정체 모를 작가가 허구를 창조해 내기 전에, 우리가 먼저 진실을 만들어 내자! 어차피 속편이 쓰일 수밖에 없다면 자신들이 발 빠르게 움직여서 두번째 모험을 떠나는 쪽이 낫다.

> "그 무어 양반이든지, 아니면 그 어떤 자든지 자기가 하는 일에 제대로 신경을 써야지요. 저와 나리는 모험이나 여러 다른 사건들을, 단지 속편만이 아니라 1백 권은 쓸 수 있을 정도로 수월하게 많이 줄 것이니 말입니다요."2권 4장

책의 주인공들이 책의 출판 여부를 걱정하며 일부러 줄거리를 만들겠다고 나서는 책은 『돈키호테』밖에 없을 것이다. 이제 모험의 성격은 근본적으로 변한다. 1권에서는 스스로 존재하기 위해서 길을 떠났다면, 2권에서는 남에게 존재를 확인받기 위해서 길을 떠나고 있다. 둘은 명예를 지키기 위해서 어쩔 수 없다고 생각할 것이다. 그러나 실제로는 정신의 새로운 차원으로 비약하고 있다. 그 차원은 바로 자아다.

자아를 설계하는 법

혹시 기억하는가? 앞서 무지와 세계관의 관계를 논하면서 자아를 언급했었다. 정신의 내부를 견고하게 구축하려는 태도에는 스스로를 보호하려는 욕망이 숨어 있다고 말이다. 그런데 이때 작동하는 자아는 무의식적이다. 잘 다듬어진 '나'라는 정체성이라기보다는, 의식하기도 전에 무언가 집착할 것을 찾고 있는 정신의 운동성이다. 내가 지금 몸담고 있는 세계를 의심하지 않기 위해서 무게중심을 둘 곳을 찾는 것이다.

두번째 모험에 등장하는 자아는 이와 결이 다르다. 이제부터 자아는 의식의 차원으로 강렬하게 부상할 것이다. 돈키호테는 공식적으로 '돈키호테'라고 불리게 된 자신의 영역을 명확히 의식하고 있다. 책이라는 마법의 물건 덕에 그의 자아는 이름을 얻었고, 얼굴을 얻었고, 명성도 얻었다. 이것이야말로 돈키호테가 바라던 바가 아닌가? 이제 명실상부한 '주인공'이 되지 않았는가?

그러나 여기부터 자아의 역설이 시작된다. 실체를 얻고 세상에 나가는 순간부터 자아는 통제를 벗어난다. 남들이 '나'에 대해 오해하거나 왜곡할 가능성이 생기기 때문이다. 돈키호테는 본능적으로 이를 직감했기 때문에 출판의 행복을 잠시밖에 누리지 못했다. 세상을 향해 줄기차게 뻗어나가던 그의 시선은 이제 스스로에게 집중된다. 그럴수록 자의식도 강해진다. 과한 자존심, 과한 자신감, 과한 의심…. 전부 돈키호테가 『돈키호테』 2권에서 보여 주는 모습들이다.

어쩐지 불안한 기분이 든다. 주인공이 이래도 되나? 줄거리를 의식하면서 줄거리를 만들어 가는 주인공이 과연 주인공답다고 할 수 있을까? 돈키호테의 행동이 불안해 보인다면 그건 돈키호테의 잘못이 아니다. 이 감정은 우리들 자신이 야기하고 있다. 돈키호테가 점점 우리들과 닮아 가는 게 명백해지고 있기 때문이다. 광인이라 불릴 만큼 이상한 인간이라도 자의식이 생기는 순간 평범한 사람과 다를 바 없이 행동한다. 이를 뒤집으면 놀라운 결론이 나온다. 누구의 자의식이라도 특별하게 취급될 근거는 없다. 돈키호테 같은 소설 속 인물도 거울 앞에 서듯이 스스로를 마주하는 순간 자의식이 발동한다. 그렇다면 내가 자의식을 느낀다는 사실이 어떻게 나의 고유함이나 실존을 증명할 수 있겠는가?

사실상 세르반테스는 『돈키호테』 2권부터 모두가 구조적으로 평등한 존재가 되도록 이야기를 설계해 놓았다. 모두들 '독자' 그 이상도 이하도 아니기 때문이다. 우선 돈키호테의 세계에는 책을 읽은 '독자들'이 있다. 삼손 학사의 말을 참고한다면 이 책은 벌써 라만차를 넘어 스페인, 외국까지 진출했고, 두터운 팬 층을 형성했다. 그리고 똑같이 『돈키호테』를 읽었고 똑같이 열광하지만 돈키호테 세계 속에는 살지 않는 '독자들'이 있다. 바로 우리들이다. 지금 책상에 앉아서 『돈키호테』 2권의 책장을 넘기고 있고, 1권은 이미 다 읽은 우리들 말이다. (돈키호테 세계의 『돈키호테』와 우리들 세계의 『돈키호테』가 진정 동일한 책이라면, 돈키호테 세계의 '먼 곳에 사는 불특정 다수의 독자'에는 우리들도 포함될 수 있다.)

작가 세르반테스 또한 『돈키호테』의 독자다. 처음부터 그는 자신을 『돈키호테』 이야기의 첫 독자로 설정했다. 시데 아메테 베넨헬리(Cide Hamete Benengeli)라는 이슬람 역사가가 쓴 돈키호테 원고를 우연히 읽었는데, 그게 너무 재미있어서 스페인어로 번역하지 않을 수 없었단다. 물론 이것은 허구의 설정이다. 세르반테스는 '허구세계를 창조하는 유사신(神)'으로 취급되는 작가의 전지전능한 위치에서 탈출하기 위해서 이런 번거로운 과정을 감수했다. 유일무이한 작가가 아니라 수많은 독자 중 한 명을 자청한 것이다.

주인공들도 마찬가지다. 돈키호테와 산초는 책을 직접 읽지는 않지만 끊임없이 책을 의식한다. 책을 쓴 작가의 진의를 가늠하면서, 책의 평판에 마음이 흔들리면서 앞으로의 행로를 정할 수밖에 없다. 다시 말해 돈키호테와 산초는 간접적 독자다. 책을 직접 읽지는 않지만, 책에 달리는 리뷰를 줄기차게 확인하는 사람들이다.

요약하자면 『돈키호테』는 감독, 관객, 주연, 조연 사이의 구별을 무의미하게 만든다. 모두를 '읽는 존재'인 독자로 만들어 버렸다. 덕분에 삼손 학자의 말마따나 출판되자마자 "이 이야기는 모든 부류의 사람들이 다들 읽어 알고 있"는 베스트셀러에 등극했지만2권 3장, 동시에 모든 부류의 사람들에게 불편함을 초래하는 책이 되었다.

돈키호테와 우리의 위상이 동등해졌다는 사실은 두 가지 문제를 야기한다. 첫째는 허구 속에 머물러야 하는 돈키호테가 우리들이 살고 있는 실재의 영역을 침범한다는 것이다. 『돈키호테』의 인물들 사이에서 '기사소설 VS 역사책' 논쟁이 벌어질 때 우리는 그로부터 한 발짝 떨어져서 삶과 이야기의 관계를 분석할 수 있었다. 그러나 이제 이 이분법은 우리 자신의 문제가 된다. 세르반테스는 '소설책 『돈키호테』의 세계관 VS 우리들의 현실'의 이분법 역시 깨뜨린다. 우리 또한 돈키호테에 대해 가지고 있었던 우월한 지위(허구의 캐릭터에 대비되는 실제 인간)를 포기해야 한다. 우리의 삶 또한 수많은 이야기 중 하나일 뿐이라는 사실을 받아들여야 한다.

둘째는 돈키호테가 침범한 곳이 하필이면 자아의 영역이라는 것이다. 돈키호테의 행보는 '허구'와 '현실'의 구분선을 헝클어트리는 데에서 그치지 않는다. 돈키호테가 자의식을 발달시켜 가는 과정을 쭉 지켜보면서, 우리는 이제 자의식이라는 것 자체가 허구인 게 아닌가라는 의심을 하게 된다. 돈키호테가 무지한 눈으로 세상을 읽자 풍차는 '거인'이 되었다. 같은 방식으로 돈키호테가 자기 자신을 읽으려 하자 그는 '『돈키호테』의 돈키호테'가 되었다. 전자와 후자의 무지가 과연 다르다고 말할 수 있는가? 우리가 자의식을 구축하는 방식은 이와 다르다고 확신할 수 있을까? 보르헤스는 이에 대해 폐부를 찌르는 말을 남겼다.

> 우리는 왜 돈키호테가 『돈키호테』의 독자가 되고, 햄릿이 『햄릿』의 관객이 된다는 사실에 불안해하는 것일까? 나는 분명 이유가 있다고 생각한다. 픽션에 등장하는 등장인물들이 독자나 관객이 될 수 있다면, 그러한 전복이야말로 또 다른 독자이거나 관객인 우리 자신을 허구의 존재로 만들어 버릴 수 있음을 암시하고 있기 때문이다.호르헤 루이스 보르헤스, 「『돈키호테』에 어렴풋이 나타나는 마술성」, 『또 다른 심문들』, 91~92쪽.

"허구의 존재로 만들어 버릴 수 있"다는 말은 우리의 뼈와 살과 피가 어느 날 갑자기 증발해 버린다는 뜻이 아니다. 우리가 끈질기게 붙들고 있는 '자의식'이 갑자기 사라지더라도 놀라울 게 없다는 뜻이다. 사람들은 보통 자신이 존재한다는 사실에 의심할 여지가 없다고 생각하고, 이 믿음에 기대어 세상에 대한 판단기준을 세운다. 그러나 실제 인과관계는 정반대다. 내부가 존재하려면 외부가 먼저 필요하다. 우리는 타자를 응시한 후에야 자신의 위치를 찾고, '저 사람은 내가 아니야'라고 말함으로써 나의 정체성을 획득한다. 마찬가지로 '저것은 현실이 아니야'라고 주장함으로써 나의 현장을 정의한다.

이 인식작용에는 어떤 감추어진 비밀도 없다. 인식은 특별한 이성의 능력을 요구하지 않는다. 인식작용은 인식하는 A와 인식되는 B 사이에 성립되는 관계일 뿐이다. (여기서 '무한한 시간' 속에서는 존재 사이의 관계가 고정되지 않는다고 말했던 보르헤스를 잊지 말자.) 만약 A가 다른 요소들과 관계 맺을 가능성을 배타적으로 밀어내면서 A-B의 완벽한 일치성을 고집한다면, 그리고 관계의 의미가 반드시 '자기 자신'으로 귀결되어야 한다면 그때 의식적인 자아가 생긴다. 돈키호테가 그 증거다. 그는 글자로만 이루어진 세계에서도 자아를 획득했다. 책 『돈키호테』와 배타적인 관계를 맺으며, 원작을 위협하는 위작 『돈키호테』를 밀어내며 말이다. 이것이 『돈키호테』가 보여 주는 마법의 본질이다. 당신들이 할 수 있으면 돈키호테도 할 수 있다. 허구 속 캐릭터도 얼마든지 자아를 의식할 수 있다. 자아는 인식작용이 순간적으로, 그러나 반복적으로 쌓아 올리는 구조물에 불과하다.

결국 자의식을 가진다는 것은 별 게 아니다. '책'의 겉모습에 집착하는 편협한 독자가 되는 것일 뿐이다. '이것만이 나에 대한 진실'이며, '나 외에는 누구도 진실을 확신할 권리가 없다'고 목청 높이는 특권의식일 뿐이다. 그리고 이 특권을 남들이 인정해 주기를 초조한 마음으로 기다리는 것이다. 그런데 이토록 힘주어 완성한 자의식에 무슨 의미가 있을까? 그것은 성스럽지도 않고 정의롭지도 않고 유일무이하지도 않다. 기껏해야 의식이 설계한 구조물에 불과하다. 원리를 알면 누구나 제작할 수 있고, 해체할 수도 있다. 아무 책이나 고른 후에 그것이 세상의 유일한 상(想)이라고 되뇌어 보라. 그리고 스스로를 그 중심에 세워 보라. 그때 일어나는 마음의 파동이 바로 자의식이다.

돈키호테가 『돈키호테』를 대면하는 순간, 부정할 수 없는 동질감이 돈키호테와 우리들 사이에 형성된다. 돈키호테의 시대는 지금 우리들로부터 멀리 떨어져 있고, 심지어 돈키호테는 자기 시대에서 몇 세기나 뒤떨어진 기사도에 매달리고 있지만, 이런 어긋남은 이제 아무 상관없다. 세르반테스는 돈키호테를 인간의 보편적인 마음을 비추는 거울로 만들었다. '세상'이라는 '책'을 한 순간도 빼놓지 않고 읽지만, 결국 '나 자신'이라는 결론에서 벗어나지 못하는 어리석은 독자의 마음 말이다.

명성, 나를 갱신하라

문제는 이렇게 얻은 자아가 돈키호테에게 별 도움이 되지 않는다는 것이다. 아니, 오히려 위기를 끊임없이 불러일으킨다. 돈키호테가 스스로를 지키려 들면 들수록 그는 더 깊은 수렁에 빠진다. 그러나 돈키호테가 자신의 적이 자기 자신이었음을, 위기의 본질은 자아였음을 깨닫기까지는 『돈키호테』 2권 전부가 필요했다.

자의식을 갖게 된 돈키호테가 길을 떠나자마자 한 일은 무엇이었을까? 명성의 유지였다. 원대로 명성을 얻기는 얻었다. 하지만 명성이 망각 속으로 사라진다면 지난번 모험도 부질없는 일이 된다. 모든 드라마가 일시적인 해프닝으로 전락하는 것이다. 명성은 끊임없이 회자될 때만 살아남을 수 있다. 그래서일까? 돈키호테는 틈만 나면 책 홍보를 해댄다. 길을 가다 마주친 한 선량한 신사에게 자기소개를 하면서도 출판 부수를 말한다. 낯짝도 두껍다. 누가 보면 출판사 마케팅 직원인 줄 알겠다.

> "나의 용감하고 기독교다운 숱한 무훈으로 인해 거의 모든 나라, 아니 상당히 많은 나라에서 벌써 나에 대한 이야기가 인쇄되어 돌아다니게 되었지요. 벌써 3만 부나 인쇄되었다는데, 만일 하늘이 방해하지 않는다면 수천 부의 3만 배가 인쇄될 것입니다. 그러니까 이 모든 것을 요약하여 한마디로 말하자면, 나

는 돈키호테 데 라만차입니다. 다른 이름으로는 '슬픈 몰골의 기사'라 하지요. 자기 자신을 찬양하는 일이 사람을 천박하게 만들기는 하오만, 나는 나에 대한 찬양을 하지 않을 수 없을 것 같으니 이 찬양의 당사자가 이 자리에 없다고 생각해 주시기 바랍니다." 2권 16장

그러나 이 방법에도 한계가 있다. 동일한 레퍼토리가 반복되면 사람들은 책에 흥미를 잃을 것이다. 명성을 유지하는 데 가장 좋은 방법은 무엇일까? 바로 갱신이다. 유튜브 채널이 구독자 수를 유지하려면 정기적으로 콘텐츠를 업로드 해야 하고, 후속편이 베스트셀러가 되면 전작도 덩달아 함께 팔린다. 똑같은 원리가 돈키호테에게도 적용된다. 이제부터 그의 임무는 두 가지로 나뉜다. 1권을 홍보하는 동시에 2권을 제작할 것. 과거의 명성이 아직 건재하다는 것을 증명하기 위해서라도 현재의 모험을 멈출 수가 없다.

그리하여 돈키호테는 그 어느 때보다 미친 짓을 감행한다. 그는 잠자는 사자의 코털을 건드리기로 했다. 비유가 아니라 정말로 말이다. 때마침 돈키호테와 신사가 서 있는 쪽으로 수레꾼들이 동물 우리를 싣고 지나갔다. 우리 안에는 아프리카에서 생포된 거대한 사자 한 마리가 잠들어 있었다. 이 사자는 스페인 국왕에게 진상될 예정이었다. 그러나 이제는 라만차의 슬픈 몰골의

기사의 대결 상대가 되어야 했다.

돈키호테의 이번 작태는 평소 기행에 견주어 보더라도 너무 과하다. 그의 자신감은 특히 평소보다 몇 배는 더 기세등등한 상태였다. 사자를 만나기 직전에 '거울의 기사'라는 낯선 이와 마주쳤는데, 돈키호테가 어이없는 행운에 힘입어 이 불행한 사나이를 완패시켰기 때문이다. 그러나 사자는 거울의 기사처럼 요행에 의지해서 이길 수 있는 상대가 아니었다. 앞발 한번 슬쩍 휘두르는 것만으로 늙은 기사를 황천길로 보내 버릴 수가 있었다. 산초를 비롯하여 신사와 수레꾼들까지 모두 돈키호테를 뜯어말렸지만, 도대체 누가 돈키호테의 똥고집을 말릴 수 있겠는가? 결국 우리의 문이 활짝 열렸다. 다들 사방팔방 줄행랑을 쳤다. 산초도 예외는 아니었다. "돈키호테가 이번만은 틀림없이 사자의 발톱에 걸릴 거라고 믿고 있던 산초는 주인의 죽음이 슬퍼 울었다. (……) 그렇게 울고 한탄하면서도 수레에서 멀리 떨어지기 위해 당나귀를 채찍질하는 일은 멈추지 않았다." 2권 17장

그때 기적이 일어났다. (아마도 우주가 『돈키호테』가 끝나기를 아직 바라지 않았던 모양이다.) 돈키호테가 우리 문을 여는 순간 맹수는 잠에서 깨어났다. 짐승은 이 훼방꾼을 힐끗 보더니 기지개를 켰다. 그러나 그 후로 아무것도 하지 않았다. 몸을 돌려서 다시 낮잠에 빠져들었던 것이다. 사자의 게으른 자비(?)가 돈키호테의 목숨을 구했다. 황당하기는 하지만 최고의 해피엔딩이다. 돈키호

테는 용기를 시험했고, 모두들 목숨을 구했으며, 사자는 잠을 계속 잘 수 있었다.

그러나 돈키호테는 늘 그래 왔듯이 자기 멋대로 상황을 해석했다. 그는 근엄하게 선언한다. 나는 더 이상 슬픈 몰골의 기사가 아니다. 이제부터 나는 사자의 기사다. 두번째 모험을 떠나는 영웅의 이름이다! 그곳에 있던 사람들은 졸지에 사건의 증인이 되어야 했다.

> "친구여, 그 문을 닫아 주시오. 그리고 여기서 내가 했던 일을 본 그대로 최대한 잘 증언해 주기를 바라오. 그러니까, 당신이 사자의 우리를 열었고 나는 사자가 나오기를 기다렸으나 사자는 나오지 않았고, 그래서 나는 다시 기다렸는데 사자는 다시 그 자리에 누워 버렸다, 하는 내용을 알려 달라는 거요. 나는 더 이상 할 것이 없고 마법하고도 볼일이 없으니, 하느님이 도리와 진실과 참된 기사도에 가호를 내리시기를 바라오." 2권 17장

돈키호테는 기분 좋게 길을 떠났다. 주변 사람들은 식은땀을 훔치며 목숨을 건진 것에 감사기도를 드렸다. 하지만 살 떨리는 만용을 앞으로 몇 번이나 더 반복해야 한단 말인가? 몇 번을 반복해도 충분하지 않을 것이다. 돈키호테는 자신의 명성을 사라지게 놔둘 생각이 손톱만큼도 없기 때문이다.

끝없는 자기 갱신, 이것은 자아가 가진 근본적인 약점 중 하나다. 시간은 모든 것을 휩쓸며 마모시키는 파도와 같다. 어떤 것도 시간 앞에서 동일한 형태를 유지할 수가 없다. 정체성도 예외는 아니다. 시간의 흐름을 거슬러서 스스로를 동일하게 유지하고 싶은 자들은 딱 한 가지 삶의 길을 택할 수밖에 없다. 매 순간마다, 모든 상황마다, 누구에게나 어깨에 힘을 꽉 주고 '나의 이름'을 각인시키면서 살기. 이게 돈키호테가 지금 하고 있는 일이다. 듣기만 해도 피곤해지지 않는가?

관성의 힘은 무섭다. 사람들은 대부분 만용을 부릴 만한 기력이 남아 있지 않은 후에야 이 쳇바퀴에서 내려온다. 그제야 비로소 이해하게 된다. 명성을 지키는 길은 온 힘을 다해 뛰어 봤자 겨우 제자리에 머무를 수 있는 런닝 머신과 다르지 않다는 것을. 쉴 새 없이 달리지만 눈앞에는 늘 똑같은 풍경이 펼쳐지고, 종국에는 어디로도 가지 못한다. 돈키호테 역시 머지않아 이를 깨달을 것이다. 그 자신은 모르겠지만, 돈키호테에게도 그리 많은 시간이 남아 있지 않기 때문이다.

위작, 나를 증명하라

돈키호테와 산초가 그다음으로 맞닥뜨린 장애물은 바로 위작이었다. 그 사이에 가짜 『돈키호테』가 출판된 것이다. (세르반테스가 실제로 겪은 일이 반영되었다.) 처음 출발할 때 이 콤비는 작가가 진실을 왜곡해서 묘사할까 봐 걱정했었다. 그러나 아예 다른 작가가 가짜 책을 쓸 수 있다고는, 더 나아가 그 위작이 실제로 출판될 수 있다고는 상상조차 하지 못했다. 가짜 『돈키호테』가 출판되었다는 것은 세상에 가짜 돈키호테가 돌아다니고 있다는 뜻이기도 했다. 돈키호테의 자존심에 금가는 소리가 여기까지 들리는 것 같다. 돈키호테 행세라니, 이것보다 더 효과적으로 돈키호테의 자아를 건드리는 방법이 또 있을까?

돈키호테가 위작의 존재에 대해 처음 알게 된 것은 앞서 언급한 거울의 기사를 통해서였다. 돈키호테와 산초는 한밤중 숲속에서 젊은 기사와 그의 종자를 마주쳤다. (짙은 어둠 때문에 기사의 갑옷에 붙은 거울조각들이 보이지 않았고, 따라서 이때 거울의 기사는 '숲의 기사'로 불렸다.) 초장 분위기는 부드러웠다. 돈키호테와 숲의 기사는 기사의 순정에 대해 사이좋게 담소를 나누었고, 산초와 숲의 기사의 종자는 미친 듯이 술독을 비웠다.

그런데 갑자기 숲의 기사가 이상한 소리를 했다. 자신이 라만차의 돈키호테를 물리쳤고, 그로써 "그의 영광과 그의 명성과 그의 명예가 나한테로 옮겨" 왔다고 자랑했던 것이다. 2권 14장

'숲의 기사'의 말을 듣고 놀란 돈키호테는 그 말은 거짓이라고 천 번이나 말하고 싶어 그 말을 혀끝에까지 올렸지만 할 수 있

는 한 최대로 자제하면서 그 사람 스스로 자기 말이 거짓임을 고백하도록 만들어야겠다고 생각했다. 그래서 그는 조용히 그에게 말했다.

"기사 양반, 당신이 에스파냐만이 아니라 더 나아가 온 세상에 있는 편력기사들의 대부분을 무찔렀다는 얘기에 대해서는 아무 말 않겠소. 하지만 돈키호테 데 라만차를 이겼다는 말에는 의심이 가는구려. 그 사람을 닮은 다른 자였을 수도 있지 않겠소? 그를 닮은 사람이 별로 없긴 하긴 하지만 말이오."

"어째서 아니라는 거요?" '숲의 기사'가 대꾸했다. "우리를 덮은 하늘을 두고 말하지만, 나는 돈키호테와 싸워 그를 이기고 그를 굴복시켰소. 그는 키가 크고, 얼굴은 홀쭉하며, 팔다리는 길고, 주름지고, 말랐고, 머리는 반쯤 백발인 데다, 약간 매부리코에, 아래로 처진 검고 큰 콧수염을 가졌소. '슬픈 몰골의 기사'라는 이름으로 돌아다니며, 산초 판사라는 농부를 종자로 두었다오." 2권 14장

이제 돈키호테는 거울의 기사를 반박할 근거가 없다. 가짜 돈키호테는 디테일까지 자신과 동일했다. 아닌 게 아니라, 그의 신상은 출판된 『돈키호테』 1권에 자세히 기재되어 있었다. 원한다면 누구든 베낄 수 있었다. 돈키호테와 거울의 기사는 갑론을박 끝에 결국 결투를 해보는 것으로 결론을 내렸다. 거울의 기사는

자신이 가짜 돈키호테를 이겼다면 진짜 돈키호테도 이길 수 있지 않겠느냐며 거드름을 피웠다. 돈키호테로서는 지느니 차라리 죽는 게 나을 싸움이었다.

마침내 동이 텄고, 결투가 시작되었다. 그런데 하늘은 이번에도 돈키호테의 편을 들었다. 거울의 기사의 말이 망부석처럼 제자리에 우뚝 서 버린 것이다. 피곤해서 움직이기 싫다는 이유였다. 크게 당황한 거울의 기사가 고집불통의 말을 달래는 동안, 돈키호테를 태운 로시난테가 (참으로 간만에) 바람처럼 달려와 몸통박치기를 시현했다. 꽝! 거울의 기사는 창 한 번 휘두르지 못하고 끝장났다. "말의 엉덩이로 굴러 땅바닥에 나뒹굴고 말았는데 얼마나 세게 떨어졌는지 손이고 발이고 전혀 움직이지 않아 꼭 죽은 것 같았다." 2권 14장

돈키호테는 얼른 말에서 뛰어내려와 이 오만한 기사의 투구를 벗겼다. 그리고 경악을 금치 못했다. 그는 바로 학사 삼손 카라스코였다! 삼손은 신부와 이발사의 '돈키호테 귀향 작전'에 동참하고 있었다. 이들 세 명은 돈키호테를 라만차에 얌전히 붙들어 놓으려면 결투에서 정식으로 패배시키는 수밖에는 없다고 결론을 내렸다. 기사의 세계에서 패자는 반드시 승자의 명령을 따라야 한다. 그러면 돈키호테에게 향후 이삼 년은 편력기사 일을 그만두고 집에만 있으라고 강요할 수 있게 된다. 이 치밀한 계획을 실행시키기 위해 삼손은 기사로 분장한 후 라만차 콤비를 뒤쫓았

다. 종자 대역을 맡을 사람까지 동행시킨 참이었다.

그러나 보다시피 계획은 실패했다. 삼손은 돈키호테와 산초에게 흑마법의 산증인이라고 손가락질당해야 했고 (그들은 '거울의 기사'가 동네 삼손이라는 사실을 절대로 받아들이지 않았다) 굴욕적인 낙상을 입고 몇 주를 앓아 누웠다. 학사는 침대 위에서 절치부심한다. 이제는 돈키호테에 대한 연민 때문이 아니라 스스로의 명예회복을 위해서라도 이 광대놀음을 끝내야 했다. 그리하여 삼손은 훗날 재등장하여 모험에 결정적인 영향을 끼친다. 그의 별명 '거울의 기사'는 세르반테스가 깔아 놓은 복선이다. 앞으로 삼손은 돈키호테가 스스로를 직시할 수 있는 마음의 거울이 될 것이다.

여하튼 돈키호테와 산초는 신바람이 나서 다시 길을 떠났다. 헛소문을 바로잡았다는 확신이 들었다. 그러나 거울의 기사와의 불화는 빙산의 일각에 불과했다. 위작의 존재는 삼손이 그냥 꾸며 낸 거짓말이 아니었다. 해적판 『돈키호테』 2권은 실제로 출판되었을 뿐만 아니라 널리 유통되고 있었다. 얼마 지나지 않아 돈키호테는 이 책을 직접 보게 된다. 같은 주막집에 우연히 머무르게 된 나그네들이 해적판을 가지고 있었던 것이다.

"제발 돈 헤로니모 씨, 저녁상이 들어오는 동안 『돈키호테 데 라 만차 제2권』의 다른 장을 읽어 봅시다."

돈키호테는 자기 이름을 듣고 벌떡 일어나서는 옆방 사람들이 하는 말에 귀를 기울여 앞서 말한 그 돈 헤로니모라는 사람이 무슨 대답을 하는지를 들었다.

"돈 후안 씨, 뭣 때문에 이 터무니없는 이야기를 읽으려고 하시오? 『돈키호테 데 라만차』의 전편을 읽은 사람은 이 제2권을 좋아할 수 없어요."

"그렇더라도…." 돈 후안이 말했다. "읽어 보는 게 나쁘지는 않을 거요. 좋은 점이 전혀 없을 정도로 나쁜 책은 없으니 말이오. 사실 이 제2권에서 나를 가장 불쾌하게 하는 것은, 돈키호테가 더 이상 둘시네아 델 토보소를 사랑하지 않는 것으로 그려진다는 점이라오." 2권 59장

돈키호테의 자존심이 부서지다 못해 가루가 되어 버린다. 둘시네아 델 토보소를 사랑하지 않는 돈키호테라니, 돈키호테로서는 세상에 이보다 더한 형용모순은 없다. 그러나 어쩌겠는가. 일은 돈키호테가 감당할 수 없는 스케일로 커져 버렸다.

돈키호테와 위작의 관계는 자아의 또 다른 역설을 들춘다. 자아를 강화시키는 힘은 인정욕망이지만, 바로 그 인정욕망이 자아의 고유성을 불가능하게 만든다는 것이다. 자아가 정당화되려면 시간 앞에서 불변한다는 것뿐만 아니라 세상 속에서 유일무이하다는 것 또한 증명해야 한다. 그런데 이 증명은 타인의 인정 속에

서만 가능하다. 만인의 시선 속으로 걸어 들어가서, 그들이 인정하는 기준에 스스로를 옭아매야 한다. 물론 그렇게 해서라도 인정을 받고 싶다면 누가 말리겠는가. 문제는 내가 나의 정체성을 만천하에 드러내고 주장하는 바로 그 순간부터, 그 정체성은 고스란히 베낄 수 있게 된다는 것이다. 복제될 수 있는 존재의 의미가 과연 무슨 의미가 있는가? 제아무리 대단한 의미를 성취하더라도 그것은 어차피 대체될 수 있는 껍데기다.

돈키호테를 보라. 그가 처음 등장했을 때는 누구도 그를 이해하지 못했다. 하지만 그가 공적으로 인정받는 순간부터 갑자기 '가짜 돈키호테'가 나타났다. 돈키호테가 되는 법은 쉽다. 비쩍 마른 말을 타고, "나는 편력기사다"라고 외치고, 창을 들고 아무 데로나 달려가면 된다. 돈키호테는 그들이 '돈키호테의 진정한 정신'을 모른다며 비난할 것이다. 그러나 '위작'이 난무하는 상황에서는 '진본'도 의미를 잃는다. 사람들의 눈에는 모두 고만고만한 복제품으로 보일 테니 말이다.

참 이상한 일이다. 나를 증명하기 위해 발버둥치는 만큼 나는 점점 더 식상한 존재가 된다. 나의 유능함을 드러내려 할수록 나만큼 유능한 다른 이들을 의식해야 하고, 내가 언제든지 그들로 대체될 수 있다는 것을 자각하게 된다. 존재의 고유함은 본디 주장될 필요가 없는 것이다. 생명은 태어나는 순간부터 이미 유일무이한 데다가, 세상에서 잘 살기 위해서 필요한 능력은 남들보다 뛰어남을 증명해 내는 것보다는 남들과 스스럼없이 어울리는 것이기 때문이다. 그러나 이런 삶의 지혜는 타인의 인정을 갈구하는 순간 감쪽같이 사라진다. '나'와 같은 이름을 가졌지만 나라고 보기 어려운 '위작들'이 내 자리를 가득 채우고 만다.

독자, 나는 내 것이 아니다

안타깝게도 돈키호테의 시련은 여기서 끝이 아니다. 그는 제일 강력한 적을 마지막까지 알아차리지 못했다. 이 적은 투명한 그물처럼 모든 곳에 퍼져서 돈키호테의 발목을 잡았고, 종국에는 모험 전체를 수렁으로 빠뜨렸다. 바로 독자들이었다.

독자들에 대한 돈키호테의 의견은 단순했다. 나의 발자취는 역사에 길이 남을 만한 업적이었고, 따라서 내 책을 읽는 사람들이 많은 것은 당연하다. (완전히 틀린 말은 아니다. 다만 역사에 '길이 남는' 방법에는 여러 가지가 있다는 것을 염두에 두도록 하자.) 그런데 돈키호테가 깨닫지 못한 사실이 하나 있었다. 읽기는 또 다른 쓰기다. 주인공이 행동하는 방식뿐만 아니라, 독자가 그 행동을 읽어 내는 방식도 얼마든지 책의 의미를 바꿀 수 있다.

실로 독자들의 활약은 대단하다. 『돈키호테』 1권을 읽은 독자들이 2권에서는 스토리 창작자로 나선다. 돈키호테의 모험에 대뜸 끼어들어, 자신들이 후속편에서 보고 싶은 장면을 직접 연출해 버리는 것이다. 그들은 '돈키호테'를 이미 '읽었고', 그래서 이미 다 '알고' 있다. 무슨 말을 해야 돈키호테가 의심 없이 믿는지, 무슨 표정을 지어야 마음이 움직이는지, 무슨 명분을 제시해야 행동에 나서는지.

돈키호테는 독자들의 수법에 고스란히 걸려든다. 미리 세팅된 상황을 진실이라고 믿고, 이미 결말이 결정되어 있는 모험에 최선을 다한다. 돈키호테는 이 모험이 작위적이라는 사실을 꿰뚫어 볼 수 없었는데, 명예욕으로 눈이 멀어 버렸기 때문이다. 그의 귓가에는 독자들의 웃음소리와 박수소리가 오로지 자신에게 바치는 찬사로만 들렸다. 그러나 독자들이 즐거워하는 이유는 정작 다른 데 있었다. 책으로만 읽을 수 있었던 장면을 이제는 그들이 원하는 방식으로 직관할 수 있게 되었기 때문이다. 이제 『돈키호테』의 주인은 누구인가? 독자다. 돈키호테는 장기판 위의 장기로 전락했고, 모험은 불특정다수의 예능이 된다.

돈키호테를 농락한 첫번째 독자는 누구였을까? 다름 아닌 산초였다. 믿는 도끼에 발등 찍힌다는 속담이 괜히 나오는 게 아니다. 물론 그에게도 그럴 수밖에 없는 사정이 있었다. 지난 모험에서 등장했던 사랑의 광인 카르데니오를 기억하는가? 그때 돈키호테는 청년의 순정에 자극을 받고 자기도 둘시네아에게 연애편지를 썼다. 그리고 산초에게 편지 배달을 시켰다. 그러나 산초는 길에서 편지를 잃어버렸고, 결국 둘시네아에게 전해 주었다고 거짓말을 둘러대야 했다. 그런데 이제 그 거짓말이 들통나게 생겼다. 돈키호테가 두번째 모험을 시작하자마자 둘시네아부터 만나겠다고 고집을 피웠던 것이다. 편지가 전달되지 않은 것은 차치하고라도, 엘 토보소 지역에는 애초에 둘시네아가 살지 않는다. 그는 환상 속의 여인이다. 그럼 이제 어쩌나?

그때 산초의 머릿속에 몹쓸 생각이 떠오른다. 우리 주인은 미쳤다. 나라고 그의 광기를 흉내 내지 못할 이유가 없다. 풍차가 '거인'이 될 수 있다면 어떤 여자든 '둘시네아'가 될 수 있을 것이다. "이곳에서 내가 처음 만나게 될 어느 농사꾼 여자를 둘시네아라고 믿게 하는 것도 그리 어려운 일은 아닐 거야."2권 10장 영민한 산초는 돈키호테가 속임수에 넘어오지 않을 때 어떻게 답할지도 미리 준비해 놓았다. 자기 눈에는 둘시네아로 보이건만, 나쁜 마법사가 돈키호테의 눈을 가려서 둘시네아의 상(像)을 왜곡시켰다는 것이다. 평소 돈키호테가 자기 논리대로 상황을 설명할 수 없을 때마다 반복했던 답변 그대로였다.

때마침 저 멀리서 당나귀를 탄 세 명의 시골처녀가 다가왔다. 산초는 뻔뻔하게 소리쳤다. 나리, 저기 오는 둘시네아 아가씨와 시녀들을 보세요! 돈키호테는 어안이 벙벙했다. 아무리 봐도 둘시네아가 보이지 않았다. 어쩌면 둘시네아는 아직 마을 밖에 있는 게 아닐까?

"마을 밖이라뇨?" 산초가 대답했다. "나리의 눈은 뒤통수에 붙어 있습니까요? 한낮의 태양처럼 빛을 내며 이리로 오고 계시는 저분들이 보이지 않으십니까요?"

"안 보이는데, 산초." 돈키호테가 말했다. "세 마리 당나귀를 타고 오는 세 명의 농사꾼 여인네들밖에는 보이는 게 없어."

"미치겠네!" 산초가 탄식했다. "아니, 세 마리의 조랑말, 흔히 말하듯 마치 눈송이처럼 하얀 말이 나리에게는 당나귀로 보인다니, 그게 가능한 일입니까요? 세상에! 정말 그렇다면, 저는 이 턱수염을 뽑아 버리겠습니다요."

"하지만 나에겐 말일세, 내 친구 산초여…" 돈키호테가 말했다. "당나귀인 게 분명하네, 아니면 암나귀라든가. 내가 돈키호테이고 자네가 산초 판사인 것처럼 말일세. 적어도 내 눈에는 그렇게 보인단 말이네."2권 10장

돈키호테는 산초의 속임수에 완전히 넘어갔다. 그는 둘시네아를 둘시네아로 바라볼 수 없는 자신의 '눈 먼 현실'에 통탄했다. 그리고 '둘시네아 아가씨'로 짐작되는 사람 앞에 무릎을 꿇고 침통하게 축복을 청했다. 그러나 처녀들의 성정은 산초보다도 더 거칠었다. "시원찮은 이놈들이 지금 시골 여자들을 놀리려고 별짓을 다 하는 모양인데, 이 마을에선 우리가 저들처럼 빈정거리는 법을 모르는 줄 아나 보지?"2권 10장 그들은 두 남정네들을 깡그

리 무시한 후 당나귀를 타고 바람처럼 떠나갔다. 이럐! 돈키호테는 현기증이 나서 쓰러지기 직전이었다. 아까 둘시네아의 입에서는 "생마늘 냄새가 어찌나 고약하게 나는지, 머리가 증기로 가득 차고 영혼이 중독되는 것 같"았다.2권 10장 환상 속 '그녀'의 모습이 현실에서 산산조각 났다. 이보다 더한 형벌은 없다.

산초의 장난 정도면 귀엽다. 그보다 더 과격한 독자들이 돈키호테를 기다리고 있었다. 모험 중반 즈음, 돈키호테와 산초는 길을 가다가 사냥터에서 한 공작부인과 마주쳤다. 알고 보니 이 영지의 공작 부부는 『돈키호테』 1권의 대단한 팬이었다. 이들은 신바람이 나서 돈키호테와 산초를 성으로 초대했다. 그리고 둘이 도착하기 전까지 하인들을 총동원하여 성의 내부를 뜯어고쳤다. 기사소설이 묘사하는 풍경을 최대한 있는 그대로 현실에 옮기기 위해서였다. 부부는 유명인사를 그냥 만나 보는 것으로는 성에 차지 않았다. 이들을 부추겨 여러 가지 모험을 직접 시켜 볼 심산이었다. 그러려면 우선 돈키호테의 신뢰를 얻어야 했다.

> 이윽고 넓은 안마당으로 들어서자 아름다운 시녀 두 명이 다가와 돈키호테의 어깨에 주홍색 멋진 망토를 걸쳐 주었다. 순간 안마당을 둘러싼 복도에서 공작 부부의 하녀와 하인들이 한꺼번에 모습을 드러내며 큰 소리로 외쳤다.
>
> "편력기사들의 꽃이자 정수이신 분이시여, 어서 오십시오!"

그리고 그들 모두, 아니 거의 대부분이 돈키호테와 공작 부부 위에다 병에 든 향수를 뿌렸다. 이 모든 것이 돈키호테로서는 놀라울 따름이었다. 이런 대접을 받은 그는 자신이 환상 속에서가 아니라 진짜 편력기사라는 사실을 처음으로 전적으로 실감하게 믿게 되었다. 책에서 읽은 지난 세기의 편력기사들이 받은 것과 같은 대우를 받고 있었으니 말이다.2권 31장

공작 부부는 평범한 독자가 아니다. 주인공들의 정신을 쏙 빼놓을 만한 재력과 재미를 향한 집념, 작가 못지않은 상상력까지 전부 다 갖췄다. 부부는 인력을 총동원하여 새로운 사건들을 연출했고, 연극과 현실을 분간하지 못했던 라만차의 촌뜨기들은 이에 고스란히 말려들었다. 몇 주 동안 공작 부부를 즐겁게 해주는 광대가 된 것이다. 에피소드가 너무 많아서 다 소개할 수조차 없다. 그 중에서 클라빌레뇨 목마 모험은 짚고 넘어가려고 한다. 공작 부부가 가장 공들여 준비한 연극이기 때문이다.

이 모험은 얼굴에 베일을 쓴 트리팔디 백작 부인과 그의 시녀들의 갑작스러운 등장과 함께 시작한다. (물론 이것은 전부 연기다. 돈키호테와 산초를 제외한 모든 '등장인물'들은 공작 성의 하인들이다.) 이 부인은 칸다야 왕국의 안토노마시아 공주를 돌보는 궁중 시녀로 살아왔다. 어느 날 트리팔디 부인은 큰 실수를 저지른다. 공주에게 반한 젊은 기사에게 감복하여 둘을 만나게 해준 것이다. 젊

은 청춘남녀는 사랑을 나누었고, 얼마 뒤 공주는 임신을 했다. 이 사실을 알게 된 여왕은 화가 머리끝까지 뻗쳐서 화병으로 그만 죽고 말았다. 그러자 여왕의 사촌인 거인 말람브루노가 목마를 타고 나타났다. 그는 복수의 마법을 구동했다. 모든 궁중 시녀들의 얼굴 위 털구멍을 활짝 열어라! 각 구멍마다 억센 털이 바닥까지 자라게 해라!

그 순간 트리팔디와 시녀들은 돈키호테와 산초 앞에서 동시에 베일을 벗었다. 오 이런! 연극배우들이 털복숭이 분장을 어찌나 실감나게 했던지, 두 사람은 물론이요 이 연극을 지시한 장본인인 공작 부부까지 경악하고 말았다. 이제 돈키호테는 새로운 임무를 얻었다. 칸다야 왕국으로 날아가서 거인 말람브루노의 머리를 베어 버려야 했다. 그런데 어떻게 왕국까지 갈까? 트리팔디는 착한 마법사가 왕국까지 초고속으로 날아가는 목마 클라빌레뇨를 보내 줄 테니 걱정하지 말라고 했다. 그런데 이 목마를 타려면 조건이 있었다. 여행 동안 눈을 절대 떠서는 안 되었다. 시녀들은 기사와 종자에게 눈가리개를 씌웠다.

그들은 눈을 가렸고, 돈키호테는 자기가 앉아야 할 자리에 제대로 앉았다는 생각이 들자 손으로 나무못을 더듬어 찾았다. 그가 그곳에 손가락을 대자마자 과부 시녀들과 그 자리에 있던 사람들이 모두 소리쳐 말했다.

"하느님께서 인도하시길, 용감한 기사여!"

"하느님이 그대와 함께하시길, 대담한 종자여!"

"이제 당신들은 화살보다 더 빠른 속도로 대기를 가르며 공중으로 날아가고 있습니다!"

"벌써 땅에서 당신들을 바라보고 있는 사람들은 놀라고 탄복하기 시작했습니다!"

"조심하세요, 용감한 산초여, 몸이 비틀거리고 있어요! 떨어지지 않도록 조심하세요! 떨어지면 아버지의 태양 마차를 지배하기를 원했던 그 무모한 젊은이가 떨어졌던 것보다 더 나쁠 거예요!"

(……)

"그렇습니다요." 산초가 대답했다. "제 뒤에서 너무나 지독한 바람이 불어오는데, 마치 풀무 1천 개로 바람을 보내고 있는 것 같습니다요."

사실 그랬다. 커다란 풀무 몇 개가 산초에게 바람을 불어 대고 있었다. 그 정도로 이 모험은 공작과 공작 부인과 집사에 의해 철저하게 계획된 것으로, 완벽을 기하기 위해 필요한 조건 가운데 무엇 하나 빠지는 게 없었다. 2권 41장

사실 돈키호테와 산초는 제자리에서 한 발자국도 움직이지 않았다. 연극단의 준비가 철저했을 뿐이다. 그들은 비행 효과를

내기 위해서 목마 근처에서 열심히 바람을 일으키고 불을 피웠다. 공작 부부는 오감을 다 만족시키기는 연극을 보겠다는 일념으로 세트장을 철저히 준비했다. 4D 영화 극장에 맞먹었던 것이다. 하이라이트는 목마의 꼬리에 불꽃이 붙을 때였다. 그곳에는 폭죽이 숨겨져 있었다. 펑! 목마는 공중으로 훌쩍 날아올랐고, 돈키호테와 산초는 불꽃에 그슬린 채 큰 포물선을 그리며 땅에 처박혔다. 사람들은 우르르 몰려가서 입을 모아 말했다. 돈키호테의 용맹함에 말람브루노는 충분히 만족했고, 시녀들에게 건 마법을 철회했노라고. 얼이 빠진 기사와 종자는 이 엉터리 설명을 믿는 수밖에 없었다.

이제 명백해졌다. 독자들이 끼어드는 순간부터 『돈키호테』의 장르가 변했다. 1권이 다큐멘터리라면, 2권은 리얼리티 예능이다. 정작 당사자만 장르의 변화를 모르고 있다. 독자들이 돈키호테의 환상을 망쳤는가? 그의 명성을 무시했는가? 아니다. 그들은 돈키호테를 지나치게 좋아했다. 그게 문제였다. 돈키호테가 바라는 대로 그를 불러 주었고, 원하는 대로 대접해 주었고, 보고 싶은 대로 세계를 보여 주었다. 그러자 갑자기 세상만사가 매끄럽게 흘러가기 시작했다. 돈키호테의 팬들이 그를 둘러싸고 보호하는 순간부터, 시끌벅적하고 문제투성이였던 그의 세상이 잠잠해진다.

그때부터 진정한 비극이 시작된다. 문제가 사라지니 질문도 사라지고, 질문이 사라지니 행동도 사라진다. 행동이 사라지니 진실을 창조하는 것도 불가능해진다. 진실의 핵심은 실천이다. 세상에 대한 사실을 아무리 많이 알고 있더라도 그 사실을 세상 속에서 행동으로 체화하지 않는다면 우리는 그 사람의 앎이 진실하다고 느끼지 않는다. 풍차를 거인으로 착각한 것은 돈키호테의 광기였지만, 괴물을 향해 한 치의 의심 없이 달려갔던 그의 용기는 풍차-거인을 최소한 돈키호테의 세계 안에서만큼은 실재하게 만들었다. 이 용기가 건재하는 한 우리들은 '돈키호테의 진실'을 부정할 수 없다. 풍차가 거인이 될 수 없는 이유를 논리적으로 설명할 수는 있어도, 풍차가 거인이라고 믿으며 살고 있는 돈키호테라는 사람과 그의 인생만큼은 부정할 수 없다.

그러나 독자들의 장난은 이 자유를 폐기했다. 이제 돈키호테의 선택은 철저하게 계산되고 준비된 환경에서만 이루어진다. 자발적 행동이 불가능하다면 그는 더 이상 '진실하게' 존재할 수가 없다. 위작이 돈키호테에게서 존재의 고유성을 빼앗아갔다면, 독자는 돈키호테의 세상을 없애 버린 것이다.

남은 것은 무엇인가? 독자들에게 칭송받고 싶어 하는 돈키호테의 자아뿐이다. 이 모든 것이 자아의 역설이다. 변하지 않기 위해서는 쉴 새 없이 자신을 확인해야 하고, 스스로의 유일무이함을 증명하려는 순간 가장 진부한 존재가 되어 버린다. '내 세상'만이 진실이라고 주장할수록 거꾸로 내가 진실하게 존재할 수 있는 현장은 좁아져 간다.

『돈키호테』가 출판된 순간부터 돈키호테는 삶의 주도권을 잃었다. 그가 공인이 되었기 때문일까? 언어는 분명 공적인 관계를 위해 존재한다. 돈키호테의 정신세계가 '책'의 형태로 만천하에 공개됨으로써 이 모든 불상사가 일어난 것도 것도 맞다. 그러나 그게 근본적인 문제는 아니다. 진정한 문제는 돈키호테가 『돈키호테』를 자기 자신이라고 착각했다는 것에 있다. 내가 '나'를 주장하는 순간부터 나는 '내 것'이 아니게 된다. 돈키호테가 그 스스로를 책 속 언어 안에 가두는 순간부터 그의 고난은 예정된 것이었다.

위기의 본질은 자아다

이제 긴 이야기의 결론을 내릴 때가 되었다. 돈키호테를 억척스럽게 괴롭혔던 흑마법의 정체는 무엇이었나? 바로 자의식이다. 사악한 마법사 역시 돈키호테 자신이었다. 그는 창날을 거꾸로 돌려서 스스로를 찌르고 있었다. 명예를 이루려고 앞으로 달려갈수록, 등 뒤에 짊어진 멍에의 무게는 점점 무거워진다. 이 상황의 역설을 돈키호테 스스로 이해하지 못한다면 그는 평생 자유로울 수 없다. 보이지 않는 적에게 끌려다닐 수밖에 없다.

1권에서 돈키호테가 보여 준 무지는 문자 그대로의 현실이

가능하다고 믿는 맹목적인 무지였다. 그는 이 무지를 실천함으로써 환상에 불과했던 기사소설에 새 생명을 불어넣었고, 그 결과로 광기가 탄생했다. 반면 2권의 무지는 문자 그대로의 자기 자신이 가능하다고 믿는 무지다. 전자나 후자나 외부를 없애 버린다는 점에서 동일하다. 그러나 첫번째 무지에 대해서는 다들 미쳤다고 손가락질하는 반면, 두번째 무지는 거의 자각하지 못한다. 우리 정신이 자의식을 공기처럼 자연스럽다고 느끼기 때문이다.

자아에 집착할수록 생명력은 사라진다. 시에라 모레나 산맥에서 타자들의 이야기를 찾아다니던 돈키호테의 기운찬 모습은 2권에서 더 이상 찾아볼 수 없다. 그는 '나'를 증명하는 데 온 힘을 쏟지만, 그럴수록 증명은 더 요원해진다. 밑 빠진 독에 물 붓기라는 말이 딱 맞다. 이제 돈키호테의 마음에는 타자의 이야기에 귀 기울일 만한 여유가 없다. 이야기를 통해 흘러 다니는 세상의 생기를 경험할 수도 없고, 그 속에 참여할 수도 없다.

물론 누구든 인정욕망에서 자유롭지 못하다. 관계 속에서 살아가면서 타인의 시선을 신경 쓰지 않을 도리가 없다. 이 사람 저 사람이 풀어내는 이야기 속에서 내가 어떤 모습으로 등장하는지 어떻게 궁금하지 않을 수 있겠는가? 돈키호테의 짝꿍 세르반테스도 인정욕망에서 자유롭지는 못했다. 오히려 명예욕에 불타는 자였다. 위작 『돈키호테』가 그의 가슴에 남긴 상처는 돈키호테가 받은 상처보다 더 깊었다.

그러나 세르반테스에게는 돈키호테가 갖지 못한 무기가 하나 있다. 바로 지혜다. 그는 위작에 대항하여 자기 작품이 진짜라는 것을 증명하려고 발버둥치는 게 결국 아무 의미가 없음을 알고 있었다. 허울뿐인 이름만 남은 책은 볼품없으니, 가만히 내버려 두면 해적판은 자연스레 사라질 것이다. 인정욕망이 마음속에서 일어난다면 그대로 흘려보내면 될 뿐이다.

이를 꽉 틀어쥐고 '나의 이야기'를 쓰려고 하면 그때부터 위기가 시작된다. 변수로 가득 찬 세상은 분명 내가 계획한 이야기의 전개 방향을 틀어 버릴 텐데, 그때 다치는 사람은 이야기의 주인공을 자처했던 내가 된다. 큰일이 벌어지고 나서야 우리는 왜 내가 이런 일을 당해야 하는지 알 수 없다며 괴로워한다. 그런데 위기의 발달은 우리가 평온하게 지낼 때부터 이미 시작되고 있었다.

그러므로 위기에서 진정 벗어나는 방법은 하나뿐이다. 의식의 비호를 받고 있는 자아를 해체하고, 그동안 꽉 붙들어 온 '나의 이야기'를 거꾸로 풀어헤치는 새 이야기를 쓸 것. 이 철거 공사에 무사히 성공했을 때 비로소 유쾌한 웃음보가 터질 것이다. 세르반테스가 『돈키호테』 곳곳에서 보여 주는 웃음소리처럼 말이다.

돈키호테는 로시난테가 아닌 발걸음이 경쾌하며 아주 멋지게 채비를 차린 커다란 노새를 타고 나갔다. 사람들은 그의 가운 뒤쪽에다 몰래 양피지 한 장을 꿰매어 붙였는데, 거기에는 큼직

한 글씨로 '이 사람이 돈키호테 데 라만차다'라고 써 있었다. 산책을 나가자 그 즉시 등에 붙인 양피지 문구가 사람들의 시선을 사로잡았고, 모두가 그것을 소리 내어 읽으며 '이 사람이 돈키호테 데 라만차다'라고 떠들어 댔다. 돈키호테는 자기를 바라보는 사람마다 모두 자기를 알고 이름을 부르는 것에 놀라, 나란히 가고 있던 돈 안토니오를 바라보며 말했다.

"편력의 기사도가 가지고 있는 특권이 참으로 대단하오. 세상 어디를 가든 그 일을 행하는 자를 알아보게 하고 유명해지게 하니 말이오. 그 증거로, 돈 안토니오, 한 번도 나를 본 적 없는 어린아이들까지 이렇게 나를 알아보고 있잖소."

"그렇군요, 돈키호테 나리." 돈 안토니오가 대답했다. 2권 62장

이 장면이 호쾌하기보다는 서글프다면, 세르반테스보다 돈키호테의 심정에 아직은 더 가까운 것이다. 나는 자아를 이보다 더 노골적으로 희화화하는 장면을 아직까지 보지 못했다. 내가 나라고 선언하는 일은 이름표를 등 뒤에 붙이고 다니는 바보짓과 다를 게 없다. 자아에 집착하는 자가 가장 충격을 받는 때는 언제일까. 이름표가 강제로 떼어질 때인가? 남들이 이름을 불러 주지 않을 때인가? 아니다. 이름표가 장난질에 불과했음을 깨달을 때다. 내 등 뒤에서 천진하게 깔깔거리는 아이들과 눈이 마주칠 때다. 때로는 웃음이 어떤 치밀한 논리보다도 더 효과적으로 고집

을 무장해제한다.

어느 날 불현듯 돈키호테가 자아를 의식한 것처럼 자아의 죽음도 얼마든지 급작스럽게 일어날 수 있다. 모든 환상이 바스러지는 날, 돈키호테의 "훌륭한 이름"이 박살나는 그날이 '돈키호테 데 라만차'가 죽는 날이 될 것이다. 돈키호테도 무의식중에 이 사실을 알고 있었다. 모험을 떠나기 전, 그는 간접적으로 자신의 최후를 예언했던 것이다.

> "덕스럽고 뛰어난 인물을 가장 기쁘게 해줄 수 있는 일들 가운데 하나는…" 돈키호테가 말했다. "아직 살아 있는 중에 자기의 훌륭한 이름이 인쇄되고 출판되어 사람들 입에 오르내리게 됨을 보는 것이라오. 내가 '훌륭한 이름'이라고 말한 것은, 만약 그 반대의 경우에는 어떤 죽음도 그보다 못하기 때문이오." 2권 3장

5장

결(結) : 깨어진 꿈들의 축복

정신의 막다른 골목

돈키호테는 지금 어디로도 나아가지 못하고 있다. 어디를 가도 결국 자의식만 증폭시키는 형국이다. 이런 상태로는 길에서 무엇과 만나도 새로운 사건이 벌어지지 않는다. 계속 길을 가지만 사실 어디로도 가지 못했던 길, 이것이 두번째 모험이었다.

위기의 순간, 막다른 길에 몰려 고립되었다는 위기감이 엄습해 오고 있다면 2권의 돈키호테를 떠올려 보라. 우리의 삶에서도 똑같은 원리가 작동하고 있을 테니 말이다. 시작은 언제나 무지다. 우리는 우리가 어떤 무지에 눈이 가려졌는지 모른다는 무지 속에서 살아간다. 돈키호테처럼 극도로 특이하고 개인적인 무지일 수도 있고, '사회적 상식'이라는 이름이 가리고 있는 집단적 무지일 수도 있다.

물론 시작이 우매하다고 하여 그 이후의 과정이 전부 무가치하지는 않다. 돈키호테의 모험은 시종일관 유쾌한 웃음을 선사하지 않는가? 우리도 길을 가다 보면 우리 이야기에 진심으로 귀 기울이는 또 다른 '산초'를 만날 수도 있다. 타자들의 생생한 이야기로 꿈틀거리는 넓은 세계를 발견하는 복을 누릴 수도 있다.

그러나 마냥 웃음만 계속될 수는 없다. 원만한 삶이란 기본값이 아니라 세상이 잠깐 빌려 준 요행일 뿐이다. 바깥에서 찾아온 생기가 거둬지는 순간, 그 침묵의 순간에 이 모든 여정의 밑바탕이었던 무지가 시커먼 민낯을 드러낼 것이다. 최초의 무지가 아직 해결되지 않았는데 어떻게 해피엔딩이 가능하겠는가? 무지는 깊은 병증이 되어 계속 진행될 뿐이다. 만약 이때 지금까지 걸어온 '길'에 대한 집착으로 '나'를 완고히 주장하는 쪽으로 방향을 튼다면 결말은 더욱 괴로워진다. 돈키호테와 같은 개미지옥으로 걸어 들어가는 꼴이다. 어쨌든 '나'는 성공했고(돈키호테도 성공했다), 남들이 '나'를 인정해 주었으며(돈키호테도 사람들에게 인정받았다), '나'의 판단이 틀렸을 수는 없다고(돈키호테도 죽어도 기사소설은 옳다고 믿는다) 주장하는 것이다.

역설이다. 위기의 본질은 자아이건만, 우리는 위기에 빠질수록 더욱 절박하게 자아의 성채를 쌓아 올린다. 이 악순환의 고리를 끊지 못하는 까닭은 시간의 허무를 감당할 힘이 없어서다. 내 무지를 직면하려면 내가 지금까지 길을 한참 잘못 들어왔다는 것을 인정해야 하는데, 그 순간 내가 투자해 온 인생 전체가 무의미해질까 봐 두렵다.

세상 두려울 것 없는 것처럼 굴던 돈키호테도 똑같은 덫에 걸려들었다. 책이 출판되고 자의식이 형체를 갖춘 후로 두려움은 더욱 강력해졌다. 이 가련한 기사에게 과연 탈출구가 있을까? 허약한 지반 위에 높게만 쌓아 올린 삶이 이제 무너질 일만 남았다는 사실을 인정한다면, 그 순간 허무 아닌 다른 선택지가 가능할까? 돈키호테를 보며 실컷 웃다가도 가슴 한켠이 씁쓸해지는 것은 이런 질문들 때문일 것이다.

웃음이 공허하게 끝나지 않으려면 질문을 끝까지 밀어붙여야 한다. 이 질문의 열쇠를 쥐고 있는 자는 돈키호테가 아닌 세르반테스다. 그는 돈키호테의 인생 선배다. 인생에서 일장춘몽과 동상이몽을 이미 다 겪어 보았다. 원하든 원하지 않든 꿈에서 깨어나야 하는 순간이 온다는 것도 뼈저리게 알고 있다. 이제 공은 세르반테스에게로 넘어간다. 산전수전을 다 겪은 이 군인은 과연 어떻게 돈키호테와 산초를 구출해 낼 것인가?

산초의 비상(飛上)

세르반테스는 돈키호테보다 다른 사람을 먼저 구출해 낸다. 『돈키호테』의 이인자, 산초 판사다. 돈키호테가 변한 것처럼 그동안 산초도 변했다. 오히려 돈키호테보다 더 드라마틱하게 변해서 주위 사람들을 깜짝 놀라게 했다. 일개 농부가 대학 교수처럼 말을 어쩜 저렇게 잘할까? 말투가 변한 것은 산초 자신이 변했기 때문이다. 라만차의 농부는 자기 동력으로 움직이는 능동적인 사람으로 다시 태어났다. 첫번째 모험에서는 돈키호테의 허황된 말에 현혹되어 얼레벌레 길을 떠났다면, 이제는 스스로 모험의 의의를 설명할 수 있게 되었다.

그런데 여기서 주목해야 할 사실이 있다. 두번째 모험에서 산초는 돈키호테와 완전히 다른 길을 간다. 그는 스스로를 책과 동일시하지 않았고, 오히려 책 출판을 못마땅하게 여겼다. 처음에는 신기해했지만 동물적인 감각으로 앞으로 무슨 일이 벌어질지 곧바로 간파해 냈다. 이제 '산초'의 이름은 책을 매개로 방방곡곡 퍼져 나갈 것이다. 얼굴도 모르는 사람들이 '산초'를 심심풀이용으로 열심히 입에 올릴 것이다. 그들이 칭찬을 하든 비판을 하든, 산초 자신이 이 상황에 대해 통제력을 잃어버렸다는 사실은 변하지 않는다. 그렇다면 명예가 무슨 소용인가? '산초 판사'를 이리저리 끌고 다닐 멍에에 불과할 뿐이다.

"제 명예가 아주 더럽게 되어 있을 게 틀림없다고요. 흔한 말로 이리저리 땅을 쓸면서 난폭하게 말입니다요. (……) 자기들 쓰고 싶은 대로 쓰라지요. 저는 맨몸으로 태어났고 지금도 맨몸입니다요. 전 잃을 것도 얻을 것도 없습니다요. 비록 제가 책에 실려 손에서 손으로 온 세상을 돌게 되는 바람에 사람들은 저에 대해 무슨 말이든 마음대로 하겠지만 저는 아무 상관도 안 할 겁니다요." 2권 8장

산초는 자아의 덫에서 벗어나는 방법을 안다. 아주 간단하다. 책의 존재를 잊어버리면 된다. 남들이 나에 대해 뭐라고 떠들든, 그들에게 터럭만큼도 신경을 안 쓰면 된다. 어차피 책이 묘사하는 '산초'나 사람들이 이해하는 '산초'는 진정한 산초가 아니기 때문이다.

그런데 산초의 전략을 실천하려면 한 가지 전제조건을 충족해야 한다. 명예를 구하려는 욕망을 완벽히 비워야 한다. 즉, 산초가 누리는 자유는 '명예를 구하지 않을 자유'다. 산초는 목숨보다 명예를 더 소중히 여기는 돈키호테의 감각을 도저히 이해할 수가 없다. 그는 매 순간 꿈틀거리는 신체의 감각을 포기할 생각이 없기 때문이다. 뱃속에서 아우성치는 꼬르륵 소리, 위험을 만났을 때 도망가라고 팽팽하게 당기는 근육, 심심할 때마다 혀에서 매끄럽게 흘러나오는 입담…. 세상에 이것보다 더 '나다운' 게 있나? 지금 이 자리에서 나를 지탱하고 있는 두 발보다, 저 멀리서 나에 대해 떠들어 대고 있는 누군가의 말이 어떻게 더 실제적일 수 있는가? "저는 산초로 태어났으니 산초로 죽을 생각입니다요." 2권 4장

그러나 이런 산초에게도 버릴 수 없는 욕망이 하나 있다. 바

로 섬의 통치자가 되고 싶다는 꿈이다. 『돈키호테』의 열렬한 독자이자 팬인 공작 부부는 돈키호테를 대신하여 그를 '통치자'로 만들어 주기로 작정한다. 이로써 산초는 어부지리로 인생역전에 성공한다.

한데 이 소식을 들은 산초의 반응이 의외다. 클레빌레뇨의 목마를 타고 하늘에 올라갔다 온 후로 통치자가 되고 싶은 욕망이 사그라졌다는 것이다. 하늘의 시선에서 인간은 좁쌀보다 더 작은 미물에 불과한데, 미물을 다스리는 일이 그리 대단한 일일까 의문이 들었단다. 하지만 공작은 산초가 제안을 수락할 때까지 계속 밀어붙였다.

> "그렇다면 좋습니다요." 산초가 대답했다. "그 섬을 주십시오. 능구렁이 같은 사람들이 있다 하더라도 저는 하늘나라에 갈 정도로 훌륭한 통치자가 되도록 힘쓸 것입니다요. 그렇다고 제가 제 삶을 바꿔 보자거나 높은 자리로 올라가고자 하는 욕심으로 이 일을 하는 건 아닙니다요. 그것보다는 통치자가 되는 게 어떤 것인지 맛이나 좀 보고 싶어서 이러는 거지요." 2권 42장

공작은 산초를 어디로 보냈을까? 공작의 말에 따르면 "둥그렇고 균형이 잘 잡혔으며 매우 기름지고 풍요로운 섬"이었다. 그러나 총독임명식은 시작부터 한 편의 코미디였다. 우선 '섬'은 섬

이 아니었다. 산초가 도착한 마을은 눈을 씻고 봐도 바다가 보이지 않는, 산초의 고향과 다를 바 없는 내륙의 농촌 마을이었다. '총독' 역시 총독이 아니었다. 공작의 전갈을 받은 사람들이 인위적으로 총독 방을 세팅해 놓았을 뿐이었다. 결국 이 모든 것이 연극이었던 것이다.

그럼에도 산초는 아랑곳하지 않았다. 서당개 삼 년이면 풍월을 읊는다고, 그는 돈키호테의 희한한 정신 승리법을 구사할 줄 알았다. 공작이 '여기'가 '섬'이고 '내'가 '총독'이라고 했으니 그런 줄 알면 된다. 지금부터 산초는 돈키호테 없이 혼자 힘으로 모험을 치르게 될 것이다.

반면 돈키호테는 좌불안석이었다. 혹시 산초가 사람들에게 무시당하지는 않을까? 맞지 않는 옷을 입은 광대처럼 웃음거리가 되거나, 일을 잘못 처리해서 공작 부부에게 민폐를 끼치는 것은 아닐까? 돈키호테가 특히 가슴 아팠던 것은 산초가 글을 읽지도 쓰지도 못하는 문맹이라는 사실이었다. "통치자가 읽을 줄도 쓸 줄도 모른다니 이걸 어찌하면 좋을꼬!"2권 43장 걱정이 끊이질 않았던 주인은 종자에게 피와 살이 되는 조언을 해준다. 한마디 한마디가 어찌나 지혜롭고 따뜻한지, 이 순간만큼은 돈키호테에게서 광인이 아닌 현인의 후광이 비친다.

"자네 자신에게 눈길을 보내 스스로가 어떤 인간인지를 알도록 노력하게. 이것은 세상에 있을 수 있는 가장 어려운 지식일세. 자네를 알게 되면 황소와 같아지고 싶었던 개구리처럼 몸을 부풀리려는 일은 없을 게야. 만일 그렇게 하고 싶은 마음이 생기면 고향에서 돼지를 길렀던 시절을 생각하게. (……) 산초, 자네 가문이 천한 것을 떳떳이 여기게. 농부 출신이라고 말하는 것을 부끄럽게 생각하지 말게. 자네 스스로 부끄러워하지 않으면 어느 누구도 자네를 부끄럽게 하지 않을 것이네. 그리고 죄 많은 고관대작이 아니라 후덕한 서민이라는 것을 자랑스러워하게. 비천한 가문에서 태어나 최고의 권위인 대주교나 황제 같은 직위에 오른 사람들은 셀 수도 없이 많다네. (……) 만일 자네가 덕으로써 덕스러운 일을 행한다면, 군주 같은 사람들이나 영주 같은 사람들을 조상으로 가진 가문을 부러워할 이유가 없네. 혈통은 계승되는 것이지만 덕은 획득하는 것이며, 덕은 그 자체만으로도 혈통이 가지지 못하는 가치를 갖기 때문이라네." 2권 42장

돈키호테의 심려와 응원 덕택이었을까? 산초는 순식간에 통치자의 자리에 적응한다. 적응한 정도가 아니라 모든 업무를 흠잡을 데 없이 처리하여 마을 사람들을 깜짝 놀라게 했다. 공작 부부가 몰래 보낸 감시자마저도 이게 연극이었다는 사실을 잊어버릴 정도였다.

물론 산초는 여전히 귀족의 격식과 거리가 멀었다. 귀족의 의

미로서 그를 '돈'(Don) 산초 판사라고 부르는 집사에게 산초는 자기 이름에는 '돈'이 없으며 "내 통치가 나흘만 가도 이놈의 '돈'을 죄다 뿌리째 뽑아 버릴 수 있"다고 퉁명스럽게 대꾸한다.2권 45장 그는 이 말이 빈 말이 아님을 보여 주었다. 산초가 마을 사람들에게 인정받은 것은 순전히 그의 판결 능력 때문이었다. 사람들이 이런저런 불화를 겪고 찾아올 때마다 솔로몬을 방불케 하는 판결을 내려 주었던 것이다. 이만하면 산초도 돈키호테의 명령을 충실히 이행한 셈이다.

그 중 몇 가지 판결 케이스를 살펴보자. 채무자-채권자 관계에 놓인 두 노인이 산초를 찾아왔다. 채권자는 채무자가 돈을 돌려주지 않는다고 주장했고, 채무자는 자신이 돈을 분명 돌려주었으며 이를 하느님 앞에서 엄숙히 맹세했다고 말했다. 심지어 채무자는 맹세를 산초 앞에서 재연했다. 채권자에게 자기 지팡이를 잠시 들고 있으라고 부탁하더니, 천연덕스럽게 하느님을 불렀다.

산초는 잠시 생각에 잠겼다. 그러더니 지팡이를 살펴볼 수 있겠냐고 양해를 구한 후, 이 물건을 채권자에게 건넸다. 그리고 빚은 다 갚아졌다고 답했다. 무슨 일이 벌어진 걸까? 채권자가 지팡이를 부러뜨리자 그곳에서 정확하게 빌린 액수의 돈이 나왔다. 채무자가 맹세를 할 때마다 채권자는 지팡이를 들고 있었고, 따라서 맹세는 지켜질 수 있었던 것이다. 단지 맹세가 끝난 후 채무자가 자발적으로 돈(지팡이)을 채권자에게 돌려주었을 뿐이다.

"그 자리에 있던 사람들은 모두 감탄했고 산초의 말과 업적과 행동을 기록하는 자는 그를 바보로 기록해야 할지, 사려 깊은 자로 기록해야 할지 끝내 결정할 수가 없었다." 2권 45장

산초가 처리한 분란 중에는 성범죄 미수사건도 있었다. 한 여자가 남자의 멱살을 잡고 재판장에 들어왔다. 여자는 이 불한당에 의해 평생 지켜 온 순결을 잃어버렸다고 고함을 쳤으나, 남자는 하늘에 맹세코 자신은 강간범이 아니라고 항변했다. 길에서 눈이 맞아 서로 합의하에 성관계를 가졌고, 심지어 여자에게 돈도 충분히 지불했다는 것이다. 난감한 상황이었다. 요즘처럼 CCTV 기록을 뒤져 증거를 찾을 수도 없었으니 말이다.

산초가 내린 첫번째 지시는 남자가 현재 가지고 있는 돈을 전부 여자에게 주라는 것이었다. 여자는 뛸 듯이 기뻐하면서 돈을 가지고 재판장을 나섰다. 재산을 빼앗긴 남자는 눈물에 콧물까지 흘리며 애통해했다. 그러자 산초는 남자에게 두번째 지시를 내렸다. 얼른 여자 뒤를 쫓아가서 힘으로 돈을 빼앗아 와라! 남자는 번개처럼 재판장을 뛰쳐나갔고, 얼마 지나지 않아 여자에게 멱살을 잡힌 채 다시 끌려왔다. 여자는 이 파렴치를 다시 처벌해 달라며 쩌렁쩌렁 포효를 내질렀다. 그러나 산초는 여자에게 돈을 남자에게 돌려주라고 명했다. "자매여, 그대가 이 지갑을 지키기 위해 그에게 보여 준 그 기세와 용기를 그 절반만이라도 그대 몸을 지키기 위해 보여 줬더라면, 헤라클레스의 힘도 그대를 제압하지는

못했을 것이오." 2권 45장 여성의 완력을 테스트하여 사건의 진상을 규명하다니, 참으로 명판결이다.

산초가 마을의 갈등을 일사분란하게 해결하자 측근들은 혼란에 빠졌다. 공작 부부는 이 사람이 광대라고 했는데, 일을 왜 이렇게 잘할까? 무식자라면서 말은 또 왜 이렇게 찰떡같이 할까? (산초의 수다스러운 말솜씨는 돈키호테를 통해 더 정교해졌다.) 게다가 산초는 소송만 잘 처리하는 게 아니었다. 야경 순찰도 소홀히 하지 않았고, 마을의 경제를 안정시키기 위한 새 법령도 여러 개 제정했다. 이쯤 되자 집사도 속마음을 고백하지 않을 수가 없었다.

"통치자 나리…." 집사가 말했다. "나리처럼 학문이 전혀 없으신—그러니까 제가 알기로 학문을 전혀 안 하신 줄 알고 있습니다만—그런 분께서 금언과 경고에 찬 그 많은 말씀을 하시니 저희는 무척 놀랐답니다. 저희를 여기로 보내신 분들이나 이곳에 온 저희가 나리의 재능에 기대하고 있던 것과는 전혀 다른 말씀들이니 말입니다요. 세상에는 날마다 새로운 일이 보이지요. 그러니까 장난이 진실이 되고 놀리는 사람들이 놀림을 당하게 되는 일들 말입니다." 2권 49장

희망을 잃은 자의 행복

그러나 이것은 어디까지나 실제가 아닌 연극이다. 연극은 반드시 끝나야 한다. 사람들은 산초가 스스로 직위에서 물러나도록 계략을 꾸몄다. 우선 산초의 식단을 금욕적으로 조정함으로써 산초의 심기를 어지럽혔다. 그 후 전쟁이 난 것처럼 꾸며서 한밤중에 야단법석을 떨었다. 통치자는 갑옷을 입어야 한다면서 커다란 널빤지 두 개를 가져와서는, 샌드위치를 만드는 양 산초의 몸통을 가운데 둔 채 팔다리를 널빤지에 묶어 버린 것이다. 그리고 적군으로 위장한 사람들이 몰려와서 땅바닥에 누워서 버둥거리는 산초를 두들겨 팼다. 불쌍한 산초는 혼절하고 말았다.

소동은 가라앉았고, 산초도 초췌한 모습으로 눈을 떴다. 사람들은 산초를 너무 심하게 놀린 것은 아닐까 죄책감이 들었다. 그러나 그는 말 한마디 없이 옷을 꿰어 입더니, 밖으로 나가 당나귀에 올라탔다. 그리고 자신을 바라보고 있는 사람들을 향해 말했다. "여러분, 길을 비켜 주시오. 그리고 내가 옛날의 자유로운 몸으로 돌아가도록 놔두시오."2권 53장

그 순간 놀라운 일이 벌어졌다. 산초를 배웅하면서 사람들이 형언할 수 없는 감동을 받고 눈물을 흘렸던 것이다. 광대를 향한 웃음이 아니라 말이다. 어째서일까? 산초는 타인의 각본에 놀아나고 있는 꼭두각시에 불과하건만, 왜 그의 언행은 사람들의 마

음을 움직이는 것일까? 연극은 계획대로, 성공적으로 마무리되지 않았는가!

아니, 실상은 각본대로 굴러가지 않았다. 매 국면마다 산초는 각본이 의도하지 않은 방식으로 사건을 처리했다. 그는 사욕을 위해서 권력을 휘두르지 않았고, 외압이 두려워 권력에서 물러나지도 않았다. 게다가 통치자의 자리에 있는 동안 산초는 의외의 사실을 발견했다. 이 직업은 명예에 비해서 노동조건이 몹시 열악하고 행복지수는 낮았던 것이다. 이로부터 산초는 명쾌한 결론을 끌어냈다. 야인의 자유는 어떤 세속적 영광보다 더 귀하다. 통치자의 자리에 더 이상 집착할 이유가 없다.

이는 누구도 상상하기 어려운 결말이다. 산초는 섬의 통치자가 되고 싶다는 바람 하나로 돈키호테를 따라 여기까지 왔다. 이 욕망을 내려놓는 것은 지금까지 겪은 고생을 정당화했던 명분을 포기한다는 것을 의미한다. 포기는 쉬운 일이 아니다. 특히 포기해야 할 대상이 시간의 의미일 때는 더욱 어렵다. '인생의 의미'는 우리가 시간에 매달아 놓는 닻과 같다. 그냥 두면 흩어져 사라질 무형의 시간을 내 안에 붙잡기 위해서 실체의 틀을 부여하는 것이다. 시간은 한 번 지나면 다시는 돌아오지 않는다. 이것은 유한한 생명체가 지닌 약점이다. 의미를 빼앗긴 과거는 흩어질 테고, 그에 기대고 있던 '나'의 정체성 역시 사라진다. 그렇다면 자신이 세상을 오해했다는 것을 알아챈 순간에 곧바로 지난 시간을 '닻'

에서 풀어 버릴 수 있는 용감한 사람이 몇이나 되겠는가? 그러나 산초는 이 일을 아무렇지도 않게 해내고 있는 것이다.

이쯤 되면 이것이 실제냐 연극이냐의 여부는 더 이상 중요하지 않다. 산초의 내면에서 벌어지고 있는 변화가 실존적이기 때문이다. 산초는 공작 부부가 짠 코미디 연극 각본을 감동적인 드라마로 바꿔 버렸다.

이날은 산초의 오랜 희망이 죽은 날이다. 희망을 죽인 것은 세상이 아니라 산초 자신이 꾸었던 꿈이다. 계기가 어찌되었든 간에 산초는 그 꿈을 이루었다. 그러자 꿈의 역설이 드러났다. 이루어지는 순간 꿈은 더 이상 꿈이 아니게 된다. 꿈이 현실이 되었기 때문만은 아니다. 그때야 비로소 욕망에서 한 발짝 거리를 두고 꿈의 내용을 객관적으로 볼 수 있기 때문이다. 그러면 그 꿈이 내가 본디 원했던 것이 아닐지도 모르며, 꿈에 눈이 먼 채 달려오느라 어리석음을 교정할 기회를 놓쳤다는 진실을 볼 수 있게 된다. 나의 꿈은 나의 무지를 거름 삼아 자랐다. 그렇다면 과연 무엇을 위해 꿈을 꿨는가? 꿈속에서 살았던 지난 시간은 무슨 의미가 있었나? 시간을 해체시킨다는 의미에서 이 문답은 일종의 죽음이다. 산초는 한 번 죽었다. 더 이상 상상의 섬을 꿈꾸던 산초 판사는 없다. 두 번이나 모험을 떠났지만 그는 지금까지 헛발질만 한 셈이다.

바로 그 순간 산초가 가진 저력이 빛을 발한다. 그는 무기력해지지 않는다. '섬의 통치자가 되고 싶은 산초'는 죽었으나, 그 빈 자리에 곧바로 '섬 없이도 괜찮은 산초'가 태어난다. 산초의 팔팔한 신체는 지금 당장 살아야 하는 상황에 집중하기 때문에 허무가 들어설 틈을 내주지 않는다. 지나간 시간은 그간 죽어 없어진 세포들과 함께 떠나보내면 그만이다. 오랫동안 몽상에서 빠져나오지 못한 바보였고, 방금 전까지 두들겨 맞는 처량한 신세였어도, 어쨌든 나는 예나 지금이나 배고프면 밥 먹고 똥 마려우면 변소에 가는 인간이다. 나는 "산초로 태어났으니 산초로 죽을" 일밖에는 없는 인간이다. 산초는 이 사실 하나로 충분히 인생에 만족할 준비가 되어 있다. 시간을 긍정하는 힘은 몸을 긍정하는 힘과 짝을 이룬다.

사람들은 왜 산초에게 감화받았을까? 이제 산초는 '명예를 추구하지 않을 자유'에 이어서 '꿈을 포기할 수 있는 자유'까지 얻었다. 산초는 돈키호테의 조언을 온전히 실천했을 뿐만 아니라 그로부터 한 발짝 더 나아갔다. 출신의 고귀함보다 더 중요한 것은 삶의 자유다. 이 자유는 어떤 부귀영화와도 바꿀 수 없다. 산초는 이 진실을 직접 보여 준다. 허름한 옷으로 갈아입고, 빵 한 조각만을 챙긴 채, 사랑하는 당나귀와 함께 마을을 떠남으로써.

> "나리, 번영할 때 즐거워할 줄 알 듯 불운 중에는 고통을 감내할 줄도 아는 것이 용감한 가슴에 어울리는 일입니다요. 이건 제 경

험으로 판단한 건데요, 제가 통치자였을 때 즐거웠다고 해서 지금 이렇게 걸어가고 있는 종자인 것이 슬프지 않거든요. 그 이유는요, 세상 사람들이 운명의 여신이라고 부르는 이 여자는 술주정뱅이에 변덕이 심하고, 무엇보다 눈이 멀어 있어서 자기가 무슨 짓을 하는지도 보지 못하고 누구를 쓰러뜨리는지, 누구를 높이 들어 올리는지도 모른다는 말을 들었거든요."

"자네 대단한 철학자가 되었구먼, 산초." 돈키호테가 말했다. "말하는 품이 보통 진중한 게 아니야. 누가 자네에게 가르쳐 줬는지는 모르겠지만 말일세."2권 66장

희망이 죽은 날, 산초 판사는 전보다 조금 더 위대해졌다. 이제 산초는 자신이 사랑하는 주인에게 되돌아갈 것이다. 어떤 대가도 바라지 않는 마음으로, 어떤 사건을 맞닥뜨리더라도 행복해질 준비를 한 채로. 지혜는 멀리서 구할 필요가 없다. 그것은 내가 과거의 나를 떠날 때 길에 점점이 찍히는 발자국 같은 것이다.

돈키호테를 깨운 대포소리

이제 돈키호테의 차례가 왔다. 그는 산초보다 더 심하게 고생을 하지만, 산초처럼 쉽사리 광명의 순간을 경험하지 못한다. 망상이 난공불락의 성채처럼 너무 오랫동안 정신에 뿌리박혔기 때문

이다. 그러나 세르반테스는 자신의 분신을 위한 특별한 선물을 준비해 놓았다. 이 선물은 모험의 최종지에 가서야 드러난다.

돈키호테와 산초가 최종 목적지로 택한 곳은 바르셀로나였다. 바르셀로나는 지금도 유명한 관광지이지만 당시에도 이미 서지중해를 대표하는 찬란한 항구도시였다. 원래 돈키호테는 바르셀로나가 아니라 사라고사로 갈 생각이었다. 사라고사에서는 성자 호르헤 축제 행사의 일환으로 매년 기사 시합이 열리는데, 이 시합에서 완승을 거둬 명성을 떨칠 생각이었던 것이다.

그런데 생각지도 못한 장애물이 나타났다. 위작 속의 가짜 돈키호테와 가짜 산초가 향했던 곳도 사라고사였다. 위작을 읽은 독자들은 가짜 주인공들이 "허공에 매달린 쇠고리를 창끝으로 관통시키는" 어린애 장난 같은 시합에 겨우 참여했고, 만인의 비웃음거리가 되었다고 말을 전했다. 돈키호테는 분통 터지는 얼굴로 말했다. "바로 그 이유로 나는 사라고사에 발을 들여놓지 않겠소." 2권 59장 이제는 다른 시합장을 찾지 않으면 안 된다. 가짜 돈키호테가 훔치고 훼손시킨 명예를 복구해야 했고, 자신이 진짜 돈키호테라는 것을 증명할 수 있는 새로운 현장이 필요했다. 그렇게 점찍어진 장소가 바르셀로나였다.

이 우연한 결정은 산초와 돈키호테 모두에게 지울 수 없는 흔적을 남겼다. 이 둘은 살면서 단 한 번도 바다를 보지 못한 촌사람이었다. 스페인은 예부터 "대륙권과 지중해권으로 대별되는 대립적 성향을 가리켜 전통적으로 '두 개의 스페인'(Dos Españas)이라"신정환·전용갑, 『두 개의 스페인』, 휴인, 2020, 7쪽.는 별칭을 간직해 왔는데, 라만차 출신인 돈키호테와 산초는 내륙형 인간형에 속한다. 이곳은 농경문화와 중앙집권에 익숙한 정착민의 세계다.

물론 현재 이 둘은 고향을 떠나 떠도는 탈주자로 살고 있다. 그 탈주의 끝에서 그들은 마침내 새로운 세계에 닿았다. 지중해권 세계의 꽃 중의 꽃, 바르셀로나 말이다. 지중해는 아름답기만 한 바다가 아니다. 유럽과 중동과 아프리카가 천 년 이상 격렬하게 뒤섞여 온 세계사의 무대다. 지중해는 기사소설보다 훨씬 더 스펙터클한 인간사를, 폭력과 교류와 기적을 목격해 왔다. 『일리아드』의 대서사시, 로마 제국의 번영, 이슬람 제국의 탄생과 십자군 전쟁…. 돈키호테가 길에 나섰을 때 지중해의 시대는 이미 끝물이었고 대서양의 시대가 부상하는 중이었다. 그러나 바르셀로나의 위용은 동시대의 역동성을 드러내는 데 충분했다.

> 돈키호테와 산초는 시선을 뻗어 모든 곳을 둘러보았다. 처음 본 바다는 라만차에서 보았던 루이데라의 늪들보다 엄청나게 길고 훨씬 넉넉해 보였다. 해변에는 갤리선들이 있었는데, 갑판의 천막을 내리자 거기 가득한 작은 깃발들이며 깃대들이 바람에 떨고 물에 입을 맞추거나 물을 쓸었다. (……) 갤리선의 군인들이 쉴 새 없이 포를 쏘아 대니 시내 성벽과 요새에 있던 군인들도

이에 화답하여 포를 쏘았다. 큰 대포가 귀청이 떨어져 나갈 것 같은 굉음을 내며 대기를 가르면 갤리선 중앙에 있던 가장 무거운 함포가 이에 응답했다. 즐거운 바다, 기뻐하는 땅, 오직 대포의 연기만이 흐릿할 뿐인 맑은 하늘, 이 모든 것들이 순식간에 모든 사람들에게 즐거움을 불어넣고 기쁨을 일으키는 것 같았다. 산초는 바다 위를 움직이는 저 거대한 몸통의 배가 어떻게 해서 그토록 많은 발을 가질 수 있는지 상상할 수도 없었다.2권 61장

전신을 압도하는 바다의 존재감. 광막한 수평선, 거인을 방불케 하는 갤리선, 고막을 찢는 대포소리. 기사와 하인은 할 말을 잃고 멍하니 서 있었다. 돈키호테로서는 기사소설을 폭풍처럼 흡입했던 시기 이후로 처음 겪는 정신적 충격이었을 것이다. 어떤 기사소설도 이 낯선 세계를 말한 바가 없었다. 돈키호테의 왕성한 상상력으로도 바다의 존재를 생각해 낼 수 없었다. 이것이 정녕 세계의 모습인가? 이곳은 어디이고, 또 나는 누구인가?

다행인지 불행인지 충격은 금세 수습되었고, 돈키호테는 익숙한 호흡을 되찾을 수 있었다. 바르셀로나의 귀족 돈 안토니오가 두 발 벗고 뛰어와서는 기사소설에 나오는 방식대로 두 사람을 극진히 대접했기 때문이다. 앞서 등장한 공작 부부처럼 그도 『돈키호테』의 열렬한 팬이었다. 돈 안토니오의 명령을 받은 군인

들은 돈키호테와 산초를 둘러싸고 목청껏 외쳤다. "우리들의 도시에 오신 것을 환영합니다. 오랜 세월 절제하며 편력기사도를 행해 오신, 모든 기사들의 거울이요 등대요 별이자 이정표이신 자여."2권 61장

그러나 실금이 콘크리트도 부수는 법이다. 사소한 의심이 한 번 마음속에 들고 나자, 돈키호테의 세계는 가장자리부터 금이 가기 시작했다. 돈키호테는 이튿날 홀로 산책에 나섰다가 인쇄소를 발견한다. 조판, 번역, 교정, 수정, 인쇄까지, '책'을 완성시키는 데 필요한 모든 기술이 그곳에 집약되어 있었다.

돈키호테는 번역자이자 출판인 한 명에게 말을 걸었다. 그는 판권을 서적상에게 넘기지 않고 직접 출판해야만 자신이 돈을 만질 수 있다고 말했다. 갑자기 돈키호테의 기분이 언짢아졌다. 이 사람은 지금 성스러운 책을 앞에 두고 이익을 계산하는가? 번역이라는 작업은 그 자체로 인류 정신에 이바지하는 덕스러운 일이 아닌가? 그러자 역자는 어깨를 으쓱하더니 홀로 고고한 세상에 사는 늙은 기사에게 일침을 놓았다. "저는 세상에서 명성을 얻기 위해 제 책들을 출판하는 게 아닙니다. 이미 제 작품들로 이름이 알려져 있기는 하지요. 저는 이익을 얻기를 바랍니다. 그것이 없다면 훌륭한 명성은 전혀 가치가 없으니까 말이죠."2권 62장 대화는 여기서 냉각되었다. 결국 돈키호테는 말 한마디 더 붙이지 못하고 자리를 떠야 했다.

어쩌면 돈키호테는 이렇게 생각했을지도 모른다. 이런 속물적인 출판인은 소수다. 대다수의 사람들은 책은 성스러운 물건이라는 나의 주장에 동의할 것이다. 그러나 실낱같은 희망은 곧바로 끊겨 버렸다. 인쇄소에서 특히나 열심히 찍어 내고 있는 책이 있었으니, 바로 가짜 『돈키호테』였던 것이다!

> 또 앞으로 나아가니 다른 책을 교정하고 있었다. 책 제목을 물어보니, 토르데시야스에 사는 아무개가 지었다는 『기발한 이달고 돈키호테 데 라만차 제2권』이라는 대답이 돌아왔다.
> "내가 이 책에 대해서 이미 들은 이야기가 있는데…" 돈키호테가 말했다. "진실로 내 양심을 두고 말하지만, 이 책은 당치도 않은 이야기로 이미 불에 태워져 먼지가 되어 있다고 나는 생각했소. 하지만 돼지에게 닥치듯이 그 책에도 자기의 성 마르틴 축일이 닥치게 될 것이오. 꾸며 낸 이야기는 진실과 비슷하거나 그것에 가까울수록 그만큼 훌륭하고 재미있는 법이며, 진짜 이야기는 진실할수록 더욱 훌륭하니 말이오."
> 이런 말을 하면서 그는 약간 원망스러운 표정으로 인쇄소를 나왔다. 2권 62장

"약간 원망스러운 표정"은 너무 점잖은 표현이다. 겉으로는 평정을 유지한들, 지금 돈키호테는 충격을 갈무리하지 못하고 속

이 문드러지고 있을 것이다. 돈키호테의 앞에 감당하기 어려운 진실들이 폭탄처럼 투하되고 있다. '현명한 마법사'는 돈키호테의 예상과 달리 위작을 불태워 버리지 않았고, 사람들은 위작이냐 원본이냐의 문제를 중요하게 여기지도 않았다. 다시 말해, 실제 현실에서는 돈키호테가 목숨처럼 여겼던 가치가 아무런 힘도 발휘하지 못했다. 열심히 쌓아 올리는 중이라고 믿었던 자신의 명예는 물론이거니와, 명예를 신성하게 여기는 태도 자체가 실종되었다.

돈키호테의 정신세계가 뿌리째 흔들리고 있었다. 가장 뼈아픈 손실은 두번째 모험이 완전히 실패했다는 사실이었다. 1권의 작가가 허구를 창조하기 전에 직접 모험을 떠나자고 결의했는데, 가짜 작가에게 선수를 빼앗겼을 뿐만 아니라 그의 가짜 창조물까지 돈키호테의 통제력 밖에서 나돌아 다니고 있었다. 이제 돈키호테는 어떻게 할 것인가?

실패, 예정된 승리

답은 하나밖에 없다. 끝내는 것이다. 산초가 통치자의 자리에서 내려온 후 희망을 내려놓았듯이, 돈키호테 역시 자아를 거대하게 팽창시킨 꿈에서 깨어나야 한다. 그래야만 다음 길이 열린다. 돈키호테의 이름을 버려야만 그에게 그다음 삶이 허락된다.

이 결말은 『돈키호테』의 첫 장부터 벌써 예정되어 있었다. 키하노가 '돈키호테'라는 꿈을 꾼 순간부터 그는 꿈의 종말 또한 겪지 않을 수 없는 운명이었다. 무지가 키운 환상은 영원할 수 없다. 영원할 수 있다 하더라도 그것이 이로울 수는 없다. 모든 이야기에는 끝이 있다. 끝이 있어야 다시 시작이 있고, 그래야 시간의 흐름을 거스르지 않고 계속 살아갈 수가 있다.

항상성을 유지하는 전략은 동일성의 고집이 아니라 변화의 수용이다. 일상, 관계, 생리 모두 이 원리를 따라 작동한다. 친구를 사귈 때도 개체의 차이와 관계의 역동성을 납득할 줄 모르는 꽉 막힌 자들을 본능적으로 피한다. 돈키호테도 마찬가지다. 만약 돈키호테가 바르셀로나를 떠난 후에도 눈을 막고 귀를 막은 채 원래의 모험방식을 고집한다면 어떻게 되었을까? 다들 돈키호테에게 질리고, 『돈키호테』는 인기를 잃었을 것이다. '돈키호테'라는 이름만 껍데기처럼 남았다가 그마저도 잊히게 될 것이다.

이제 남은 문제는 돈키호테가 어떻게 끝을 맺느냐이다. 그런데 확실히 돈키호테는 복 있는 사람이다. 돈키호테가 홀로 고전할 필요가 없도록 친구가 나서서 대신 결말을 내 주었기 때문이다. 그것도 돈키호테에게 가장 어울리는 방식으로 말이다. 이 친구는 바로 삼손 학사다. 기억하는가? '거울의 기사'로서 돈키호테에게 덤볐다가 크게 부상당한 라만차의 동네 주민 말이다. 그는 병상에서 일어나자마자 '하얀 달의 기사'라는 인물로 새로 분장했다. 그리고 맹렬하게 돈키호테를 뒤쫓았다. 이번에야말로 돈키호테를 정식으로 패배시킬 작정이었다.

삼손은 일분일초도 낭비하지 않았다. 그가 바르셀로나에 도착했을 때 돈키호테는 바닷가 순찰을 돌고 있었다. 삼손은 어떻게 해야 늙은 기사를 도발할 수 있는지 알았다. 그는 소리쳤다. 둘시네아는 세상에서 가장 아름다운 여인이 아니다! 열 받은 돈키호테는 곧장 이 오만한 기사를 향해 창을 치켜들었다.

두 기사 주위로 증인들이 모였다. 돈 안토니오를 비롯한 모두가 지금 이 사태가 연극인지 아닌지 구분할 수가 없어서 크게 당황했다. 그러나 다들 우왕좌왕하는 사이에 운명의 결투가 개시되었다. 결과는 어땠을까? 행운의 여신은 돈키호테의 손을 두 번 들어 주지 않았다. 하얀 달의 기사는 바람처럼 달려가 번개 같은 속도로 늙은 기사를 낙마시켰다. 돈키호테는 처참하게 땅에 널브러졌다. 창 한번 제대로 휘두르지 못한 치욕적인 패배였다.

"그대가 졌소, 기사여. 결투의 조건을 인정하지 않으면 그대는 죽은 목숨이오."

돈키호테는 온몸이 갈리고 정신이 혼미하여 투구의 챙도 올리지 못한 채 마치 무덤 속에서 말하듯 쇠약하고 병든 목소리로 대답했다.

"둘시네아 델 토보소는 세상에서 가장 아름다운 여인이고 나는 이 땅에서 가장 불행한 기사요. 그리고 내가 쇠약하여 이 진실을 저버린다는 것은 옳지 않소. 기사여, 그대는 그 창을 압박하여 나의 목숨을 앗아 가시오. 나의 명예는 이미 빼앗았으니 말이오."

"그렇게는 하지 않을 것이오." '하얀 달의 기사'가 말했다. "둘시네아 델 토보소 귀부인의 아름다움에 대한 그 명성이 원래의 그 온전한 모습으로 영원히 원래의 그 온전한 모습으로 영원무궁하기를 바라오. 단지 나는 위대한 돈키호테가 1년 동안, 아니면 내가 명하는 시점까지 고향에 물러가 있는 것으로 만족하겠소. 우리가 이 결투를 시작하기 전에 의견의 일치를 본 대로 말이오." 2권 64장

아, 드디어 이 순간이 왔다. 어떤 말과 칼로도 굴복시키지 못했던 돈키호테가 진심으로 무릎을 꿇는 순간 말이다. '무릎을 꿇었다'는 표현은 그냥 비유가 아니다. 한국어 번역본에는 잘 드러나지 않지만, 원어로 쓰인 작품에서는 날카로운 변화가 보인다고 한다. 여기서부터 돈키호테가 더 이상 기사소설 속 고어를 쓰지 않기 때문이다. 패배라는 사건을 제대로 소화하기도 전에 무의식은 이미 '패배자'의 태도를 취하고 있었다. 이는 돈키호테가 점점 제정신으로 돌아오고 있다는 신호다. 돈키호테는 지금 과거의 자신에게 패배를 고하고 있다. 지금까지 믿어 온 세계가 허상에 불

과했다는 진실을 드디어 받아들이기 시작한 것이다.

그 후로 돈키호테는 눈에 띄게 생리적인 변화를 겪는다. 기운이 점점 떨어지고, '미친' 상태보다 '온전한' 상태에 머무는 시간이 더 늘어난다. 가령, 주막집을 보고도 더 이상 '성'이라 하지 않고 주막집으로 제대로 인식한다.

『돈키호테』의 수많은 팬들이 이 장면을 비극적으로 여긴다. 이제 더 이상 돈키호테의 호쾌한 질주를 볼 수 없겠구나! 꿈을 꾸지 않고 사는 것이야말로 정말 미친 짓이 아닌가! 돈키호테에 애정을 품은 사람이라면 돈키호테의 실패에 가슴이 아플 수 있다. 그러나 이 감정에서 일반적인 결론을 끌어내는 순간 큰 실수를 범하게 된다. 광기는 낭만으로, 무지는 열정으로 섣부르게 미화해 버리는 것이다.

안타깝게도 이는 『돈키호테』에 대해 가장 널리 받아들여지는 해석이다. 가령 뮤지컬 「맨 오브 라만차」는 '인간적인 광기 VS 비인간적인 이성'의 이분법에 기초하여 극을 이끌어 간다. 세르반테스와 돈키호테는 '꿈을 포기하지 않는' 순수한 광인으로 등장하는 반면, 삼손은 돈키호테의 '비이성을 참을 수 없는' 성마른 과학자로 나온다. 그뿐만이 아니다. 조카딸은 삼촌의 유산만 바라고 있는 현실주의적 불효녀, 산초는 앞뒤 안 재고 무조건 주인만 사랑하는 어린아이 같은 바보가 된다. 이런 불공평한 처사는 전부 돈키호테의 인간미를 강조하기 위해서 실행된 것이다(참고로 나는 배우 조승우 팬으로서 이 뮤지컬을 몹시 즐겁게 관람했다. 모든 것이 마음에 들었으나 딱 하나, 스토리가 마음에 들지 않았다!).

냉정한 질문을 하나 던져 보자. 애초에 돈키호테가 승승장구할 가능성이 손톱만큼이라도 있었는가? 그렇지 않다. 돈키호테를 패배시키려고 작정한 사람은 다름 아닌 세르반테스다. 세르반테스는 이 책의 주연을 힘 빠진 노인, 평생 칼을 들어 본 적 없는 이달고, 세상 물정 모르는 촌사람으로 설정했다. 누가 봐도 기사로 성공하기에는 최악의 조건이다. 이게 무엇을 뜻하는지는 자명하다. 세르반테스는 돈키호테가 무슨 수를 쓰더라도 성공할 수 없게 만들겠다는 굳은 의지를 품었던 것이다.

그렇다고 해서 『돈키호테』를 코미디용으로 남기는 것도 세르반테스의 의중은 아니었을 것이다. 나는 세르반테스가 돈키호테라는 캐릭터를 진정 사랑했다고 생각한다. 사랑했기에 그를 패배로 인도한 것이다. 실패하지 않는 돈키호테에게는 웃음도, 인복도 돌아오지 않는다. 무지가 현실에서 승리하는 순간 그것은 허물이 아닌 악(惡)이 된다. 젊고, 강하고, 많은 지지 세력을 등에 업은 또 다른 돈키호테를 상상해 보라. 스페인 구석구석을 누비면서 (그 시대에 그 정도 야망이라면 아메리카 대륙까지 진출하고도 남았을 것이다) 자기가 믿는 기사소설의 도리를 타인에게 강요했을 것이다. 돈키호테가 입히는 피해가 커질수록 사람들 또한 그의 광기를 용서하기 어렵다. 돈키호테가 실패한 이유는 그가 무해했기 때문이다. 누구도 이 늙은 기사에게 해를 입지 않았다. 그래서 그를 조롱할지언정, 기사도에 봉사하겠다는 그의 순수한 동기는 의심받지 않았다.

그러므로 그의 실패는 비극이 아니라 구원이다. 무지를 종결시키는 데 있어서 스스로 실패하는 것 외에 다른 방법은 없다. 실패함으로써 돈키호테는 오래 묵은 환상에서 헤어 나왔고, 남들에게 웃음을 선사했다는 진정한 명예를 얻었다. 그는 실패했음에도 '불구하고'가 아니라 실패했기 '때문에' 불멸을 얻은 것이다. 돈키호테가 오백 년 동안 사랑받을 수 있었던 것도, 뮤지컬이나 영화로 꾸준히 각색되는 것도 이 덕분이다.

보르헤스의 단편 중에는 '승리자 돈키호테'를 상상해 보는 작품이 있다. 돈키호테가 기사 시합에서 이긴 후, 상대를 죽여서 손에 피까지 묻히게 된 상황 말이다. 과연 무슨 일이 벌어지게 될까? 여기에는 총 세 가지 시나리오가 준비되어 있다. 돈키호테가 더 의기양양해져서 예전과 똑같은 무지에 빠져 살거나, 죄를 지었음을 어렴풋이 알아채지만 두려움 때문에 광기로 도피하거나, 광기에서 깨어나기는 하지만 진실을 감당하지 못하고 정신쇠약에 걸리거나. 어느 쪽이든 돈키호테는 영영 광기에서 벗어나지 못한다.

물론 보르헤스는 그가 광기에서 벗어날 가능성이 완전히 없는 것은 아니라고 말한다. 그가 마지막으로 덧붙인 시나리오는 영적 통찰(그는 이를 '힌두교적 상상력'이라고 말한다)을 통한 구원이다. 만일 '돈키호테'라는 이름이 불변하는 주체가 아닌 한낱 꿈이라는 것을 돈키호테 스스로가 깨달을 수 있다면, 그리하여 죽이고 살리고 승리하고 패배하는 일까지도 세상의 거대한 순환에 속해 있다는 진리를 이해할 수만 있다면, 그는 승패와 상관없이 '돈키호테'라는 이름을 무사히 떠나게 될 것이다.

> 돈키호테—더 이상 돈키호테가 아니라 힌두교적 윤회의 왕인—가 적의 주검 앞에서 사람을 죽이고 사람을 낳은 일은 인간 조건을 구성하는 두드러지도록 신성하고 마술적인 행위임을 깨닫게 되리라는 것이다. 그는 주검이란 마치 자신의 손과 자신의 존재와, 자신의 모든 과거 삶과, 수많은 신들과, 우주를 짓누르고 있는 피 묻은 칼이 그러한 것처럼 환상적인 것이라는 점을 깨닫게 된다. 호르헤 루이스 보르헤스, 『칼잡이들의 이야기』, 황병하 옮김, 민음사, 1997, 39쪽.

보르헤스의 견해는 슬프도록 현실적이다. 정상에 올랐다가 추락하는 유명 인사들을 떠올려 보라. 고집을 버리지 못하여 주위 사람들의 마음을 피 흘리게 만드는 평범한 사람들을 생각해 보라. '승자'가 된 '현실의 돈키호테들'은 대부분 불행으로 치닫는 세 가지 길 중 하나를 택한다. 마지막 길을 택하는 자도 극소수 있긴 하나, 이것은 말보다 행동이 훨씬 더 어려운 길이다.

이에 비하면 세르반테스의 입장은 놀라울 정도로 낙관적이다. 『돈키호테』의 결말은 인생을 향한 무한한 신뢰를 품지 않고서는 도저히 쓸 수 없는 결말이다. 처음부터 실패를 예정해 놓고서, 실패를 향해 한 발짝씩 발을 뗄 때마다 웃음이 터져 나오게 할 수 있는 힘은 무상(無常)이 곧 천행(天幸)이라는 지혜가 뒷받침되지 않고서는 불가능하다. 실패한 돈키호테는 친구 덕분에 정신 차리고 귀향했다. 이는 어리석은 인간에게 허락된 운명 중에서 가장 자비로운 길이다. 산초와 돈키호테의 발길이 닿는 곳마다 유쾌한 이야기가 생겼고, 그 누구도 다치지 않았으며, 고통은 최소화되었다. 그리고 그 길 끝에서 그들은 마침내 무지의 장막에서 빠져나온다. 이보다 더 인자할 수 있을까?

『돈키호테』는 현실을 향한 날카로운 인식과 비현실적인 아이 같은 순수함이 공존하는 텍스트다. 이 보기 드문 조합은 세르반테스가 우리를 위해 준비한 선물이다. 그는 무지라는 독의 이름을 알려 주고 웃음이라는 해독제를 건넨다. 우리를 삼켜 버릴 것처럼 발밑에 도사리고 있는 '꿈'의 나락을 보여 주지만, 그럼에도 인생이라는 꿈에는 '끝'을 보는 즐거움 또한 있다고 설득한다. 패배한 돈키호테는 풀이 죽었지만 『돈키호테』는 매 장마다 기쁨이 가득했었다.

돈키호테는 시합에서 패배했다. 그러나 이 패배는 인생의 승리다. 실패했는가? 이는 세상에 질투보다 웃음과 공감을 더 많이 선물할 수 있는 기회다. 끝이 없이 좋은 것은 아무것도 없다는 지혜가 생기는 순간이다. 무엇보다 실패는 자신으로부터의 해방이기도 하다. 실패의 충격은 우리가 비로소 차마 버릴 수 없었던 아집과 세계상을 단숨에 놓을 수 있게 해준다. 돈키호테는 세르반테스의 단순한 분신이 아니었다. 돈키호테는 늙은 군인 작가가 평생 동안 산전수전을 겪으며 완성시킨, 보잘것없는 한 인간이 자신의 한계 앞에서 진솔하게 취할 수 있는 윤리의 모범이었다.

> 달타냥이 수많은 공적을 세운 데 비해 돈키호테는 날마다 두들겨 맞고 조소당하지만, 돈키호테의 용맹이 더욱 빛난다. 이는 우리를 지금껏 생각지 않았던 미학적 문제로 이끈다. 작가는 자신보다 더 뛰어난 인물을 창조할 수 있을까? 나는 그렇지 않다고 생각하는데, 나의 이런 부정 속에는 지적인 면과 윤리적인 면이 모두 포함된다. 호르헤 루이스 보르헤스, 「버나드 쇼에 관한(를 지향하는) 주석」, 『또 다른 심문들』, 262쪽.

마지막 독서의 시간

바르셀로나에서 패배한 돈키호테는 산초를 데리고 조용히 라만차로 돌아온다. 집에 도착한 돈키호테는 하나도 변한 게 없어 보였다. 그는 다음 인생 계획을 선포했다. 하얀 달의 기사가 명령한 대로 1년 동안 휴식 기간을 가지겠지만, 그 시간 동안 '목동'이 되어 들판을 고즈넉하게 거닐 것이라는 것이다. (기사소설 대신 목가주의 소설을 읽겠다는 뜻이다.) 돈키호테는 벌써 자신과 동료들의 새 이름까지 지어 놓았다. "자기는 '목동 키호티스'이고 학사는 '목동 카라스콘', 신부는 '목동 쿠리암브로', 산초 판사는 '목동 판시노'라고 했다."2권 73장

그러나 돈키호테의 계획은 시행되지 못했다. 그에게 주어진 시간이 바닥났다. 돈키호테는 고열을 앓다가 침대에 드러누웠다. 의사는 우울증이라고 진단했지만 이는 오진이었다. 실제로 일어나고 있었던 일은 '돈키호테의 죽음'이었다. 노인이 눈을 떴을 때, 돈키호테라는 사람은 이 세상에 더 이상 존재하지 않았다. 그는 키하노였다. 오랜 꿈을 꾼 것처럼 어슴푸레한 단상들이 조각조각 지나갔으나, 그는 이 꿈이 현실이었음을 어렵지 않게 알아챘다.

마침내 '돈키호테'라는 이름의 장막이 걷혔다. 한 뼘의 빛도 들지 않는 어둠 속에 있지만, 정작 자신은 어둠 속에 있는 줄도 모르던 무지에 종지부가 찍혔다. 공작 성에서 당한 놀림, 바르셀로나의 대포소리, 위작의 충격, 하얀 달의 기사에게 겪은 패배, 그리고 평온한 귀향. 이 모든 사건이 깨달음의 환한 빛 속에서 이야기의 '끝'으로 온전히 수렴되었다. 돈키호테, 아니 키하노는 천천히 입을 열었다.

"자비란…" 돈키호테가 대답했다. "얘야, 이 순간 하느님께서 내게 베푸시는 바로 그거란다. 말했듯이 내 죄도 하느님의 자비를 막지 못한단다. 이제 나는 자유롭고 맑은 이성을 갖게 되었구나. 그 증오할 만한 기사도 책들을 쉬지 않고 지독히도 읽은 탓에 내 이성이 내려앉았던 무지의 어두운 그림자가 이제는 없어졌거든. 그 책들이 가지고 있는 터무니없음과 속임수를 이제야 알게 되었단다. 이러한 사실을 참으로 늦게 깨달아, 영혼의 빛이 될 다른 책을 읽음으로써 얼마간이라도 보상할 수 있는 시간이 조금밖에 남지 않았다는 것이 단지 원통하구나. 얘야, 나는 내 죽음이 얼마 남지 않았다는 걸 느낀단다. 그러니 미치광이라는 평판을 남길 정도로 내 삶이 나쁜 것은 아니었음을 알릴 수 있는 그런 죽음을 맞이하고 싶구나. 비록 미쳐 살기는 했으나 그러한 모습을 죽음 앞에서까지 보여 주고 싶지는 않아. 얘야, 내 좋은 친구들을 불러다오. 신부님과 학사 삼손 카라스코와 이발사 니콜라스 선생 말이다. 고해하고 유언을 남기고 싶어서 그런단다." 2권 74장

키하노는 죽음이 두렵지 않다. 단지 죽음의 순간을 역이용하여 삶의 서사를 재구성할 생각이다. 돈키호테의 죽음이 키하노를 무지의 늪에서 건져 냈다면, 키하노 자신의 죽음은 기사소설의 해악에 빠진 또 다른 사람들을 구하는 계기가 될 수 있다. 그는 자

신이 보고 겪은 진실을 유언으로 남길 생각이었다. 대단원이라는 죽음의 특권은 그의 증언에 강력한 힘을 실어 줄 터였다.

그러나 정작 친구들은 돈오(頓悟)에 가까운 이 정신적 비약을 알아보지 못했다. 슬픔을 주체할 수 없었던 까닭이다. 그들은 키하노가 '신종 광기'의 희생양이 된 것은 아니냐고 의심하기까지 했다. 죽음을 상상하는 것보다 그쪽이 더 받아들이기 쉬웠다. 특히나 산초는 눈물바람이었다. 그는 키하노의 침대 옆에서 흐느끼며 유명한 대사를 남긴다. "이 세상에 살면서 인간이 저지를 수 있는 최고의 미친 짓은 생각 없이 그냥 죽어 버리는 겁니다요. 아무도, 어떤 손도 그를 죽이지 않는데 우울 때문에 죽다니요." 2권 74장

돈키호테의 광기를 그리워하는 독자들은 산초의 말을 자주 인용한다. 우울증에 시들어 가는 것보다 미쳐서 사는 게 차라리 더 낫다고 주장하기 위해서다. 그러나 삶을 어설프게 긍정하려는 시도는 오히려 키하노의 마지막 뜻을 저버리는 일이 된다. 키하노의 탄식은 우울의 반증이 아니다. 남들 앞에서 우스갯거리가 된 자신이 초라하고 부끄러워서, 혹은 자신을 광대로 만든 세상을 혐오해서 지금 그가 침대에 드러누운 게 아니다. 키하노는 정확히 이렇게 말했다. "영혼의 빛이 될 다른 책을 읽음으로써 얼마간이라도 보상할 수 있는 시간이 조금밖에 남지 않았다는 것이 단지 원통"할 뿐이라고.

그렇다. 이 지경까지 와서도 키하노는 여전히 책읽기를 말하

고 있다. 자신을 광기로 이끌었던 책에 진절머리를 내는 것이 아니라, '더 좋은' 책을 '더 제대로' 읽고 싶다는 바람을 고백하고 있다. 어두운 무지를 헤매던 모험이 끝나자 그는 곧바로 "영혼의 빛"을 더 환하게 밝힐 새로운 정신의 모험을 꿈꾸기 시작했다.

키하노는 왜 이 말을 했을까? 책 때문에 인생을 망쳤다고 생각해도 모자랄 판에, 무슨 이유로 아직도 책에 대한 사랑을 고백하는 걸까? 답은 명료하다. 키하노가 '돈키호테'가 되고 만 것은 책의 탓이 아닌 자신의 탓이었다. 애초에 그가 품고 있던 무지 때문이었다. 그러나 책은 광기가 아닌 자유를 여는 열쇠다. 기사소설조차 예외는 아니다. 기사소설이 없었더라면, 그리하여 그가 미쳐서 길을 떠나지 않았더라면 그는 무지로부터도 영영 자유로워질 수 없었을 것이다. 무지의 씨앗은 그의 내면에 계속 도사리고 있다가 또 이상한 맥락에서 싹을 틔웠을 것이다. 물론 이 씨앗이 그가 죽을 때까지 발아하지 않았을 가능성도 있지만, 이 경우 키하노는 스스로를 제대로 알지 못한 채 허락된 시간을 보내고 말았다는 또 다른 슬픈 결말을 맞이하게 된다.

스스로 직접 가 보지 않고는 알 수 없는 길, 이것이 인생과 독서의 본질이다. 직접 살아 보지 않고는, 또 직접 읽어 보지 않고는 결론에 대해서 어떤 말도 할 수 없다. '사람은 누구나 죽는다'나 '기사소설은 허구다'는 만천하에 다 알려진 결말이다. 그러나 이 결말까지 좌충우돌 돌진해 보지 않는 한 이 사실을 진심으로 수용할 수가 없다. 체득할 수가 없다. 길 위에서 시험받지 않는 무지는 내면에 단단히 똬리를 뜬 채 조용히 시간을 좀먹는다. 내가 나 자신에 대해 아무것도 알지 못한 상태로, 시간의 흐름에 무작정 떠밀려 가게 한다.

그래서 키하노는 죽는 순간까지 책을 찾는다. 마지막 숨이 붙어 있을 때까지 다른 책을 읽는 자신을 꿈꾼다. 책은 존재를 움직이게 만든다. 책장을 펴고, 읽고, 느끼고, 변하고, 길을 나서, 달려가다, 넘어지고, 일어서고, 마침내 무사히 실패함으로써 무지에서 떠나게 한다. 그제야 우리는 비로소 책장을 닫고 진정한 앎을 맛본다. 지금까지 내가 어떤 존재였으며, 어떤 꿈을 세상이자 현실이라고 철석같이 믿고 살아왔으며, 그것이 왜 환상일 수밖에 없는지 샅샅이 깨닫는 앎이다. 이 앎을 획득하는 것이 모든 독서의 마지막 시간, 마지막 단계다. 이제는 이 책을 그만 읽을 때가 왔다. 그다음에는 무엇을 해야 하겠는가? 다른 책을 집어드는 수밖에 없다. 키하노가 그랬듯이 깨달음의 빛이 들어오는 쪽으로 새 길을 내는 수밖에 없다. 이 모든 우여곡절과 생장소멸이 '독서'라는 활동이다. 책을 읽는다는 것은 그 자체로 제자리를 떠나는 모험이다.

엘리아데는 독서에 대해 재미있는 말을 했다. 독서란 근대인이 누리고 있는 몇 안 되는 신화적·종교적 도피구라는 것이다. 고대인들이 누렸던 "과오들을 폐기하는 자유, '역사 속으로 전락한'

기억을 지워 버리는 자유, 그리고 또다시 시간으로부터의 결정적인 탈출을 시도하는 자유”미르체아 엘리아데, 『영원회귀의 신화』, 심재중 옮김, 이학사, 2003, 159쪽.를 근대인은 잃어버렸다. 왜일까? 근대인은 역사와 사회라는 ‘인공적인 시공간’ 속에서만 살고자 하기 때문이다. 이 시공간은 자연이나 우주가 아니라 인간을 중심축으로 구성되었다. 이곳의 이야기는 오로지 인간의 입에서만 나올 수 있다. 이 조건 속에서 개인은 ‘인생을 개척할 자유’를 얻는다. 네 이야기는 네 것이다! 그러나 이 자유에는 무거운 대가가 따른다. 이야기의 모든 디테일까지 자아가 온전히 홀로 책임져야 하기 때문이다. 한번 저지른 일은 다시는 돌이킬 수 없고, 성취가 무너지는 순간 나도 무너지게 된다.

독서에는 그와 완전히 결이 다른 자유가 있다. 그것은 ‘떠날 자유’이자 ‘변신할 자유’다. 독서를 할 때 우리는 자연스레 ‘우리의 세계’를 잊는다. 책이 열어 주는 이질적인 시공간과 관계망 속으로 빨려 들어간다. 그렇게 독서는 경직된 일상에 갇힌 마음속에 전혀 다른 차원을 개방한다.

> 독서도 신화학적 기능을 포함한다. 왜냐하면 그것은 고대사회에서의 신화의 구연(口演)이나 유럽의 농촌공동체에 오늘날까지 살아 있는 구비문학을 대신하며, 무엇보다도 근대인들은 독서를 통하여 신화에 의해 수행되는 ‘시간으로부터의 탈출’에 비

견딜 만한 '시간으로부터의 도피'를 찾아내는 데 성공하고 있기 때문이다. 근대인이 탐정소설을 가지고 시간을 '죽이'든, 어떤 소설에 나타나는 낯선 시간의 세계에 들어가든 독서는 그를 그의 개인적 시간에서 끌어내어 다른 리듬에 통합시키고, 그를 다른 '역사' 속에 살게 만든다. 미르체아 엘리아데, 『성과 속』, 182쪽.

키하노의 복귀는 돈키호테의 실존을 부정하지 않는다. '돈키호테'로서 보낸 시간은 키하노가 마음껏 즐긴 한 편의 독서였다. 키하노가 다음 번 독서에 희망을 걸면서 미련 없이 꿈에서 깨어날 때, 돈키호테는 완벽한 죽음을 맞이하는 동시에 보편적인 의미를 얻는다. 이제 그의 광기는 일시적인 착란이 아니라 수많은 인간들이 오랫동안 반복해 온 정신적 여정이 되었다. '뻘짓'을 그치지 못하지만 그래도 무지에서 깨어나려고 애를 쓰는 인간들의 유쾌한 탈출기. 세상이라는 무한한 서사는 누구에게나 참여할 길을 열어 준다. 연암 박지원의 아름다운 아포리즘이 노래하듯이 말이다.

어린아이가 글을 읽으면 요망해지지 않고, 늙은이가 글을 읽으면 노망나지 않는다. 귀한 자가 글을 읽으면 분수에 넘치지 않고, 천한 자가 글을 읽으면 어그러지지 않는다. 뛰어난 자가 글을 읽는다고 남아돌지 않고, 모자란 자가 글을 읽는다고 도움이 안 되는 것은 아니다. 박지원, 『낭송 연암집』, 길진숙 풀어 읽음, 북드라망, 2021, 29쪽.

연암이 생전에 돈키호테를 봤다면 이렇게 말하지 않았을까? 미친 자가 글을 읽으면 광기에서 낫는 수가 생기고, 죽는 자가 글을 읽으면 마음의 평온을 얻는다고. 미치지도 않았고, 아직 살아갈 날이 많이 남은 자라면 더욱더 책을 읽지 않을 이유가 없다. 키하노가 마지막 순간까지 애타게 바라던 '다른 독서'에 손을 뻗지 않을 이유가 없다.

복된 죽음과 끝없는 자유

이제 맨 처음 던진 질문에 대답할 준비가 되었다. 내가 세상이라고 믿었던 것이 실은 나의 무지였음을 깨달을 때, 그 끝에서 우리를 기다리고 있는 것은 무엇일까? 허무인가? 상실감인가?

아니다. 키하노의 마지막 순간이 우리에게 증언한다. 그의 마음은 무지에 마침표를 찍었다는 안도감으로 차 있고, 지난 모험에 대한 기억을 '리라이팅' 하느라 바쁘다. 게다가 새로운 세계에 대한 탐구심도 샘솟고 있다. 여기에는 허무가 끼어들 자리가 없다. 죽어 가는 순간에도 키하노는 한 번도 삶의 의지를 놓은 적이 없다.

허무는 사라진 꿈을 붙들려는 유령 같은 마음이다. 과거에 꿈꾸던 세상이 이제 더 이상 가능하지 않다는 게 자명해졌을 때, 그 미련을 갈무리하지 못할 때 허무하다는 기분이 든다. 왜 과거로부터 떠나지 못하는가? '새 책을 읽고 싶다'는 마음을 모르기 때문이다. 새 길을 찾지 못한 자가 옛 길에 매달린다. 바로 그런 마음이 돈키호테를 죽지 못하게 만든다. 어떻게 살아갈지 모르겠다는 두려움과 막막함을 돈키호테의 죽음에 투사하면서 역으로 그의 광기를 미화한다. 아, 그때 이 늙은 남자는 얼마나 확신에 차서 생동감 넘쳤던가! 뮤지컬 「맨 오브 라만차」는 키하노가 돈키호테로 '다시 미치게' 된 후에 죽게 된다는 결말로 이야기를 각색했다. 이것이 '삶의 의지를 놓은 적 없는' 키하노의 진면목을 보여 준다고 생각한 것이다. 결국 '맨 오브 라만차'는 돈키호테 데 라만차와는 달리 '미쳐서 살고 미쳐서 죽는' 수미일관의 운명을 맞이했다.

하지만 끝을 모르는 운명은 변화를 허락하지 않는 감옥과 같다. 어떻게 이 속에서 인간의 존엄성을 찾을 수 있는가? 평생 환상을 깨지 않고 사는 쪽이 더 행복하다고 한다면, 결국 우리는 한쪽 눈을 가리고 세상을 왜곡해서 보아야만 인생을 긍정할 수 있단 말인가? 이보다 더 허무주의적인 태도가 있는가? 어설픈 긍정과 미화는 감당할 수 없는 허무를 포장하는 덮개에 불과하다.

허무가 끝나지 않는 이유는 끝에 대한 사유가 부재하기 때문이다. 죽음을 직시할 능력이 없기 때문에 우회로를 택한다. 눈을 가리는 광기를 생명력의 본질인 양 여기고, 질주하는 행동력을 낭만이라 말한다. 그러나 그 힘이 생명의 일부일 수는 있어도 전부는 아니다. 생명과 죽음은 둘이 아니다. 무지에 갇히지도 않고 허망함에도 빠지지 않는 세계로 가려면 죽음에 대한 통찰을 반드시 통과해야 한다. 키하노가 아직 돈키호테이던 시절, 그와 산초는 죽음에 대해 의미심장한 대화를 나눴다. 마치 자신의 미래를 암시하는 것처럼 말이다.

> "연극이 끝나 의상을 벗어 버리면 모든 배우들이 우리와 똑같은 사람들이 되거든. (……) 그런데 연극에서 일어나는 일과 같은 일이 이 세상에서도 일어난단 말이야. 세상에서 어떤 자는 황제 역할을 하고 어떤 자는 교황 역할을 하는데, 결국은 모든 사람들이 연극에 등장할 수 있는 인물들이란 말이지. 하지만 연극이 끝나면, 그러니까 우리의 생명이 다하는 때가 되어서 말일세, 죽음이 모든 사람들에게 와서 사람들을 차별화했던 의상들을 벗기면 모두가 무덤 속에 똑같이 있게 되는 게지."
> "멋진 비유입니다요." 산초가 말했다. "비록 이런저런 기회에 여러 차례 들어 본 듯한 내용이라 그다지 새롭지는 않지만 말입니다요. 체스 게임의 비유처럼 말이죠. 게임이 계속되는 동안은 각각의 말이 자기 역할을 하지요. 하지만 게임이 끝나면 모두가 한데 뒤섞이고 뒤범벅이 되어 주머니 안에 들어가게 되는데, 이건 목숨이 다해 무덤 속에 들어가는 것과 같습니다요." 2권 12장

인생이 연극이라면 나는 특정한 역할을 맡은 배우다. 배역을 중간에 맥락 없이 바꿀 수는 없다. 연극이 한번 시작된 이상 이야기는 일관성 있게 이어져야 하기 때문이다. 그러나 더 넓은 시선에서 보면 이 일관성 또한 영원하지 않다. 죽음은 모든 이야기와 캐릭터를 평등하게 무화시킨다. 내가 살면서 겪었던 모든 시간을, 현실에서 눈 뜨고 꾸었던 '꿈'으로 만든다. 그러면 역으로 깨닫게 된다. 인생이 한 편의 연극이었고, 세상은 한 번의 무대였으며, '나'는 하나의 배역에 불과했다. 눈앞에 보이는 일상은 절대적 현실이 아니다.

이 깨달음 앞에서 두 가지 자유가 가능하다. 첫째는 배역을 고정시키지 않고 연극의 스토리를 변형시킬 자유다. 달리 말하면 '무엇이든 될 수 있는 자유'다. 민주주의와 평등주의가 이 꿈을 택한다. 모든 인간에게는 자기 인생을 개척할 권리와 능력이 있다고 주장하는 것이다.

그러나 이 자유는 인생에서 길을 잃었다고 느끼는 자에게는 부담스러운 족쇄가 된다. 자신의 무능력을 증명할 뿐이기 때문이다. 또, 이 자유 속에서는 죽음에 대한 통찰이 예리해지기 어렵다. 인생을 개척할 권리를 강조할수록 '내 인생'을 '내'가 완성했다는 사실에 집착하는 마음이 강해지고, 점점 인생이 하나의 꿈이었다는 사실을 받아들이기 어려워진다. 꿈꿀 수 있는 자유를 좇는 마음이 결과적으로는 꿈의 무상함을 부정하게 된다(그래서 '진보'와

'꼰대'의 정체성은 서로를 배척하지 않는다).

또 다른 자유도 있다. '아무것도 되지 않는 자유'다. 꿈꿀 수 있는 자유가 아니라 꿈에서 깰 수 있는 자유다. 이는 아무것도 하지 않겠다는 말이 아니다. 인생에서 하는 모든 것들이 언젠가 깨야 할 꿈이라는 것을 알 때, 우리는 '나'라는 이름을 실체가 아니라 일시적인 형식으로 삼을 수 있다. 내 인식 바깥에 존재하는 더 큰 세상, 광대한 우주를 만나러 가기 위한 뗏목으로서 활용하는 것이다. 그럴 때 우리는 아무것도 되지 않는 대가로 세상을 마음에 품을 수 있다.

이는 키하노가 우리에게 주는 마지막 선물이다. 그는 마지막 순간에 다른 독서에 전념할 시간을 허락받지 못했다. 그러나 자신의 초라한 자아를 부숴 버릴 단단한 지혜가 존재한다는 것을 깨달았다. 그리고 만약 자신에게 시간이 조금 더 있었더라면 이 지혜를 찾는 길을 갔으리라는 것을 알았다. 나는 이 깨달음만으로도 그때까지의 키하노의 시간 전부를 바꾸기에 충분했다고 생각한다. 의사 아툴 가완디는 죽는 순간까지 죽음을 수용하지 못하는 무수한 노년 환자들의 마음에 공감하면서 이렇게 말했다. "죽음을 의미 없는 것으로 느끼지 않게 할 유일한 길은 자신을 가족, 공동체, 사회 등 더 큰 무언가의 일부로 여기는 것이다. 그러지 않을 경우, 결국 죽을 수밖에 없다는 사실은 그저 공포로 다가올 뿐이다."아툴 가완디, 『어떻게 죽을 것인가』, 김희정 옮김, 부키, 2020, 198쪽. 키하노가 마지막 순간에 찾아낸 "더 큰 무언가"는 무지를 깨뜨리는 지혜였다. 온 세상을 사유하는 지혜보다 더 든든한 소속감을 줄 수 있는 것이 또 있을까?

돈키호테가 첫번째 자유를 주창했다면, 키하노는 두번째 자유를 보여 준다. 그렇지만 돈키호테와 키하노는 이율배반적인 관계가 아니다. 우리는 돈키호테가 되어야 키하노도 될 수 있다. 어떤 꿈이든 남김없이, 후회 없이 꾸어야만 비로소 그 꿈에서 완전히 깨어난다. 인생에서 진정 의미 있다고 할 만한 순간은 이런 방식으로 찾아온다. 무지가 깨질 때 일어나는 충격, 마음이 넓어질 때 발생하는 진동, 가슴을 후벼 파는 타인의 존재감. 이 모든 것이 내가 최선을 다해 붙들어 온 협소한 세계가 무너질 때 일어난다.

그때야 보게 된다. 내 세계가 붕괴하더라도 이 세상은 사라지지 않는다. 내 존재의 한계에 가닿아서야 우리는 비로소 '무한'에 대한 사유를 시작하게 된다. 그리고 무한에 대한 상상력을 품기 시작할 때에야 한계투성이인 유한한 나 자신 역시 광대한 세상의 맥락 속에서 긍정될 수 있다. 꿈에서 깨어나는 순간 마주하게 될 빛을 기대하며, 지금 당장 꾸고 있는 깜깜한 꿈속을 두려움 없이 들여다볼 수 있다.

이야기의 처음으로 돌아가 보자. 그 시작점에는 젊은 날의 세르반테스가 있었다. 실존을 갈구했던 청년은 삶의 거룩한 의미를 완성해 보겠다며 자신의 모든 것을 걸었고, 화끈하게 실패했다.

인생의 풍파와 제국의 몰락은 신의 명령을 따르겠다는 그의 단순한 믿음을 너덜너덜하게 만들었다. 결국 이상의 실현은 현실에서 불가능하고, 비루한 현실은 어떻게 해도 거룩해질 수 없는가? 그렇다면 남은 답은 '삶은 거기서 거기'라는 허무주의뿐인가?

청년 세르반테스의 질문에 노인 키하노가 대답한다. 아니다. 믿음을 내려놓는다고 해서 실존을 포기할 필요는 없다. 무너뜨려야 하는 것은 삶에 대한 희망이 아니라 나의 무지다. 그러면 무한히 뻗어 있는 인식의 지평선이 보이고, 계획이 엉망이 된 순간에도 "인생은 인생만의 계획이 있음"을 받아들이게 된다. 그러면 절대지(智)나 절대권력에 기대지 않아도 다시 살아갈 수 있는 힘을 얻는다. 나의 무지로부터 한 발짝 벗어나는 실천, 오직 그것밖에는 삶의 길이 없다는 것을 깨닫기 때문이다. 정신의 고립 상태에서 벗어나는 한 걸음은 타생명과 더욱 긴밀히 엮일 수 있는 존재의 여백을 확보한다. 세상은 광활하고 또 광활하므로 이 수행에도 끝이 없다. 이보다 더 생생한 실존의 방식이 있을까? 인간은 자신을 더 넓고 깊은 우주로 인솔해 주는 모든 가르침을 '거룩하다'고 표현해 왔는지도 모른다. 말년의 세르반테스는 굳이 종교를 언급할 필요가 없었을 테다. 시골길의 흙먼지, 들판의 돌과 풀, 동네 주민들의 수다 속에도 깃들어 있는 이 생명의 비밀을 좇고 있었을 것이다.

그렇게 『돈키호테』는 종교의 경계를 뛰어넘고, 시간과 공간도 뛰어넘어 모두의 영혼을 뒤흔드는 진동을 일으킨다. 돈키호테라는 이름은 정신이 경험하는 영원한 실패와도 같다. 우리는 헛발질에 헛발질을 거듭하며, 스스로 넘어지기 전까지는 사소한 것 하나 미리 깨닫지 못하는 폼 안 나는 인생을 산다. 그러나 실패가 반드시 패배를 의미하지는 않고, 믿음이 무너진 자리에 비로소 낯선 세계가 모습을 드러내며, 초월적 불변이 아닌 끝없는 반복으로서 다가오는 영원의 차원도 있다. 나는 이것을 살아 있는 돈키호테에게서 배웠다. 그리고 그가 죽어 묻힌 묘지에서 자유의 입구를 보았다. 꿈을 삶에서 실현하는 것만큼이나, 삶이 꿈이 되는 것 역시 지복이다. "**그러나 아직도, 그러나 아직도**… 시간의 연속을 부정하는 것, '나'를 부정하는 것, 거대한 우주를 부정하는 것은 언뜻 보아 절망스러운 것 같지만 은밀한 위로가 되기도 한다."호르헤 루이스 보르헤스, 「시간에 대한 새로운 논증」, 『또 다른 심문들』, 308쪽(강조는 원작자).

> 어떤 '무엇'이라는 것은 곧 그 외의 다른 모든 것이 아님을 의미한다. 이러한 진실로 인해 혼돈을 경험하게 되는 직관은 사람들로 하여금 '아무것도 아님'이야말로 '그 무엇이 되기'이며, 경우에 따라서는 '모든 것이 되기'가 아닐까 하는 상상을 가능케 한다. 이러한 허위는 권력을 포기하고 거리로 나가 동냥을 자처한 힌두스탄의 그 전설적인 국왕의 말 속에도 담겨 있다. "이제 내게 왕국이 없거나 무한한 왕국이 있으며, 이제 나는 내 한 몸에

속해 있지 않거나 내 모든 대지에 속한다." 호르헤 루이스 보르헤스, 「누구인가로부터 아무도 아닌 것으로」, 『또 다른 심문들』, 243쪽.

키하노는 실패했다. 그게 어쨌단 말인가? 세르반테스식으로 말하면 인생은 둘 중 하나다. 내가 성공했다는 착각 속에서 어둡게 실패하느냐, 나의 무지에 속지 않고 진실을 비추는 빛을 따라가며 즐겁게 실패하느냐. 실패를 두려워할 이유는 없다. '꿈'의 세계에서는 실패해서 괴로워하는 '나'가 이미 없기 때문이다. 돈키호테와 키하노는 우리에게 말한다. 기사소설보다 더 영양가 있는 책을 읽고 세상 속에 뛰어들라고. 자신보다 더 명랑하고, 더 지적이고, 더 인자한 이야기를 살아 보라고. 매 순간 얻는 깨달음으로 미래는 물론 과거의 기승전결까지 바꿔 보라고. 세상-읽기와 삶-쓰기는 하나다. 한 순간도 멈출 수 없는 그 길에서 『돈키호테』처럼 경쾌한 마지막 순간이 기다린다면 더할 나위 없을 것이다.

키하노의 생명은 며칠에 걸쳐 조금씩 사그라들었다. "돈키호테의 마지막이 왔다. 모든 종부 성사를 받고, 유효한 숱한 말로써 기사도 책들을 증오하고 난 다음이었다." 2권 74장 그가 살아 있었더라면 꿈꿨을 게 분명한 또 다른 모험들은 살아 있는 자들의 몫으로 남겨졌다. 하나의 생명, 하나의 이야기의 불꽃이 꺼져 가는 동안 집에서는 축제가 벌어졌다. 친구들은 눈물을 흘리다가도 포도주를 따라 건배를 했고, 음식을 먹고 수다를 떨고 게임을 했다. 키하노는 죽어 가면서도 돈키호테로 살았을 때처럼 주위 사람들을 행복하게 했다. 마침내 돈키호테의 시간이 끝났다. 『돈키호테』도 끝이 났다.

> 돈키호테는 착한 자 알론소 키하노였을 때나 돈키호테 데 라만차였을 때나 늘 온화한 성격으로 사람들을 기분 좋게 대해 주었고, 이로 인해 자기 집 사람들은 물론 그를 알고 있는 모든 사람들로부터 무척 사랑을 받았던 것이다. 2권 74장

아우트로

꿈은 언제나 현실이다

지금 나는 충무로역 근처 카페에 앉아 있다. 원고의 빈 부분을 채우려고 머리를 싸매고 있는 중이다. 쾌적한 에어컨과 카페인의 힘을 빌려 보지만, 아, 역시 글쓰기는 어렵다! 갑자기 짜증이 팍 난다. 특히 얼굴에 쓴 마스크가 거슬린다. 얇은 덴탈 마스크이긴 하지만, 벗을 수 없다고 생각하는 순간 갑자기 답답해진다.

그때 불현듯 어떤 장면 하나가 머릿속을 지나갔다. 쿠바에서 당장 쓸 마스크도 없어서 쩔쩔매며 티셔츠로 천 마스크를 만들던 기억이었다. 그것도 겨우 몇 개월 전에 말이다. 어떻게 이를 새까맣게 잊고 있었을까? 그뿐이 아니었다. 팬데믹이 벌어지기 전, 세계 여기저기 사는 친구들을 방문하겠다고 계획 세우기에 열을 올리던 기억도 아득하게 지나갔다. 갑자기 내가 지금까지 겪은 모든 일들이 꿈처럼 느껴졌다. 여기 카페에 앉아 있는 사람들은 팬데믹 속에서 비어 가는 쌀독 걱정을 해야 하는 쿠바를 상상할 수 있을까? 바이러스에 대한 걱정 없이 사방팔방 싸돌아다녔던 뉴욕에서의 뜨거운 여름은 과연 되돌아올 것인가? 나는 그 모든 장소에 있었으나 이제는 내 몸조차 기억들을 잘 실감하지 못한다.

과거가 희미한 잔상이 되는 것은 자연스러운 일이다. 원래 현실은 언젠가 사라지고 말 꿈이니까 말이다. 오히려 그 반대가 문제다. 내가 해야 할 일은 감상에 푹 젖어 과거를 회상하는 것이 아니라, 그때부터 지금까지 사라지지 않고 계속 발목을 잡고 있는 사건이 무엇인지 생각하는 것이다. 다른 게 아니라 그것이 위기이기 때문이다. 어려운 순간과 맞닥뜨렸다면, 내가 겪은 시시콜콜한 불행이 아니라 시공을 뛰어넘어 모두에게 반복되고 있는 본질적인 위기에 집중해야 한다.

나는 짧지 않은 유랑생활을 통해 이 사실을 배웠다. 세상이 '어떤 곳'이라고 정의하는 일은 내 좁은 식견으로 불가능했고, 내 얄팍한 경험을 통해 나를 거쳐 간 사람들을 '어떤 자'라고 판단하는 것 역시 주제넘었다. 그러나 다종다양한 사람들이 차이를 뛰어넘어 서로를 만나게 되는 순간은 분명 있었다. 바로 인간의 마음이 공통으로 겪고 있는 정신적 위기 속에서였다. 이 위기는 멈춘 적이 없다. 팬데믹이 오기 전의 활기찬 뉴욕에서도, 팬데믹 앞에 휘청거리는 쿠바에서도 마찬가지다. 한국에서 여유롭게 커피를 마시고 있다 해도 내 삶이 자동적으로 자유로워지는 것은 아니다.

나는 그동안 어떤 위기를 맞닥뜨렸던가? 첫번째 모습은 연결이 만든 고립이었다. 21세기의 세상은 스마트폰 속에 다 담을 수 있을 만큼 구석구석 연결되었다. 이 연결망은 모든 층위에서 구축되지 않는다. 물질과 기술은 번개처럼 이루어지는 반면, 사람과 사람 사이는 쉽게 연결되지 않는다. 오히려 이방인을 향한 무관심, 적개심, 좌절감은 나날이 강해지고 있다. 평범한 인식능력으로는 이제 세상의 움직임을 전부 쫓아갈 수 없는 지경에 이르렀기 때문이다. 하룻밤 자고 나면 세상은 이미 변해 있다. 내 인식 바깥에 있는 '모르는 세계'가 일상 내부로 침범한다면, 나는 제자리에 서 있더라도 길을 잃게 된다. 자신을 세상과 연결시키는 방법을 잃어버렸다는 것 자체가 이미 고립이다. 인식의 길이 끊어졌는데 정서가 연결될 리가 없다. 공감이 일어날 리가 없다. 타인은 이 심난한 상황을 상기시키는 불쾌한 표지판에 불과해진다.

길을 떠도는 동안 길 잃은 청년들을 많이도 만났다. 아니, 청년들뿐만이 아니다. 세대와 국경을 막론하고 이제는 모두가, 언제든, 어디서든 길을 잃을 수 있는 조건 속에서 산다. 이 고립 상태는 이야기의 빈곤함으로 증명된다. 영화, 소설, 음악 같은 수많은 콘텐츠들이 자유 시간을 채우고 있다. 하지만 정작 일상의 이야기는 파편화되어 있다. 우선 주제가 빈곤하다. 초고속으로 연결된 세계를 살고 있음에도 정신세계는 단조롭다. 그 안에는 자의식, 친구, 가족 몇 명, 그리고 돈이 있다. 동물, 식물, 대지, 공기, 병, 죽음, 우주…는 없다. 서사 역시 빈곤하다. 내가 쿠바에서 만난

제3세계 청년들은 융합의 지성에 야생의 신체까지 갖춘 보석 같은 친구들이었다. 그러나 이들은 대부분 동일한 꿈을 꿨다. 집을 가지고, 차를 가지고, 좋은 직업을 찾아, 제1세계로 이민 가는 것. 그것만이 인생에서 길을 잃지 않는 방법이라고 여겼다(전 인류가 미국 사람처럼 자원을 소비한다면 지구가 세 개는 더 필요하리라는 말은 이제 현실이 되었다. 그러나 이 이야기를 한다 해도 '공감'을 얻기는 어렵다. 대다수가 '지구'를 '내 세상'으로 여기지 못하기 때문이다).

공간이 조각조각 쪼개져 마음의 공감능력을 고갈시킨다면, 경직된 시간은 마음의 치유력을 틀어막는다. 정해진 트랙에서 한 발짝만 벗어나도 '의미'를 잃어버리는 허약한 인생을 사는 이유가 여기에 있다. 오늘날 현대 사회가 시간에 의미를 부여하는 가장 보편적인 방식은 더 나은 미래, 즉 진보를 상정하는 것이다. 인생이 앞으로 더 좋아질 것이기에 아직은 살 만하다! 이 믿음에는 약점이 있다. 상황이 악화되는 순간 삶의 의미도 곧바로 상실된다는 점이다. 그래서 미래 담론은 늘 종말론과 낙관론 사이를 왕복 달리기 한다. 과학기술이 우리를 멸망시킬 것인가, 보호할 것인가? 새 경제 정책이 청년들의 절망이 될 것인가, 희망이 될 것인가? 혁명이, 개발이, 백신이 과연 우리를…?

'만인'이 '영원히' '더 좋은(혹은 더 나쁜)' 삶을 누린다는 약속이 애초에 실현 불가능하다는 점은 차치하겠다. 그보다 더 본질적인 문제가 있다. 진보의 시간관은 끝을 사유하지 않는다. 죽음은 이 시간관 속에서 해결될 수 없는 주제다. 어차피 다 죽을 거라면 왜 열심히 살아야 하는가? 그런데 끝을 사유하지 않으면 치유 역시 사유할 수가 없다. 죽은 세포가 대체되어야만 새 살이 자라는 것처럼, 상처 난 시간도 폐기되고 다시 생성되는 과정을 거칠 때에야 치유된다. 끔찍한 사건을 겪고 인생이 꺾이더라도, 그 후 내가 취하는 태도가 사건의 본질을 바꿀 수 있다고 믿는다면 다시 시작하는 일은 가능하다. 치유는 원상태로 돌아가는 것이 아니다. 죽고 다시 태어나는 재생의 경험 속에서 발생하는 힘이다. 이 힘을 위해서 예부터 신화와 종교, 운명학은 인간이 시간의 의미를 재창조할 수 있도록 일상을 초월하는 외연을 제공해 왔다. 그에 반면 진보의 시간은 인색하다. 단 한 번의 기회밖에 주지 않는다. 과거-현재-미래라는 일직선의 실체에 묶인 탓이다. 이 시간관은 우리에게 인생을 개척할 자유를 주지만, 사실 이는 인생을 다시 시작할 자유를 박탈하는 자유다.

많은 이들이 원하는 것을 다 가졌는데도 행복하지 않다고 고백한 이유가 바로 이것이다. 경직된 인생은 선택할 수 있는 경우의 수가 몇 개 없다. 그래서 수많은 것들을 손에 그러모아도 충분하지 않은 것 같고, 내가 과연 잘 살고 있는 것인지 강박적으로 점검해도 불안이 가시지 않는다. 괴로운 과거는 되돌릴 수 없으므로 트라우마가 된다. 앞으로 닥칠 미래는 대비할 수 없으므로 두려움이 된다. 그러다가 아무 준비 없이 생의 마지막을 맞이한다면 존재는 최고로 나약해진다. 백신이 개발되더라도 다음 번 팬데믹에 대한 공포까지 치료할 수 없는 것처럼, 시간의 상상력을 잃은 자는 삶의 주도권을 쥐기 어렵다.

조각나 버린 공간, 치유되지 않는 시간, 그 위에서 구명조끼처럼 붙들 수밖에 없는 몇 가지 집착들. 이것이 내가 만난 세계를 지탱하던 정신의 허약한 지반이었다. 나는 타자와 만나기를 소망했으나, 내가 그들과 진정으로 맞닿아 있었던 장소는 결국 우리가 공유하는 무지였다. 물론 일견에서는 인류에게 '이민문제'와 '환경문제'와 '불안문제'까지도 (우리는 문제의 본질을 외부 탓으로 돌리는 일을 기막히게 잘한다) 해결할 이성의 능력이 있다고들 한다. 과학자 데이비드 봄의 말마따나 "우리가 진실로 이성적이라면 문제를 해결할 수도 있겠다. 그러나 우리가 그리 이성적이지 않다" 데이비드 봄과 데이비드 스즈키의 1979년 대담 : https://youtu.be/r-jI0zzYgIE는 것, 이게 문제의 핵심이다. 신의 마음을 잊어버린 호모 사피엔스는 신의 지식을 소유하고자 한다. 소유한다 한들, 세계관 자체가 깊은 무지에 기반해 있다면 어떻게 세계를 바꾸겠는가? 어떻게 스스로를 감당하고 구원하겠는가?

이 총체적 난국을 한 줄로 요약한다면 이야기를 만드는 능력의 부재가 된다. 나와 타자와 세계를 연결하는 인식의 부재 말이다. 이 인식은 거창한 게 아니다. 엄청난 양의 지식을 쌓거나 대단한 경험을 해야 하는 것도 아니다. 작은 공동체에서 제한된 경험을 하며 사는 사람도 '이야기꾼'이 될 수 있다. 중요한 것은 규모가 아니라 안팎을 연결하려는 욕망과 실천이기 때문이다. '나'와 '타자', 내가 겪어 온 시간과 그렇지 못한 시간 사이의 연결고리. 이 욕망은 살아 있는 존재라면 모두 지니고 있다. 고립된 상태에서 말 못할 가슴을 안고 사는 사람은 자기 자신이 제일 괴롭다.

내게 이 사실을 가르쳐 준 책이 『돈키호테』였다. 이 책은 이야기에 대한 이야기다. 기사소설과 성경의 구절들, 로망스 시(詩)와 농민들의 속담, 구구절절한 인생사까지 각종 서사들이 넘쳐흐른다. 이야기꾼 중에는 (『돈키호테』에서는 한 명도 빠짐없이 모두들 이야기꾼이다) 고립감이나 불안함에 사로잡힌 인물이 없다. 특히나 이 생기를 경쾌하게 보여 주는 인물은 돈키호테와 세르반테스다. 이 둘은 스스로의 무지의 장벽을 깨뜨려 세상에 가닿을 때까지 지치지 않고 달렸다. 그리고 그 과정에서 겪은 모든 실패들은 유쾌한 이야깃거리가 되었다.

『돈키호테』가 나눠 준 지혜는 나의 경험을 다시 돌아보게 했다. 이십대를 서울, 뉴욕, 아바나를 돌아가면서 보내며 나는 각양각색의 사람들을 스쳐 지나갔다. 그들의 마음의 상처와 복잡한 기억을 엿보는 행운도 누렸다. 가만히 있어도 길을 잃는 시대에, 삶은 어디서든 공짜로 주어지지 않았다. 그런데 이런 상황에서도 힘을 내서 살아가는 사람들은 다들 이야기를 잘했다. 그들은 아무리 힘든 일상이라도 다른 사람들과 나눌 만한 팔딱팔딱한 이야기로 바꾸어 내었다. 이야기 속에서는 의무와 피로로 점철된 시간도, 사방으로 파편화되어 있는 공간도 극복되었다. 다른 사람들과 함께 이야기에 귀 기울이는 그 시간이 그들을 다시 살아가게 만들었다. 반면 이야기의 향연에 참여하지 못하고 겉도는 사람들은 자주 아팠다. 몸뿐만 아니라 마음이 아팠다.

정신과 의사 콜크는 트라우마 환자들에 대해 이렇게 말한다. "지금 있는 곳에 온전히 머무르지 못하면 자연스레 살아 있다고 느낄 수 있는 곳으로 가게 된다. 그 장소가 공포와 고통으로 가득한 곳이라 해도 마찬가지다."베셀 반 데어 콜크, 『몸은 기억한다』(ebook), 2부 4장. 공포와 고통으로 가득한 기억이 잔존하게 되면 그것이 정체성이 되어 버린다. 이야기로 나눌 수 없는 기억은 병이 된다. 콜크는 환자들이 고인 기억을 평범한 삶의 이야기로 재구성할 때까지 참을성 있게 동행한다. 이야기는 도주하는 기억, 도주하는 시간이다. 남에게 들려주는 이야기를 구성하려면 객관과 주관의 경계를 자유자재로 넘나들어야 한다. 내 개인적인 감정에 매여서는 안 되지만 동시에 상황의 흡인력도 유지해야 한다. 무엇보다 사건의 의미가 세상에 참여하도록 이야기를 완성시켜야 한다. 내가 무엇을 겪었든, 그것은 수많은 시공간, 수많은 세대에서 반복되어 온 '한 사건', '한 비극', '한 희극'이다. 누구에게도 들려주지 못할 '나만의 괴로움'이 아니다. 만약 이런 룰을 따라서 이야기를 만들 수 있다면, 세상과의 연결고리를 이미 어느 정도는 복구한 것이다.

우리에게 주어진 삶은 지금 이 순간뿐이다. 미래는 아직 오지 않았고, 과거는 이미 사라졌다. 그러나 그 한 순간이 영원처럼 깊다. 끊임없이 재구성되는 풍요로운 기억이 과거가 되고, 불현듯 찾아오는 예감이 미래가 될 수 있다. 활발히 살아 있는 마음은 순간을 확장시켜 나를 우주와 연결시키는 '한 편의 이야기'를 탄생시킨다. 이야기는 시공을 재탄생시키는 예술이고, 우리는 이 예술을 일상 속에서 매일같이 실천한다. 그러므로 기억은 변하는 게 당연하다. 변해야만 한다. 우리가 의미를 얻는 현실은 퍼뜩 깨어나면 사라지고 말 꿈처럼 가벼워야 한다. 그래야만 계속 살아갈 수가 있다.

끝을 긍정하는 이야기에는 생로병사의 굽이굽이를 넘어갈 힘이 있다. 상처를 치유할 때는 물론이고 죽음을 수용할 때도 필요한 힘이다. 현대 의학은 오로지 생존에만 초점을 맞춘다. 죽음은 곧 의학의 패배와 같다. 이런 마음으로는 최선을 다해 수백 명을 살리더라도 단 한 명의 죽음 앞에서 상심하고 또 탈진하게 된다. 『페스트』의 의사 리유처럼 성실성만으로 '실존의 부조리'를 견뎌 낼 수 있는 의사는 거의 없을 것이다.

그러나 죽음이 고립된 사건이 아니라는 것을 경험하는 순간 이야기는 달라진다. 말 그대로 삶의 '이야기'가 달라진다. 키하노의 죽음이 『돈키호테』를 읽는 우리들에게 새로운 사유를 선물하며 유쾌하게 마침표를 찍은 것처럼, 한 사람의 죽음은 다른 수많은 이의 삶의 밑거름이 될 수 있다. 이 마법을 목격할 때 우리는 비로소 '낮의 반대는 밤이고, 삶의 반대는 탄생'이라는 티베트 고원의 속담 앞에서 머리를 숙이게 된다. 이야기는 우리 모두가 이 세상에서 연결되어 있다는 확신을 준다. 아니, 연결되어 있는 우리들이 곧 세상이다.

이 사실과 만나기 위해서 우리는 길을 떠나야 한다. 『돈키호테』가 친절하게도 '기승전결'을 하나씩 알려 주지 않았는가? 가장 먼저 할 일은 지금까지 머무른 자리를 떠나는 것이다. 여기에 독서만큼 좋은 방법은 없다. 책은 길을 떠나는 초입까지 우리를 인도한다. 그러나 인도는 딱 거기까지다. 이 길은 직접 떠나지 않으면 의미가 없다. 그리고 마침내 길에 나섰다면 중간에 멈추지 말아야 한다. 나밖에 모르고 살았던 '꿈'에서 깨어나, 나도 모르는 사이에 나를 살게 해준 세상에게 시선을 돌려, 그것이 '꿈'이었다며 비로소 홀가분하게 이야기할 수 있을 때까지 말이다. 꿈을 꾸는 삶은 아름답다고 한다. 그러나 실상 우리는 가장 아름답지 않은 시간을 겪을 때조차 꿈을 꾼다. 찬란한 희망이든 깜깜한 악몽이든, 그것이 내 의지이든 아니든, 내가 붙들려 있는 꿈이 곧 내 마음이 사는 현실이다. 그러므로 꿈을 깨러 가는 길은 흥분과 떨림으로 가득하다. 그 길은 다른 나, 다른 존재, 다른 세계를 만나러 가는 길이다.

"그 길로 가는 게 나에게는 거의 어쩔 수 없는 일이며, 따라서 온 세상이 반대하더라도 나는 그 길로 가야만 한단다. 하늘이 원하고, 운명이 명령하고, 이성이 요구하며, 무엇보다 내 의지가 원하는 것을 싫어하도록 설득해 봐야 헛수고하는 것으로 결국 너희들이 지치고 말 것이야. 편력기사들에게 따라붙는 고생은 셀 수 없을 정도로 많지만 또한 그것으로 얻는 행복도 무한하다는 것 역시 나는 알고 있단다. (……) 널찍하고 탁 트인 악의 길은 죽음으로 끝나고, 좁고 험난한 덕의 길은 생명으로 끝나지. 언젠가는 끝날 생명이 아니라, 끝이 없는 생명으로 말이야." 2권 6장

세르반테스와 돈키호테의 길은 "끝이 없는 생명"의 길이다. 그들은 끝의 미덕은 새로운 시작이라는 사실을 온몸으로 보여 주었다. 이야기에는 끝이 있어 좋다. 인생에도 끝이 있어 좋다. 꿈은 깨기 위해 있는 것이고, 생은 떠나기 위해 있는 것이다. 세르반테스는 레판토 해전의 꿈에서 깨어났고, 돈키호테는 기사소설의 꿈에서 깨어났다. 나 역시 지구가 꾸는 짧은 꿈이다. 앞으로 어떤 꿈에서 깨어나게 될지 궁금할 뿐인데, 최소한 그 꿈이 악몽이 아니라면 좋겠다. 내가 기운차게 걸어온 길이 다른 생명에게 상처를 주는 길은 아니기를 바란다. 그렇게 생각하면 역시 성공하기보다는 멋지게 실패하는 쪽이 더 좋을 것 같다.

그리고 나는 궁금하다. 소중한 사람을 잃거나, 전쟁 통에 팔

다리를 잃거나, 부조리 앞에서 목소리를 잃는 순간을 통과하면서도 계속 살아가는 사람들의 힘과 그 이야기가 궁금하다. 이런 경험과 기억이 상처나 불안, 분리와 혐오가 아니라 "끝이 없는 생명"의 이야기로 만날 수 있는 세상 역시 궁금하다. 위기가 없는 세상은 없지만 역시 웃음이 없는 세상도 없다. 돈키호테와 산초에게서 배운 생명의 힘이 나를 또 한 걸음 옮기게 만든다. '나'와 '세상'을 구분 지을 수 없는 끝없는 생명의 길 위에서.

[부록]

산초 판사의 말말말

스페인 마드리드의 에스파냐광장에 있는 세르반테스 기념상 앞의 돈키호테와 산초 조각상

혹시 여기, 책을 읽으면서 돈키호테보다 산초에게 더 눈길이 가셨던 분들이 계신가? 지극히 정상이라고 말씀드리고 싶다. 『돈키호테』 마니아들 사이에서 산초 팬덤은 돈키호테 팬덤만큼 거대하다. 신기한 일이다. 돈키호테는 기사소설을 읽다 미쳐 버렸다는 특징이라도 있었다. 그에 비해 산초는 시골 농부일 뿐이다. 평생 책 한 권 읽어 본 적 없는 까막눈에, 적지 않은 나이에, 키는 작고 배만 나온 아저씨다.

그렇지만 이 중년의 남자, 알고 보면 마성의 남자다. 산초를 만난 남녀노소 모두가 그에게 넘어가기 때문이다. 산초의 유일무이한 무기는 웃음이다. 산초의 행동거지와 입담을 보고 있으면 누구든 웃겨서 견딜 수가 없다. 웃음을 억지로 자아내는 것도 아니다. 산초는 자기가 가진 특성을 있는 그대로 활용한다. 무식함은 체면을 벗어던지고 현실을 있는 그대로 포착하는 투명함이 된다. 남산만 한 뱃살은 어디서나 잘 먹고 잘 자는 긍정의 신체를 상징한다. 게다가 속내를 못 감춘다는 점은 주인과 꼭 닮았다. 겁도 많아서 별것도 아닌 일에 간이 콩알만 해지지만, 목구멍까지 올라온 말은 주저 않고 뱉어 줘야 직성이 풀린다.

산초의 최강의 매력은 말솜씨다. 돈키호테가 걸어 다니는 기사소설이라면 산초는 생활어휘의 연금술사다. 스페인어에 존재하는 모든 속담을 혓바닥에 총알처럼 장전했다가 쏘아대는 것 같다. 산초의 언어는 그의 육중한 몸매와 다르게 아주 가볍다. 어떤 무거운 관념에도 사로잡히지 않고, 어떤 터부도 상정하지 않는다. 각 상황마다 즉각적으로 튀어나오는 '신체의 소리'를 그저 솔직하게 담아낼 뿐이다. 다른 이들도 느끼고 있었지만 차마 소리 내어 담아내지 못했던 말들을!

산초의 매력을 단번에 소개하기는 쉬운 일이 아니다. 산초의 빛나는 명대

사들은 원작 『돈키호테』에 산발적으로 흩어져 있기 때문이다. 그래서 아쉬운 마음에 준비했다. 우리의 독서에 맛깔난 디저트가 되어 줄 부록, 「산초 판사의 말 말 말」이다. 일상의 모든 것을 구수한 판소리로 바꿔 버리는 산초의 마법을 '날것 그대로' 음미해 보자. 마음에 드는 표현이 있다면 외워서 적재적소에 써먹어 보는 것도 좋다. (그래도 여전히 아쉬움이 남는다면 이제는 정말 원작 『돈키호테』를 읽어 볼 때다!)

1. 돈키호테와의 '썰전'

1) 발칙한 말대답

산초는 돈키호테의 말에 귀 기울이는 청자다. 그렇다고 해서 주인의 설교에 무조건 동의하는 바보는 아니다. 산초는 꼬박꼬박 말대답을 한다. 게다가 이 말대답이 발칙할 때가 잦다. 산초의 반문이 돈키호테의 말문을 막는 일은 예사요, 돈키호테가 산초의 발상에 탄복하며 자기 의견을 바꾸는 경우도 있다. 인자한 돈키호테는 종자의 이런 태도가 무례하다고 받아들이지 않는다. 덕분에 둘의 다이내믹한 '티키타카'가 길 가는 내내 끊이질 않는다.

√ 불행한 수행은 거부한다

모험 초반부, 돈키호테의 말 로시난테에게 불상사가 벌어졌다. 암말에게 괜히 집적거리다가 마부들에게 두들겨 맞은 것이다. 이를 본 돈키호테는 대로하며 달려들었고 산초도 엉겁결에 휩쓸리지만, 마부들은 이 두 사람까지 묵사발로 만든다. 돈키호테는 땅바닥에 너부러진 채 이 치욕스러운 불행을 가련하게 미화하려 든다. 원래 "기사도 수행에 없어서는 안 될 일"이라고…. 그러나 산초는 촌철살인의 말로 찬물을 끼얹는다. 말도 안 되는 합리화는 집어치우세요!

"나리, 이런 불행들이 기사도 수행 때문이라면, 이런 일이 아주 자주 일어나는 것인지, 아니면 일정한 기간에만 일어나는 것인지 말씀 좀 해주세요. 하느님께서 한없는 자비로 저희들을 구해 주지 않으시면

세번째는커녕 두 번의 수행만으로 아예 쓸모없는 인간이 될 것 같아서 말입니다요." (1권 15장)

✓ 고통의 시간에 대한 두 가지 입장

마부들에게 얻어터진 후 산초는 돈키호테에게 자신의 문제는 모욕이 아니라 고통이라고 말해 준다. 여기도 아프고, 저기도 아프니, 아이고 내 신세야…. 돈키호테는 시간 속에서는 고통의 기억마저도 고정되지 않는다는 철학적 위로로 산초를 달래려 한다. 그러자 산초는 동일한 사실로부터 정반대의 결론을 끌어낸다. 그 말인즉 결국 그 시간을 기다리는 동안은 고통스럽다는 뜻 아닌가? 이 둘의 대치는 고통의 시간을 상반되게 기억하는 '정신'과 '신체'의 불일치처럼 보이기도 한다.

"칼에 손을 대자마자 소나무로 제 어깨를 후려치는 바람에 앞이 깜깜해지고 다리 힘도 풀려 지금 제가 누워 있는 이 자리에 쓰러지고 말았습니다요. 그 말뚝 찜질이 모욕이었는지 아니었는지 전혀 생각할 필요가 없는 이 자리로 말입니다요. 두들겨 맞은 게 너무 아파서 매질은 제 등판만이 아니라 기억에도 확실하게 새겨질 겁니다요."

["그렇다 하더라도 자네가 알아 둬야 할 것은, 판사여…." 돈키호테가 말했다. "세월과 함께 잊히지 않는 기억은 없고, 죽음과 함께 끝나지 않는 고통은 없다는 걸세."] "아이고, 그렇게 불행할 수가!" 판사가 대답했다. "기억이 잊히도록 세월을 기다려야 하고 고통을 끝내 주는 죽음을 기다려야 한다니 말입니다요. 우리의 이 불행이 고약 두어 개로 나을 만한 것이라면 그렇게 나쁠 것도 없지만, 제가 보기에는 의원에 있는 고약을 다 써도 이 불행을 제대로 잡기는 힘들 것 같습니다요." (1권 15장)

√ 손보다 발이 필요한 순간을 포착하라

'불한당들의 이야기'를 기억하는가? 돈키호테가 반역죄를 무릅쓰고 죄수들을 도와줬다가 도리어 봉변당한 사연을 말이다. 성스러운 형제단이 쫓아올까 걱정되었던 산초는 주인에게 산으로 숨자고 제안한다. 분노로 가득 찬 돈키호테는 도주자가 되지 않겠다며 고집부리지만, 산초의 말을 들은 후에는 아무 말도 하지 않고 말 위에 올라탄다. "손보다 발이 더 필요"한 순간을 포착해 내는 산초의 생존본능을 인정한 것이다.

"물러나는 것은 달아나는 것이 아니며, 위험이 희망을 앞지를 때 그저 기다리고만 있는 것은 분별 있는 행동이 아닙니다요. 지혜로운 자는 내일을 위해 오늘을 삼갈 줄 알고, 하루에 모든 것을 모험하지 않습니다요. 저는 촌것에 천한 놈이긴 하지만요, 사람들이 말하는 처신이라는 것이 어떤 것인지는 아직 알고 있다는 것을 알아주십쇼. 그러니 제 조언을 받아들이기로 한 생각을 바꾸지 마시고, 타실 수 있다면, 아니면 제가 도와 드릴 테니 로시난테에 오르셔서 저를 따라오세요. 눈치로 보아하니 지금부터는 손보다 발이 더 필요합니다요." (1권 23장)

√ 스타가 되는 지름길

산초는 기사도가 무엇인지 모른다. 편력기사가 되고자 하는 돈키호테의 열정도 이해하지 못한다. 그가 알고 있는 것은 단 한 가지뿐이다. 그 길이 부와 명성을 가져다줄 '인생역전의 동아줄'이라는 것! 한데 실제로 모험에 나서 보니 이 길도 만만치 않다. 고생만 잔뜩 하고 돌아오는 이득은 너무 적다. 만약 인생역전을 이뤄 줄 더 짧고 쉬운 길이 있다면, 노선변경을 하는 것도 괜찮지 않을까? 예를 들면 만인에게 칭송받는 '스타 고행자'가 되는 것은 어떨까?

"제가 말씀드리고자 하는 건요…" 산초가 말했다. "우리도 성자가 되면 훨씬 더 간단하게 우리가 얻고자 하는 명성을 얻을 수 있을 거라는 얘깁니다요. 나리, 어젠가 그저껜가—여하튼 최근의 일이니까 이렇게 말해도 되겠죠—두 맨발의 사제가 성자인지 복자인지의 반열에 올려졌는데요, 그 사람들이 자신의 몸을 동여매고 고통스럽게 했던 쇠사슬 말이에요, 그게 지금은 사람들이 입을 맞추거나 만지거나 하는 걸 대단한 행운으로 여기는 그런 물건이 되었다니까요. (……) 거인이나 요괴나 반인반수의 괴물에게 창을 2천 번이나 휘두르는 것보다 채찍질을 두 다스 맞는 편이 하느님한테는 더 낫다니까요." (2권 8장)

✓ 그냥 빨리 결혼해!

원작 『돈키호테』를 보면 도로테아가 돈키호테에게 청혼하는 장면이 있다. 기사소설에서는 공주와 기사가 결혼하는 일이 흔하기 때문에 '미코미콘 왕국의 공주'로서 청혼을 약속한 것이다. (이는 진심이 아니라 돈키호테를 놀리려는 작당이었다.) 돈키호테는 정중하게 거절한다. 편력기사로서 도로테아를 진심으로 돕겠지만, 둘시네아를 향한 순정을 버릴 수는 없다는 게 이유였다. 그 순간 옆에 조용히 있던 산초가 폭주해 버린다. 우리 주인님, 정말 미친 게 아닐까? 이렇게 손쉽게 '섬'을 얻을 수 있는 기회를 내치시다니!

"세상에 이럴 수가 있단 말입니까요, 돈키호테 나리! 나리께서는 머리가 완전히 도신겁니다요. 어떻게 이분처럼 높으신 공주님과 결혼하는 걸 주저할 수 있단 말입니까요? (……) 그렇게 나리께서 바다에서 알뿌리를 캐려고 하신다면야 제가 기다리던 백작 지위도 영토도 다 틀린 일이네요. 결혼하세요, 얼른 결혼해 버리세요. 사탄에게 잡혀가도 좋습니다요. 공짜로 그저 주어져 손안에 들어온 왕국인데 가지셔야죠. 왕이 되셔서 저를 후작이나 영지의 주인으로 만들어 주셔야죠. 그러고 난 다음에야, 악마가 왕국을 다 가져가든 말든 무슨 상관이래요."
(1권 30장)

2) 후한 애정, 박한 평가

산초는 돈키호테를 평가할 때 평소보다 배는 더 솔직해진다. 그의 묘사는 민망할 정도로 객관적이다. 그렇다고 해서 산초가 일부러 돈키호테를 짓궂게 골려 먹는 것은 아니다. 산초는 돈키호테를 향해 충심을 넘어서 우정의 마음을 품는다. 돈키호테의 진가를 남들에게 설명할 때는 그에 대한 애정이 뚝뚝 묻어 나온다. 후한 애정과 박한 평가의 교차라니, 이것이야말로 정말 친한 사이에서만 나오는 '케미'다.

√ 우리 주인을 짝사랑하다니, 정녕 미친 걸까?

돈키호테와 산초가 공작의 저택에 머물 때의 일이다. 알티시도라라는 시녀는 돈키호테를 놀려 먹기 위해 그에게 한눈에 반한 척을 한다. 그리고 적극적으로 구애 작전을 펼친다. 젊은 아가씨의 당돌함에 돈키호테는 안절부절못한다. 둘시네아를 위해 지금껏 지켜 온 내 순결을 잃게 되면 어떡하지? 이 둘을 옆에서 지켜본 산초는 기가 막힐 뿐이다. 이 아가씨도 살짝 미친 게 아닐까?

"세상에, 어쩜 그리 대리석 같은 심장에, 쇠 같은 마음에, 횟가루로

반죽해 만든 영혼이실까! 그 시녀가 나리한테서 대체 무엇을 보았기에 그만 넘어가 굴복하고 말았는지 도무지 알 수가 없단 말씀입니다요. 나리의 어떤 복장이, 어떤 용감함이, 어떤 우아함이, 어떤 얼굴이 각각 혹은 모두 합쳐져 그녀를 반하게 했는지 말예요. 정말이지 제가 몇 번이나 나리를 머리끝에서 발끝에서 살펴보려고 멈춰 서고 해봤는데요, 제 눈에는 반하게 하기보다는 오히려 놀라게 할 것들만 보였거든요. 그리고 제가 들은 바에 의하면 사랑에 빠지게 되는 제일 중요한 요인은 아름다움이라고 하던데, 나리께는 아름다운 구석이 전혀 없으니 그 불쌍한 여자가 무엇에 반했는지 도무지 알 수가 없단 말씀입니다요." (2권 58장)

√ 미치광이 주인이라도 나의 주인

공작부인은 산초와 단둘이 있는 틈을 빌려 질문한다. 왜 산초는 어리석은 돈키호테를 주인으로 모시는 걸까? 그가 미치광이라는 사실을 눈치채지 못한 걸까? 참고로 이 질문은 산초가 섬의 통치자가 될 만한 인재인지 가늠해 보는 테스트였다. 이에 산초는 감동적인 대답을 한다. 섬의 통치자가 되는 것보다 마음씨 착한 주인과의 의리를 지키는 것이 훨씬 더 중요하다는 것이다. 또한 산초는 거기서 멈추지 않고 겉모습으로 사람을 판단하려 드는 공작부인의 "분별이 있는" 마음을 우회적으로 비판한다. 이 정도의 인성과 지성이라면 통치자가 될 자질이 충분하다 하겠다.

"제가 분별이 있는 인간이라면 오래전에 제 주인을 떠났을 겁니다요. 하지만 이게 제 운명인걸요. 나빠도 운명이니 어쩔 수 없는 거예요. 그저 그분을 따를 수밖에요. 우리는 같은 마을 출신에, 저는 그분의 빵을 먹으며 살아왔고, 그분을 무척 좋아합니다요. 그분도 그걸 고맙게 생각하셔서 저에게 당나귀 새끼를 주셨지요. 무엇보다도 저는 충직한 사람입니다요. 그러니 삽이나 괭이를 쓰는 일이 아니면 어떤 일도 우리 두 사람을 떼어 놓을 수 없답니다요. 만일 귀하께서 약속하신 섬을 제게 주기 싫으시다면 하느님도 절 부족하게 하셨던 만큼, 그걸 주시지 않는 게 제 양심을 위해서도 더 좋을지 모릅니다요. (……) 이 세상을 하직하고 땅속에 들어갈 때에는 날품팔이건 왕자건 좁은 길을 가며, 신분의 차이가 있다 해도 교황의 몸이 교회지기의 몸보다 땅을 더 차지하는 것은 아니니, 묘 구덩이에 들어갈 때면 누구나 구덩이에 맞춰서 움츠리고 들어가지요. 아무리 싫어도 딱 맞추어 웅크리지 않을 수 없게 해놓고서는 그저 안녕히 주무시라고 하는 겁니다요. 그러니 다시 말씀드리지만요, 제가 바보라서 마님께서 제게 섬을 주시고 싶지 않으시다면요, 저는 신중한 자로서 아무것도 받지 않을 줄도 압니다요." (2권 33장)

√ 주인을 괴롭히는 둘시네아를 향한 분노

돈키호테는 카르데니오를 만난 후 마음이 싱숭생숭해진다. 루스신다 때문에 미쳐 버린 그의 모습을 보고 나자 자신도 둘시네아를 향한 사랑을 증명하기 위해 뭔가를 해야만 할 것처럼 느껴졌다. 마침내 그는 결심한다. 발가벗고 물구나무를 서는 고행을 하기로 말이다. 그리고 산초에게 부탁한다. 자신이 하는 짓을 잘 관찰한 후, 부디 둘시네아에게 가서 사랑의 답신을 받아 와 달라고. 산초는 기겁을 하며 거절하지만 돈키호테의 고집을 꺾지는 못했다. 결국 산초는 분노의 화살을 돌린다. 이 사태의 원흉, 얼굴도 모르는 둘시네아

아씨는 반성하라!

"제발 나리, 저는 나리의 발가벗은 몸을 보고 싶지 않습니다요. 그걸 보면 너무 불쌍해서 울고 말 겁니다요. (……) 돌아올 때는 나리께서 원하시는, 그리고 나리께 합당한 소식을 갖고 올 겁니다요. 그렇게 안 될 때는 둘시네아 님도 준비를 하셔야겠죠. 당연한 답을 안 주시면, 하느님께 맹세코 발로 걷어차고 뺨을 후려갈겨서라도 그 뱃속에서 좋은 답장을 끌어내고야 말겠습니다요. 나리처럼 훌륭한 편력기사가 아무런 이유도 목적도 없이 한 여자 때문에 미쳐 가는데 그걸 참아 낼 재간이 어디 있답니까요? 그 귀부인이 제 입에서 그런 말이 나오지 않게 해야죠. 왜냐하면 제기랄, 입에서 나오는 대로 지껄여서 결과야 어찌 되든 간에 일을 모두 망치게 될까 봐 걱정이란 말입니다요. 제가 그런 일을 가만히 보고 있을 사람인가요? 저를 모르는 게죠! 제가 어떤 사람인지를 안다면 알아서 모셔야죠!"

["그러고 보니, 산초…" 돈키호테는 말했다. "내가 보기에 자네가 나보다 더 제정신이 아닌 것 같군."]

"나리만큼 돈 건 아닙니다요. (……) 화는 나리보다 더 났지만요. 그런데 이 문제는 제쳐 두고, 제가 돌아올 때까지 나리는 대체 뭘 잡수시고 지내실 겁니까요?" (1권 25장)

둘시네아를 창조해 낸 산초의 순발력 | 돈키호테의 편지를 둘시네아에게 전달했다는 거짓말이 들통날 위기에 처하자, "그때 산초의 머릿속에 몹쓸 생각이 떠오른다. 우리 주인은 미쳤다. 나라고 그의 광기를 흉내 내지 못할 이유가 없다. 풍차가 '거인'이 될 수 있다면 어떤 여자든 '둘시네아'가 될 수 있을 것이다. (……) 때마침 저 멀리서 당나귀를 탄 세 명의 시골처녀가 다가왔다". [귀스타브 도레Gustave Doré 그림]

2. 산초의 캐릭터

1) 말과 밥, 존재의 핵심

산초의 캐릭터를 단번에 간파하고 싶다면 그의 혀만 기억하면 된다. 산초가 세상이 무너지더라도 끝까지 포기하지 않을 활동이 바로 '말하기'와 '밥 먹기'이기 때문이다. 공교롭게도 둘 다 혀로 하는 활동이다. '말하지 않는 산초'나 '먹기를 거부하는 산초'는 기사소설을 부정하고 둘시네아를 욕하는 돈키호테만큼이나 부조리하다. 농담이 아니라 진심이다! 우리의 산초 판사가 혀를 쓰는 데 얼마나 진심인지 직접 살펴보자.

√ '묵언수행'이라는 고문

산초의 말대답은 시간이 지날수록 점점 물이(?) 올랐고, 결국 돈키호테는 이를 감당하지 못하고 특단의 조치를 취한다. 주인이 말을 시키기 전까지 종자가 먼저 입을 열 수 없다는 명령을 내린 것이다. 돈키호테로서는 충분히 그럴 만한 이유가 있었다. 아무리 생각해 봐도 그가 지금까지 읽었던 기사소설 중에서 산초처럼 수다스러운 '종자 캐릭터'는 없었다. 그러나 산초에게는 청천벽력 같은 소식이었다. 세상에 고문도 이런 고문이 없다.

"돈키호테 나리, 제발 저에게 축복을 내리사 허락해 주시기 바랍니다요. 저는 이 길로 집으로 돌아가 마누라와 애들과 적어도 하고 싶은 말이라도 실컷 다 하면서 살고 싶습니다요. 낮이고 밤이고 이런 고독 속에 나리만 모시고 가는데 제가 말하고 싶을 때 말도 못하게 하시

먹을 수 있는 음식과 먹을 수 없는 음식 앞 산초의 극과 극 표정 | "산초는 생리적으로 건강하다. 구수한 입담을 가졌고, 어디서나 잘 먹고 잘 자며 음흉하지 않다. 이런 사람은 언제 어디서든 모든 종류의 사람들과 잘 섞여 살 수 있다." 단, 먹지 못하게 하는 자는 빼고. 왼쪽 그림은 음식을 보며 군침 삼키는 산초, 오른쪽은 강제 다이어트로 시무룩한 표정의 산초. [귀스타브 도레 그림]

니, 이건 저를 생매장하는 것이나 다름이 없습니다요. (……) 평생 모험을 찾아다니면서 걷어차이고, 담요 위에 누워 헹가래나 당하고, 돌멩이에 터지고, 주먹으로 얻어맞기만 하는데 벙어리처럼 가슴속에 있는 말도 하지 못한 채 입까지 꿰매고 다녀야 하니 보통 힘든 일이 아닙니다요. 참을 수가 없단 말입니다요." (1권 25장)

√ '다이어트'라는 학대

산초가 섬의 통치자였을 당시 그의 전담주치의는 엉뚱한 말을 한다. 산초처럼 '귀하신 분'은 몸 관리를 위해 특별한 다이어트를 실행해야 한다고 주장한 것이다. (이 역시 산초를 골려 먹으려는 공작 부부의 '각본'이었다.) 문제는 그 다이어트가 철저하게 채식과 소식으로 구성되었다는 점이다. 처음에는 산초도 새 삶에 적응해 보려고 했다. 그러나 몸을 속일 수는 없는 법. 배고픔이 지속될수록 식욕은 솟아났고, 거기에 과로까지 더해지자 결국 산초는 폭발하고 만다. 의사가 꽁지가 빠져라 도망갈 정도로 사납게 말이다.

"태양을 두고 맹세한다만, 꺼지지 않으면 몽둥이를 들고 당신부터 시작해서 이 섬에 있는, 적어도 내가 보기에 무식하기 그지없는 의사들을 모두 몽둥이로 때려 한 놈도 남지 않게 할 것이오. 반면 현명하고 신중하고 분별 있는 의사들은 존경하고 받들 것이며 성인처럼 명예롭게 모실 것이오. 다시 말한다만, 페드로 레시오, 여기서 나가시오. 안 나가면 지금 내가 앉아 있는 이 의자로 그대 머리통을 박살 내놓을 것이오. 그리고 내 직무를 마친 다음 내가 한 일에 대해 재판소에 보고할 때, 나는 나라의 사형 집행인인 악질 의사를 죽임으로써 하느님께 봉사했다는 말로 이 책임에서 벗어날 것이오. 자, 내게 먹을 것을 주시오.

주지 않겠다면 이 통치자 자리를 가져가 버리기를 바라오. 자기 주인에게 먹을 것도 주지 않는 직책이라면 콩 두 알 가치도 없소." (2권 47장)

√ 봇물 터진 속담주머니

산초는 걸어 다니는 속담사전이라 해도 좋을 정도로 속담에 해박하다. 그러나 그의 문제점은 속담 사용의 빈도수를 조절하지 못한다는 것이다. 떠오르는 그대로를 바로바로 말하는 습관이 있다 보니, 별 연관성도 없는 속담들을 홍수처럼 터뜨려 버린다. 심지어 돈키호테가 그런 말 습관을 조심하라고 타이를 때조차도 멈추지를 못한다.

["그리고 산초, 자네가 말을 할 때 곧잘 하듯이 너무 많은 속담을 섞는 것도 조심해야 하네. 물론 속담이 간결한 금언이기는 하지만, 자네는 어울리지도 않는 속담들을 너무나 자주 억지로 끌어다 붙이기 때문에 오히려 엉터리 같아 보인단 말일세."]

"그건 하느님만이 고쳐 주실 수 있는 겁니다요." 산초가 대답했다. "왜냐면요, 전 책 한 권에 담을 만한 양보다 더 많은 속담을 알고 있어서, 제가 말을 하게 되면 그 많은 것들이 한꺼번에 입으로 몰려와 자기들이 먼저 나가겠다고 서로 싸우거든요. 적절하지 못한 놈이라도 혀는 제일 먼저 만난 놈을 내뱉어 버린답니다요. 하지만 앞으로는 제가 맡은 직무의 근엄함에 어울리는 말을 하도록 하겠습니다요. 그러니까, 집에 재료가 많으면 저녁 식사 준비가 빨리 되고요, 카드 패를 떼는 자는 카드를 섞지 않고요, 종을 치는 자가 제일 안전하고요, 주는 일과 받는 일에는 뇌가 필요합니다요." (2권 43장)

2) 생리가 곧 천리다

산초는 책 한 권 읽지 않은 문맹자지만 이 복잡한 세상을 어떻게 살아가야 하는지 정도는 잘 알고 있다. 그의 기준은 쉽고 명확하다. 몸의 원리, 생리를 따라가면 된다. 배고프면 먹어야 하고, 졸리면 자야 하고, 고통스러우면 도망가야 한다. 몸이 아프지 않은 것보다 더 최고의 복은 없다. 이처럼 산초는 마음의 소리 대신 몸의 소리를 듣는다. 생리가 곧 천리라고 믿고 있으니, 기사소설을 온 세상의 기준으로 삼으려 드는 돈키호테와 사사건건 부딪힐 수밖에 없다. '몸 물정'을 몰라도 너무 모르는 자기 주인에게 산초가 어떤 잔소리를 늘어놓는지 들어 보자.

✓ 건강보다 더 중요한 자산은 없다

돈키호테가 두번째 모험을 시작하면서 둘시네아를 직접 만나러 갔다가 산초의 농간에 충격받았다는 이야기는 본문에서 했다. 나귀를 탄 시골처녀가 흑마법에 걸린 둘시네아라고 믿게 된 것이다. 돈키호테의 순진함 덕분에 산초는 위기를 무사히 넘겼으나, 그 후로 돈키호테는 슬픔에서 도통 헤어 나오질 못한다. 보다 못한 산초는 주인을 나무란다. 불필요한 감정 소모로 멀쩡한 건강을 해치다니, 이보다 더 어리석은 일이 어디 있는가? (자신이 이 사태의 원흉이라는 것을 알면서도 아무렇지도 않게 조언을 하는 모습은 참 뻔뻔하다.)

"세상에 있는 둘시네아는 모두 악마가 데려갔으면 좋겠네요. 지상의 모든 마법이나 둔갑술보다 편력기사 단 한 사람의 건강이 더 중요하니 말이에요. (……) 만일 그분의 모습이 나리에게만 감춰지는 거라면, 그것은 그분의 불행이라기보다 오히려 나리의 불행입니다요. 그러니 둘시네아 공주께서 건강하시고 즐겁게 사시도록 우린 여기서 타협하고 우리가 할 수 있는 일이나 잘하도록 합시다요. 그런 일은 시간이 해결하라고 하고서 우리는 우리의 모험을 찾아다니자는 말입니다요. 시간이야말로 이런 병뿐만 아니라 더 큰 병들을 고치는 제일 훌륭한 의사니까요." (2권 11장)

√ 내 몸에 손대는 자, 모두 적

공작의 성에서 한창 '연극놀이'가 진행될 당시, 가짜 둘시네아로 분장한 배우가 나타난다. 물론 돈키호테가 상상한 둘시네아의 외형은 아니었지만, 이 시점에서 돈키호테는 자신이 둘시네아를 제대로 인식할 수 없는 흑마법에 걸렸다고 철석같이 믿고 있었기 때문에 큰 문제는 되지 않았다. 가짜 둘시네아는 모두의 앞에서 폭탄 발언을 했다. 산초가 매질을 받아야만 자신이 걸린 저주를 풀 수 있다는 것이다. 자기 몸을 세상에서 제일 소중하게 여기는 산초로서는 격노할 소리였다. 산초가 둘시네아에게 얼마나 당차게 대응하는지 살펴보자.

"저의 귀부인 도냐 둘시네아 델 토보소 공주님에게 묻고 싶은 게 있습니다요. 어디서 그런 식으로 부탁하는 방법을 배워 왔느냐 하는 겁니다요. 매질로 내 살을 터지게 하려고 와 놓고선 물 항아리 같은 된 영혼이라느니, 길들일 수 없는 짐승이라느니 하는, 악마나 듣고 견딜 만한 그런 욕설들을 늘어놓고 있으니 말입니다요. 내 살이 청동으로 되어 있단 말입니까요? 당신이 마법에서 풀리든 말든 나와 무슨 상관이라도 있단 말입니까요? 내가 사용하지는 않는다 할지라도, 하얀 옷이나 셔츠나 화장품이나 양말 같은 게 들어 있는 무슨 바구니라도 앞에 두고 내 마음을 달래기라도 했던가요? 오히려 이 욕 저 욕 해대고 있으니, 도대체가 황금을 등에 진 당나귀는 산도 가볍게 오른다든가, 선물은 바위를 깬다든가, 하느님께 빌면서 망치질을 한다든가, '네게 줄게'라는 말 두 번보다 '자, 여기 있다'라는 말 한 번이 더 낫다든가 하는, 세상에서 흔히 말하는 이런 속담들도 모른단 말입니까요?" (2권 35장)

✓ 잠이 영약이다

돈키호테는 종종 뜬눈으로 밤을 새운다. 왜? 대단한 이유는 없다. 기사소설의 환상으로 가득 찬 뇌가 너무 바쁘게 굴러가고 있거나, 둘시네아를 애타게 그리는 마음이 강해져서 밤잠을 이룰 수가 없기 때문이다. 가장 적합한 설명은 돈키호테가 원래 밤잠이 없는 체질이라는 거다. 그러나 산초는 이런 주인을 절대 이해할 수가 없다. 그는 이 세상에 잠보다 더한 영약은 없다고 주인을 설득하려 든다. 나중에는 설득하려는 시도도 하지 않고 홀로 맘 편하게 자러 간다. 제발 제가 잘 때 건들지나 마세요, 나리!

"제가 알고 있는 건, 잠을 자는 동안에는 두려움도 희망도 고생도 영광도 없다는 겁니다요. 잠을 발명한 자 복 받았으면 좋겠습니다요. 잠은 인간의 모든 근심을 덮어 주는 외투이며, 배고픔을 없애 주는 맛있는 음식이고, 갈증을 쫓아내는 물이며, 추위를 데워 주는 불이자, 더위를 식혀 주는 차가움으로, 결론적으로 말해서 무엇이든 살 수 있도록 어디에서나 통용되는 돈이자, 목동을 왕과 똑같이 만들어 주고 바보를 똑똑한 자와 똑같게 만드는 저울이며 추랍니다. 잠이 가지고 있는 단 한 가지 흠은, 사람들이 하는 말을 들어 보건대 죽음과 닮았다는 겁니다요. 잠든 자와 죽은 자 사이에는 별 차이가 없거든요." (2권 68장)

3. 통치자가 된 산초

1) 산초의 통치철학

산초가 통치자 직을 맡으러 길을 떠나기 전, 종자가 너무나 걱정되었던 돈키호테는 그를 세워 두고 끝없는 조언을 한다. 그러나 주인의 염려와는 달리 산초는 자기 나름대로 통치철학을 세워 놓고 있었다. 본문에도 썼지만 산초는 자신의 능력을 십분 증명해 냈다. 사치를 모르는 습관과 사려 깊은 생각, 거기에 치밀한 생활감각까지 결합되면서 사람들에게 꼭 필요한 통치자가 된 것이다. 다음은 산초의 '통치 어젠다'다.

✓ 실용적인 통치자가 되겠다

돈키호테는 산초가 평민 출신으로 통치자 자리에 오른다는 사실이 못내 마음에 걸렸다. 그래서일까, 귀족처럼 행동할 수 있는 몇 가지 팁을 준다. 자신의 하인이 지금보다는 덜 '촌티'나는 사람이 되기를 바란 모양이다. 그러나 이는 돈키호테가 산초를 다 몰라서 하는 소리였다. 산초는 통치자가 된 이후에도 '돈' 자가 붙는 사람들처럼 흥청망청 행세할 생각이 터럭만큼도 없었다. 어설프게 귀족을 흉내 내는 일은 더욱더 사절이었다. 산초는 자신의 통치 철학이 생활인의 실용주의에 기반하고 있다는 것을 분명히 한다.

["그리고 통치자가 되거든 자네도 사냥을 해보게. 그러면 사냥이 얼마나 훌륭한 것인지 알게 될 걸세."]

"그건 아닙니다요." (……) 훌륭한 통치자는 다리가 부러져 집에 있는 것이 가장 좋습니다요. 그에게 볼일이 있어 사람들이 고생을 하며 왔는데 통치자가 산에 가서 놀고만 있다면 참도 보기 좋겠습니다요! 그렇게 되면 통치고 뭐고 엉망이 될걸요! 나리, 저는요, 정말이지 사냥이나 오락은 통치자들보다는 게으름뱅이들에게 더 어울린다고 봅니다요. 제가 즐기고자 하는 건요, 부활절에는 카드놀이고요, 일요일과 공휴일에는 볼링 놀이입니다요. 그 사냥인지 사농인지 하는 것은 제 조건에 맞지 않을 뿐만 아니라 제 양심에도 걸린답니다요." (2권 34장)

√ 분수를 아는 통치자가 되겠다

돈키호테의 걱정이 도통 끊이질 않자 산초는 결정적인 한마디를 날린다. 나는 분수를 아는 인간이며, 물러날 때를 아는 사람이다. 나에게 능력이 없다면 괜한 욕심을 부려 통치자의 직책에 집착하는 일은 하지 않겠다. 이는 꾸며낸 말이 아니라 산초의 본심 그대로였다. 돈키호테 역시 종자의 진심을 느끼고 그제야 안심한다. 권력욕을 부리지 않겠다는 약속에서 벌써 좋은 통치자가 될 자질이 엿보였기 때문이다.

"나리께서 보시기에 저라는 인간이 이 통치직에 영 맞지 않는 것 같으면요, 저는 지금부터 여기서 손을 떼겠습니다요. 전 제 몸 전체보다 손톱의 때만 할지언정 제 영혼을 더 사랑하니까요. 통치자가 메추리와 포도를 통째로 먹으며 살듯 저는 오직 빵과 양파만으로 살아갈 겁니다요. 게다가 어떤 사람이든 잠자는 동안에는 모두가 똑같습니다요. 높은 양반이나 아랫것이나 가난한 사람이나 부자나 말입니다요. 그리고 나리께서 생각해 보시면, 제가 이 통치 일에 관심을 갖도록 만든 분은 오직 나리뿐이었다는 것을 아실 겁니다요. 전 섬을 통치하는

'꿈'은 이루어진다! 통치자가 된 산초 | 『돈키호테』의 열렬한 독자이자 팬인 공작 부부의 '공작'으로 '섬'의 총독이 된 산초. "산초는 순식간에 통치자의 자리에 적응한다. 적응한 정도가 아니라 모든 업무를 흠잡을 데 없이 처리하여 마을 사람들을 깜짝 놀라게 했다." 그림 왼쪽은 산초의 대관식 모습이고, 오른쪽은 산초가 통치하는 모습이다. [귀스타브 도레 그림]

일에 대해 독수리보다도 모르거든요. 제가 통치자가 되어 악마에게 끌려갈 것 같으면, 통치자로 지옥에 가느니 차라리 산초로 하늘나라에 가는 게 전 더 좋습니다요." (2권 43장)

2) 명예보다 자유가 더 소중하다

산초는 우여곡절 끝에서 통치자의 삶이 야인의 삶보다 덜 행복하다는 사실을 깨닫는다. 그 후에 주저 없이 자리에서 물러난다. 그의 깨끗한 포기가 사람들을 감동시켰다는 것은 본문에서도 이야기했다. 이 명장면은 산초의 입으로 직접 들어야 더 감동적이다. 직접 감상해 보자.

"여러분, 길을 비켜 주시오. 그리고 내가 옛날의 자유로운 몸으로 돌아가도록 놔두시오. 현재의 이 죽음과 같은 생활에서 되살아나도록 지난 삶을 찾으러 가게 해주시오. 나는 통치자가 되려고 태어난 사람이 아니라오. (……) 성 베드로는 로마에 있을 때 제일 편안하다는 말처럼, 사람마다 각자 타고난 일을 하는 것이 제일 어울린다는 얘기요. 손에 통치자의 권위를 나타내는 표상인 왕홀보다 낫 한 자루 쥐고 있는 게 내게는 더 잘 어울린다오. 나를 굶겨 죽이려 하는 염치없는 의사가 내리는 처방의 비참함에 얽매여 사느니, 차라리 가스파초나 질리도록 먹고 싶소. 그리고 통치한답시고 거기에 구속된 채 네덜란드산 이불 잠자리에 들고 검은담비 옷을 입고 사느니, 차라리 자유롭게 여름에는 떡갈나무 그늘에 드러눕고 겨울에는 새끼 양가죽을 입고 살고 싶다오. 그대들은 안녕히 계시오. 그리고 내 주인이신 공작님께는, 내가 벌거숭이로 태어나 벌거숭이로 남았다고 전해 주시오. 나는 잃은 것도 얻은 것도 없소이다. 이 말은 곧 내가 다른 섬의 통치자들과는 완전히 반대로, 일전 한 푼 없이 이 섬에 들어와 일전 한 푼 없이 나간다는 뜻이오. 자, 나갈 수 있게 비키시오." (2권 53장)